人類すべて俺の敵

凪

角川スニーカー文庫

23919

口絵・本文イラスト／めふぃすと
口絵・本文デザイン／草野剛デザイン事務所

人類すべて俺の敵

序章　神の戯れ

四十六億年前、広大な宇宙に地球という一つの惑星が誕生した。地球に最初の生命が生まれたのは、それから数億年経《た》ってからのこと。現生人類が姿を現したのは、ほんの二十万年前と言われている。仮にこの地球四十六億年の歴史を一年という時間に置き換えるなら、人類誕生は十二月三十一日の午後十一時三十七分——などという話もあるほど、人類はこの惑星における新参者だ。それにもかかわらず、彼らは瞬く間にその知能や技術力を向上させ、生物的にも文化的にも目まぐるしい進歩を遂げた。そうして方々に数々の文明を築き上げ、あたかも地上の支配者であるかの如《ごと》き存在感で世界に君臨している。

そんな人類を、《その者》は憂いを帯びた眼で俯瞰《ふかん》していた。

「うーむ、弱った……。このままじゃ滅んじゃうなぁ、人類……」

一人ぼやいて地上に住まう人々を見下ろす《その者》は、人間に近い見た目をしながらも、その頭には大鹿を思わせる立派な角、背中には三対六枚の翼、腰からは鮫《さめ》に似た尾びれを生やした珍妙な姿をしていた。加えて皮膚は所々が爬虫類《はちゅうるい》を想起させる鱗《うろこ》に覆われており、下半身は肉食獣のそれに近い。上半身からは蔦《つた》が自生していて、左胸にはこの世のものとは思えないほど美しい青花が咲いている。まるで幾多の生物を乱雑に寄せ集めたかのような外見だった。

「んー……救うのは簡単だけど、基本スタンスは不干渉だしなぁ」

そこは形容しがたい空間だった。

天井も床も壁もなく、遥《はる》かどこまでも空色の景色が続いている。しかし、空ではない。その証拠に、すぐ足元には水面が広がっている。ボリビアのウユニ塩湖を連想する者も多いだろう。違うのは、水面に映っているのが『空』ではなく『世界』だという点。あらゆる生物の営みが、透明な鏡面の向こう側に映し出されている。周りには誰もいない空間の中、《その者》はうんうんと唸《うな》りながら独り言を零《こぼ》し続ける。

「でも、彼らを眺めるのは最近の僕の娯楽だし、いなくなっちゃうのは困るよなぁ……」

惜しい、実に惜しい。何度もそう呟《つぶや》き思案に暮れていた《その者》は、そのうちに何かを閃《ひらめ》いたのかパチンと指を鳴らした。

「そうだ、いい方法を思いついたぞ。人類には試練という名のチャンスを与えよう。存続か滅亡か、あくまでも選ぶのは人類という体《てい》で、僕は舞台だけ用意しよう」

中性的な《その者》は、玩具《おもちゃ》を前にした幼子のように瞳を輝かせ、パンと柏手《かしわで》を打った。際限なく広がる空色の空間に、乾いた高音が響き渡る。

「そうと決まったら早速設定を練らないと。うん、せっかくだし凝った演出を考えよう。人間的に言うとRPG風にね。ふふ、僕もだいぶ彼らに毒されてきたなぁ」

くすくすと笑うのに合わせ、六枚の翼が楽しげに揺れる。翼はそれぞれ異なった形体をしており、上から鳥、翼竜、蝶《ちょう》のそれを模した、何ともアンバランスな三対となっていた。

ぐっと身を乗り出して、《その者》は眼下に映る『世界』に目を凝らす。

「さーてどうしようかなぁ。どういう物語にしたら盛り上がるかな。僕自身は手を出さないわけだから、彼らだけで話が進むように作らないと。あと、物語に適した人材も選出しないといけないよなぁ。うわー、結構やることいっぱいだー。これは面倒くさいぞー」

言葉とは裏腹に、声音は明るく弾んでいる。相も変わらず両の瞳を爛々《らんらん》と光らせて、地上の人間たちが織り成す喜怒哀楽を愛《いと》おしそうに見つめている。

理想の自分を追求し、将来のために学業に励む若者。

親を亡くし、学びの機会も得られないまま飢えに耐える日々を送っている孤児。

互いに不貞行為を黙認しながら、我が子の前では仲の良い家族を演じている夫婦。

金の魔力に取り憑《つ》かれ、他者を欺き蹴落とすことに何の罪悪感も抱かなくなった老人。

己の限界に挑み、極限まで肉体を鍛え抜いているアスリート。

嫌な現実に負けずに、ステージの上では必ず笑顔と愛嬌《あいきょう》を振りまいているアイドル。

人を殺したくなどないのに、暗殺者という宿命を生まれながらに背負わされた少女。

人生の意味を自らに問いかけつつ、今まさに永遠の眠りに就こうとしている青年。

世界には実に多様な命が存在している。それぞれに想《おも》いがあり、ドラマがあり、唯一無二の始まりと終わりがある。《その者》はそんな情景を、これまでずっと見続けてきた。

「どうせなら、愛と憎悪と希望と絶望が綯《な》い交《ま》ぜになった感じの秀逸な舞台を創造したいなぁ。人の感情は揺れ幅が大きいほど美しく煌《きら》めくからねぇ」

四方の果ての果てまで続いている水面。そこに波紋が生まれるたび、見える場面も切り替わる。波紋は一つではなく、いくつもいくつも生まれては消えていく。

途方もないほどの情報量だが、《その者》は涼しい顔で一から十まですべてを把握する。加えて言うなら、現在だけじゃない。生きとし生けるものが歩んできた過去の軌跡まで辿《たど》り、その性質や死生観さえも的確に読み取っていく。それはさながら世に存在する書籍全部を一度に捲《めく》り続けて、内容を一言一句違《たが》わず暗記するに等しい行為だった。

「――お！」

ふと《その者》の視線が、とある波紋を前にピタリと止まる。

「これはこれは……うん、いいね。この子はなかなか趣深そうだ。問題は配役をどうするか。主役に持ってくるか、あるいは……」

考え込みながら、鮫のような尾びれをびたんびたんと水面に打ちつける。思考をまとめるための動作だったが、そのせいで波紋が揺らぐことはない。

この空間内の一切は《その者》の管理下に置かれている。すべてを思いのままに支配できるため、想定外の事象など起きようがなかった。そして、それは地上の出来事に関しても同じことが言えた。本来ならこんなふうに頭を悩まさずとも、いとも容易《たやす》く解決することができるのだ。だが、当の本人はそれを良しとはしていなかった。

なぜか。主義に反するし、何よりそれでは『退屈』だから。

尾びれの動きを止めた《その者》は、にっと口角を上げると、再び小気味の好い音を立てて指を鳴らした。直後、その場面を映していた水紋が光り出す。辺りも次第にざわざわと飛沫《しぶき》を上げて波立ち始めた。

「どれ、この子自身の意向を確かめるためにも、とりあえず会いに行ってみるかな。何事もまずは現地に行かなきゃ始まんないよね」

頭の中では、すでに一つのストーリー案が浮かび上がっていた。まだ骨組み部分だけではあるものの、主題や構成も徐々に輪郭を帯び始めている。あとはほんの少しのインスピレーションさえ得られれば、この構想は形になるという予感があった。

世の物語に出てくる主人公には総じて仲間がいるものだ。

けれど、仮にこの子を主人公にするなら、きっとこの子には友達も、恋人も、理解者もできない。あらゆる者に敵視され、善行も悪行として扱われる。相当に孤独な戦いを強いられることになるだろう。様々な葛藤や苦悩が生まれるはずだ。

ともあれ、それも一興。自分が手掛ける物語なのだから、凡庸ではつまらない。

毛先だけ黒い白髪がなびく。今にも踊り出しそうな好奇心は、もう抑えようがない。

可笑《おか》しそうに目を細めてから、《その者》は光る水面に飛び込んでいった。

「さてさて、面白くなってきたぞー」

――可愛《かわい》い可愛い僕の子供たち、どうか楽しませておくれ。

大小数多《あまた》の泡沫《ほうまつ》に包まれながら、《その者》は無邪気な顔をしてほくそ笑んだ。

第一章　救いを求めるその手を取って

　秋の気配を孕《はら》んだ風がカーテンを揺らしながら吹き込んでくる。西に傾いた太陽が照らす校庭を、教室の窓辺の席から頬杖《ほおづえ》をついて眺めていた。野球部の活気のある声と、橙《だいだい》色《いろ》に染まった白球が目に眩《まぶ》しい。健康的な汗を流して部活動に励む学生を見ていたら、不意に『青春』という単語が頭に浮かんだ。自分とは無縁の言葉だと思ったが、黄昏時《たそがれどき》の教室で一人物思いに耽《ふけ》っているこの状況も、傍《はた》から見れば充分青臭い気がした。

「憂人《ゆうと》君、帰らないの？」

　呼び掛けに応じて振り返ると、教室後方のドア付近に見知った顔の女子生徒が立っていた。その後ろからこれまた顔馴染《かおなじ》みの男子生徒も顔を覗《のぞ》かせる。

「朔夜《さくや》、辰貴《たつき》……。お前たちこそまだ残ってたのか」

「進路相談でちょっとね。憂人君は？」

「俺は……特に何も。もう帰るよ」

鞄《かばん》を持って席を立つ。今一度窓の外を一瞥《いちべつ》してから、二人に続いて昇降口に向かった。

校舎を出ると、沈みゆく陽光が瞼《まぶた》を刺激してきた。並ぶ影が三つ、歩く先の地面に伸びている。雑談しながら歩を進めているうちに、話題は次第に進路の話へと移っていった。

「朔夜は薬学部のある大学で、辰貴は警察学校志望だっけ」

「ああ。憂人は就職するって話だったが、本当に進学はしなくていいのか？」

「大学に行って学びたいこともないからな……」

それに、学生生活は正直もういい。学校という狭い世界は息が詰まる。肩身が狭いし、昔ほどじゃないにしろ針のむしろ感は否めない。できる限り早く自立して稼ぎを手にし、可能なら俺たち家族を知る者がいない土地へと母と共に移り住みたいと考えている。

「そっか……。この三人で一緒に歩けるのも、もうあと少しなんだね……」

「そう落ち込むな。今生の別れというわけでもない。会おうと思えばまた会えるさ」

「俺たちに無事明日が来ればだけどな」

「縁起でもないことを言うな、憂人。……と言いたいところだが、否定しきれないのも事実か」

「確かに、今世の中で起きてることを考えればそうだよね……」

事の発端はひと月ほど前。世界中で、突如として人が死に始めたのだ。

国籍、人種、宗教、性別、その他の一切に関連性は認められておらず、今日までの間に実に八億人もの人間が命を落としている。眠るように、気絶するように、何の前触れもなく急に意識を失い、そのまま二度と目を覚まさない。連日連夜、メディアはこの話題で持ちきりである。冗談や誇張抜きで、誰の頭にも人類滅亡の文字がちらつき始めていた。

さながら魂が抜けたかのような不審死を遂げることから、世間では《魂魄剥離《こんぱくはくり》》現象という呼び名が定着し出している。

未知の病気、バイオテロ、異星人による電波攻撃と、様々な説が囁《ささや》かれ、多くの憶測が飛び交っているが、未《いま》だ解明の糸口すら摑《つか》めていない。発生する日時にも規則性はなく、何日も空くこともあれば、数日連続で起こる場合もある。人から人へ感染するかも謎とされている。特に訳が分からないのが、同時多発的に死亡するという点だった。

「一番の問題は被害者数の多さだな。億はやばいだろ」

「ああ。昨日はこの近所でも起きたらしい。まだ知り合いに死者が出ていないのは不幸中の幸いだが、いつ出てもおかしくない以上、もう誰にとっても他人事じゃない」

原因が分からないというのがまた怖い。対処や予防のしようがないからだ。素人《しろうと》が考えて答えが出る問題ではないかもしれないが、それでも考えずにはいられない。

陰鬱《いんうつ》な面持ちになる俺と辰貴だったが、そんな雰囲気を緩和させる穏やかな声が届く。

「でもさ、分からないことをあれこれ考えても仕方ないよ。たぶん私たちにできるのは、今この時を大切に生きることなんじゃないかな。家族や友達に優しくしたり、一日一日を丁寧に過ごしたり、それこそ明日死ぬことになったとしても、後悔を残さないようにさ」

そう言って、朔夜は柔らかく頰を緩めた。柔和に微笑《ほほえ》むその表情からは、何とかなるという楽観的な様子も、投げやりになっているという悲観的な態度も見受けられない。慰めや強がりといった色もない。ただ純粋に、本心から言葉を紡いだのだと分かる。だからこそ、彼女の言は胸に響く。俺と辰貴は互いに顔を見合わせると、同時に小さく笑った。

「朔夜の言う通りだな」

「違いない」

俺たちの会話を聞き、朔夜もまたくすりと笑った。ふと幼い頃を思い出す。この二人とは就学前からの付き合いだが、あの頃も今も関係性はさして変わっていないように思う。対等な、気心の知れた間柄。それは、そうあれるよう努力してきたからに他ならない。

そんな折、斜め前方から話し声が聞こえてきた。見覚えのない二人組の男子生徒がこちらをそれとなく窺《うかが》いながら歩いている。断片的ではあるが、やり取りの内容を耳が拾う。

「おい、あれ見ろよ。天城《あまぎ》先輩だ。やっぱ可愛いなぁ。髪とか超キレイ」

「さすがはミス北高なだけあるよな。あんな人を彼女にできたら人生超ハッピーだろうな」

朔夜を先輩呼びしていることから察するに同校の後輩だろう。俺たちの方をチラチラと見ながら談笑している。朔夜は器量が良いからこういったことはわりと日常茶飯事だった。

「一緒にいるのって高坂《こうさか》先輩と竜童《りゅうどう》先輩か？」

「あの三人っていつも一緒にいるイメージ。相当仲いいんだろうな」

話題に自分まで出てきたので少し驚く。彼らと目が合いそうになり素早く逸《そ》らした。これ以上盗み聞きみたいな真似《まね》は止《よ》そう。そう思い、朔夜たちの方に視線を戻した時だった。

「……あ、そういえば知ってるか？　あの話」

「あの話って？　……ああ、あれか。昔あった事件の話だろ。知ってる知ってる。あんなことがあったってのに、あの三人よく一緒にいられるよな。俺なら気まずくて無理だわ」

「な。特に高坂先輩とかヤバくね？　どんな神経してんだろ。逆に尊敬するね」

男子生徒たちからそんな会話が聞こえてきて、心に暗い影が落ちる。陰口同然の言葉だったが反論する気は起きなかった。似たようなことは今までにも散々言われてきたし、何より俺自身もそれが事実であり、同感だと認めてしまっている部分があったから。

だが、隣の二人は違ったらしい。俺が真顔でいる一方、朔夜は唇をきゅっと噛《か》みしめ目を伏せていた。辰貴に至っては彼らの方に向かい始める始末。慌ててその肩を摑む。

「ちょい待て、どうする気だ」

「あの二人の発言はお前に対する侮辱だ。撤回させてくる」

「いやいや、いいって。俺は気にしてない」

「俺は気にする。第一、このまま看過したのでは道理が通らない」

辰貴は俺の手を振り切ると、迷いのない足取りで彼らの所へと歩いていってしまった。

細身だが筋肉質で高身長の辰貴に詰め寄られ、たじたじと畏縮している後輩二人に心の中で合掌する。

「相変わらずだな、あいつは。一本気というか、融通が利かないというか……」

「でも、私も辰貴君と同じ気持ちだよ」

その台詞《せりふ》に少々面食らいながら隣を見る。朔夜の横顔は凛《りん》としていて、微塵《みじん》の揺らぎもない。俺が中傷されたことへの怒りと悲しみが、瞳の奥に透けて見えるようだった。

「憂人君は悪くない。だから、お願い……悪く言われることに慣れないで」

「……ああ、そうだな」

周りから敬遠されることにはもうさほど動じなくなった。朔夜の言うように、きっと慣れてしまったのだと思う。だけど、それより何より、朔夜と辰貴が俺のことを受け入れてくれたから。本当なら、他の誰より拒絶してもおかしくないのに、二人がずっと傍《そば》にい続けてくれたから、俺は今日まで孤立せずにいられた。心を強く保ってこられたのだ。

自分がこれまでこの街に留《とど》まり続けてきたのは、家庭の経済事情もあるが、それと同じくらい、朔夜や辰貴との関係が断たれるのを恐れたからなのだろう。

万人に優しくてしっかり者の朔夜。曲がったことを嫌う正義漢の辰貴。昔から二人は変わらない。自分の中に確かで強固な芯を持っている。

(だからこそあんな事があったにもかかわらず、俺と一緒にいてくれてるんだろうな……)

不意に思い出す、あの日のことを。俺たちの絆《きずな》に波紋を投じたあの忌まわしき事件を。

七年前のことだ。とある中小企業を経営していた男が、大手製薬会社の社長である見嶋《みしま》宝成《ほうせい》を襲撃する事件が起きた。動機は、自身が心血注いで成長させてきた会社を、見嶋社長の会社に買収されたことを逆恨みしたためとされている。男は見嶋社長が退社するのを駐車場で待ち伏せし、自家用車に乗り込もうとしたところを持っていた刃物で突き殺そうとした。しかし、同行していた秘書が身を挺《てい》してこれを庇《かば》い、代わりに命を落とした。男は動揺したが凶行を止めようとはせず、車内から出てきた運転手、駆けつけてきた警備員にも切りかかった。さらには通報を受けて取り押さえに入った警察官の一人を殴打し、拳銃を奪って発砲までしたのである。最後は応援に来た警察官に撃たれ、その場で絶命した。

この事件で亡くなった社長秘書が朔夜の母親であり、犯人を射殺した警察官が辰貴の父親であり、そして、事件を企て実行した男が——俺の父親だった。

「待たせたな二人とも。……ほら、帰るぞ憂人」

親は親で、子は子。独立した別の人間だ。父が犯罪者であろうと俺は悪くない。それは理解している。朔夜たちも同じように考えてくれている。だから今も傍にいてくれている。

だけど、同時に思う。

俺と父さんは家族で、この関係はどうあっても変えられない。だからこそ、いつまで経っても絶対に消せない。水に溶かした絵の具みたいな漠然とした罪悪感が拭《ぬぐ》えない。

「憂人君……行こう？」

「……ああ」

帰途に就く道中、胸の内にはかすかな後ろめたさが漂っていた。

階段の下から、住み始めて六年目になる安アパートを見上げる。二人と別れ家に着く頃には、空は橙から濃紺へとその色を変えていた。

二階に上がり二〇三号室の扉を開けると、築三十五年という微妙な歴史を匂わせる軋《きし》んだ音が俺を出迎えた。一軒家だった頃と比べると狭いにも程があると感じていた2Kの部屋も、今ではこれが当たり前と思えるほど馴染んだ。もはや快適ですらあるのだから、住めば都とはよく言ったものである。

玄関から入ってすぐの所にあるキッチンの水道で手を洗い、リビング兼、母の仕事場である洋室の扉を開ける。母は俺の帰宅にも気付かず、壁際に設置したデスクに向かい、一心不乱にパソコンと格闘していた。

「ただいま」

「あ、憂人おかえりー。帰ってきてたのね——……って、あれ？　もうそんな時間？」

「普通に夕方だけど、ひょっとしてまた作業ギリなの？　締め切りいつ？」

「あはははは……今日」

「**ギリギリのギリ**じゃねぇか」

母はＷＥＢデザイナーとイラストレーターの仕事を兼業している。個人や企業から依頼されたものを外部発注という形で請け負っているらしい。俺も高校に上がって以降、時折母からノウハウを教わり、スケジュールに余裕がある時は作業を手伝わせてもらっている。技術も少しずつだが身についてきた。卒業後はその方向で身を立てる道も考えている。

とはいえ、まだプロの域にまでは達していない。数秒思案し、今回は下手に手を出すよりサポートに回った方がいいという判断をつけた。力不足な自分が歯痒《はがゆ》いが、足手纏《あしでまと》いになるのは一番避けたい。一つため息を零《こぼ》してから、隣の自室に荷物を放り投げる。

「じゃあ夕飯は俺が用意するよ。母さんは片手で摘《つま》めるサンドイッチとかの方がいい？」

「うん……。よよよ……デキた息子を持ってお母さん幸せ」

泣き真似をする母に苦笑しつつ、冷蔵庫の中に残っている具材を思い出しながらキッチンに向かった。

完全に日が沈み、一人先に夕飯を食べ終えた俺は、自室で日課の筋トレをしていた。小学六年生の夏から始め、今や毎日の習慣となっている。以前、部活にも入らないのになぜ身体《からだ》を鍛えているのかと母から尋ねられたことがあったが、その時は咄嗟《とっさ》にごまかしてしまった。

(さすがに言いづらいよな……。喧嘩《けんか》で負けないようにするためなんて)

あの事件の後、同級生から嫌がらせを受けたり、他校の連中に絡まれたりする事態が立て続けに起きた時期があった。その頃から、俺は泣き寝入りしないで済むように、自分の身と正当性を自力で主張し守れるように、筋力と体力をつけ始めたのだ。もっとも、それですべての理不尽を退けられたわけではなかったが。

「母さん、ちょっと外走ってくるわ」

一応一声かけたが、案の定母からの返事はなかった。凄《すさ》まじい集中力で残る作業に追い込みをかけている。父が死んでから、女手一つで俺を育ててくれた人。俺はその背中に感謝と敬意を覚えながら、邪魔しないよう静かにリビングの扉を閉めた。

残暑がまだ粘りを見せている九月末だが、涼を含んだ夜風は心地よく、肌で切るたびにどこか爽快感を与えてくれる。近所にある水次《みつぎ》公園。園の中央には湧き水による巨大な池があり、周囲には散策路が設けられている。昼間はここで釣りをしている人や、砂場やブランコなどの遊具で遊ぶ子供、木々の緑の中で散歩を楽しむ家族連れが多く見られる。夜になると人も減るので、ランニングコースとしてはわりと最適な場所だった。

フードを被《かぶ》り、イヤホンを耳に突っ込んで園内をひた走る。流しているのは雪咲《ゆきさき》メノという名の人気ＶＴｕｂｅｒが歌うネット配信曲だ。これを聴いていると気分が上がる。

昔から漫画やアニメが好きだった。創作の世界は自由だから。どんな不幸も不条理も、最後にはすべて解決して幸せになれる。だから、努力や絆や奇跡を信じられた。

正義は必ず悪に勝ち、自分には理不尽をはねのけられる特別な力があり、この世は楽しいことで溢《あふ》れていて、海の外には幻想に満ちた世界が広がっている。そんな夢を持てた。

けれど、歳《とし》を重ねていくうちに次第に気付くのだ。この世に悪は蔓延《はびこ》るし、自分は特別でも何でもなく、幸福の陰にはいつも不幸があり、海の外にあるのは普通の大地だと。報われない努力など山ほどあるし、一瞬で壊れる絆だってごまんとある。奇跡もまず起こらない。ましてや魔法や超能力なんてものもなければ、幽霊も妖怪もいやしない。子供の頃に思い描いていたよりもずっと、この世界は冷酷で味気ないものだと知った。

これから先もきっと退屈な日々が続いていくのだろう。金銭を対価として仕事に追われ、スマホのゲームアプリで一時の娯楽に浸り、世の中への不満を酒と共に呑《の》み込んでは無理やり現実を忘れる。そんな未来の自分が容易に想像できる。

（なーんか、つまんね……）

いつか日常を変える出来事が起きやしないものかと、そんな取り留めのない妄想をこれまで何度したことだろう。無意味と分かっていながらも同じ思考を繰り返してしまうのは人間の性《さが》なのか。月と街灯の光により落ちた木々の影を踏みしめながら、俺は今まで幾度となく抱いてきたその下らない期待を、一つ大きく息を吐いて地面へと打ち捨てた。

足を止め、池の周囲に立つ欄干《らんかん》に寄りかかる。水面近くをたゆたう魚影を眺めつつ、イヤホンを外してポケットに仕舞《しま》う。ランニングのノルマはすでに達成済み。そろそろ帰るかと、指を組んでぐっと背中を伸ばす。そうして足先を家路に向けようと思ったその時だった。聞いたこともない爆音と共に、背後で巨木のような火柱が立ち昇ったのは。

「っ、なんだ……っ⁉」

現場は対岸。何事かと振り返ると、直径百メートルほどある池の向こう岸から何かが吹っ飛んできた。その何かは水切りの石の如く水面を跳ね、池の中央にある噴水上を一直線に通過し、そして俺がいる遊歩道に至ってようやく停止した。改めてそれに意識を向ける。

女の子だった。

小学校低学年くらいのあどけない少女。銀白色の長髪に、雪を連想させるほど白い肌。アクアマリンのような透明感のある水色の瞳。全体的に色素が薄く、一見して日本人じゃないと分かる。服装は対照的に濃色で、黒い長袖のカットソーに深い臙脂《えんじ》色のミニスカートと、年齢のわりには随分とシンプルな装いをしていた。水に濡《ぬ》れ、土に汚れ、体中傷だらけのその少女は、それでもどこか神秘的な雰囲気を醸しており、俺は暫《しば》し呼吸も忘れて見つめてしまっていた。

目と目が合う。小さな唇が戦慄《わなな》き、縋《すが》るようなか細い声が俺の耳朶《じだ》を打った。

「Помогите……」

聞き慣れない言葉。意味の通じない言語。しかし、その二つの目が、祈りにも似た眼差しが、助けを求めていることを如実に訴えかけてきていた。

「いっけねェ。軽いから飛ばしすぎちまったよ」

今度は頭上から別の声が降ってくる。俺と少女の数歩先、声と共に颯爽《さっそう》と着地したのはスーツ姿の若い男だった。タバコをふかし、赤い髪を逆立て、ピアスやらネックレスやらチェーンやら、全身の至る箇所にアクセサリーをジャラジャラと着けている。頬には鳥の刺青《いれずみ》が彫られており、人相が悪く目つきも鋭いため、ただ相対しているだけで睨《にら》まれているようにも感じてしまう。顔立ちからして、この男も少女と同じく外国人のようだ。明らかに一般人ではない。ヤクザやマフィアと言われたら迷わず信じてしまう風貌をしていた。

（というか今、どこから降ってきた……？）

まさか池の対岸からジャンプしてきたのだろうか。そんなわけないと思いつつも、男が発する異様な雰囲気がその突飛な考えを完全には否定させてくれない。汗が頬を伝っていく。呼吸音を立てることすら憚《はばか》られる空気の中、二人の動向にただ目を凝らした。

「お前さァ、あんまチョロチョロ逃げ回んなよ。もう観念して死んどけって。な？」

物騒な物言いにぎょっとする。どう考えても厄介事の気配しかしない。

関わらない方がいい。そう思った。けれど、先ほど少女から向けられた懇願の視線が、立ち去るべきと警鐘を鳴らす心に待ったをかけている。幾ばくかの逡巡《しゅんじゅん》の後、決め手になったのは夕方に朔夜から告げられたあの一言だった。

（『明日死ぬことになったとしても、後悔を残さないように』……）

たとえ見て見ぬふりをしたところで、きっと誰にも責められることはない。でも、ここでこの子を見捨ててしまったら後悔を残すことになるという確信があった。だから、震えそうになる膝を必死に抑えて、虚勢で何とか背筋を正し、少女と男の間に割って入った。

「あァ？　なんだ、お前？」

タバコを手に眉をひそめる男。眼光で人が殺せそうだ。猛獣の方がまだ可愛げがある。ほとんど無策ではあるが、蛮勇を振るうつもりもない。あれだけの轟音《ごうおん》と炎上があったのだから、おそらく近隣住民か通行人の誰かがもう通報してくれているはず、という密《ひそ》かな打算があった。ゆえに俺が今取れる最善手は、赤毛の男を不用意に刺激しないよう気をつけながら時間を稼ぐこと。声が裏返らないよう静かに息を整えてから、努めて冷静に言葉を返す。

「あの……事情はよく分かりませんが、ひとまず落ち着きませんか？　この公園、結構近くに警察署もあるので、乱暴な行動は避けた方があなたにとってもいいかと――」

直後、バチンと額の辺りで何かが破裂したような音がした。

それがデコピンによるものだと理解できたのは、三メートル以上吹っ飛び地面に転がされた後だった。頭が内部から揺さぶられているかのような強烈な眩暈《めまい》に襲われる。軽く指で弾かれただけなのに、バットでフルスイングをかまされたのと同程度の衝撃を受けた。

「う、ぁ……？」

視界がぐらつく。平衡感覚が狂って立てない。間違いなく脳震盪《のうしんとう》を起こしている。馬鹿げた力だ。そもそもいつの間に接近されたのか。動きがまるで見えなかった。

男は這《は》いつくばる俺を見下しながら、煙を吐き出し、口の端を邪悪に歪《ゆが》ませる。

「パンピーに用はねぇ。邪魔だからすっこんでろ」

嘲《あざけ》る男を前に、奥歯を噛みしめる。依然として恐れはあった。だが、いきなり問答無用で暴力を振るわれたことに対し、沸々と怒りも込み上げてきた。挑むように睨み返す。

ふざけるなと、そう言ってやりたかった。

しかし、次いで上から落とされた言葉が、己《おの》が中に募り始めた戦意を一瞬にして削《そ》いだ。

「じゃないとお前も殺すぜ……？」

ぞわっと全身が粟立《あわだ》った。口先から出た冗談や単なる脅しの台詞じゃない。口調や態度は軽薄だが、そこに込められた冷たく明確な意志を、俺は生物が元来持つ本能的な部分で感じ取っていた。初めて他人から向けられたそれを前に身の毛がよだつ。呼吸が乱れる。足がすくむ。指の一本すら動かせない。おそらくはこれが、殺意というものなのだろう。

真冬に頭から冷や水でもかけられたみたいに、身体がガタガタと震え出す。生半可な覚悟や善意で関わるべきではなかったのだという思いが、瞬く間に心の内を占拠した。

「…………っ！」

前方から鈍い音がしたかと思うと、恐怖に支配されている俺の眼前に、銀髪の少女が倒れ込んできた。その頬は赤く腫れていた。

「さァて、手間ぁ取らされたが、ようやくフィナーレだな」

左手の薬指にはめている唯一の指輪。男はその着け心地を一度だけ確かめると、少女に向けて手をかざした。腕の周りの空気が揺らぐ。熱気と共に火花が舞い、夜空を焦がさんばかりの炎が巻き起こった。その現象を目の当たりにし、言葉を失う。手品や虚仮威《こけおど》しの類《たぐい》ではないと自分の五感が告げている。この炎は今、この男自身が生み出したのだ。

人間じゃない――。そう思えるほど異常な光景だった。危険な人格破綻者というだけでは説明がつかない。あの怪力も、この炎も、ただの人間が為《な》せる業とは思えない。ひょっとしたら自分はとんでもない事件に首を突っ込んでしまっているのではないか。これまでとは別種の恐怖心が鎌首をもたげ、心臓の鼓動がうるさいくらいに鼓膜を叩《たた》き始めた。

怖い。ひたすら怖い。一秒でも早くこの場から逃げ出したい。

このひと月の間に八億人もの人々が命を落としている今、俺もいつ死ぬか分からない。明日死んでもいいように、後悔を残さず生きたいと思ったのは本心だ。だけど、『死ぬ』のと『殺される』のとでは違う。俺は痛みや苦しみを厭《いと》わず人助けに臨めるほど善人じゃない。痛いのも苦しいのも嫌だ。どうせ死ぬのなら心安らかに死にたい。

逃げなければ――。朦朧《もうろう》とする意識を呼び戻し、震える膝に鞭打《むちう》ち立ち上がろうとする。

その瞬間、少女と再び目が合った。暗い湖の底みたいな、意志の光が希薄な蒼然《そうぜん》たる瞳。今、幼い彼女の双眸《そうぼう》には、心が折れた情けない高校生の姿が映っていることだろう。

「これで俺の願いも叶《かな》う……。んーじゃ、あばよ」

男から放たれる死刑宣告。それだけで肌を焼くような熱風が吹き抜ける。今すぐここから離れなければ、数秒後には消し炭になる未来が訪れる。いや、一瞬で灰になれるのならまだいい。皮膚を、肉を、舌を、眼球を焼かれる苦痛はいかほどのものか。焼身自殺を図ったものの失敗して生き残った人の凄惨な体験談が、こんな時に限って脳裏をよぎった。

「………」

それほどの極限状態なのに、もう少しで死ぬかもしれないそんな時なのに、俺は赤毛の男ではなく、目の前で倒れ伏している少女の方を見ていた。涙に濡れた瞳でじっとこちらを見つめてくる少女から目が離せなかった。彼女は、今度は何も言わなかった。助けを乞う言葉はなく、ただ弱々しく伸ばされた手が、当てもなく虚空をさまよっていた。

ドクンと、心臓が一度強く脈打つ。暴力に傷つけられ、理不尽に打ちのめされた少女の姿が、不意にかつての自分と重なった。

こんな小さな子が死罪に値するような罪を犯すわけがない。この子がこのまま殺されるのは、俺が最も憎んでいる『不条理』そのものだ。ここで逃げ出すことは、自分の存在意義を、行動原理を、根こそぎ否定することになってしまう。それは命を失うよりつらい。

助けないといけない。その思いだけだった。

そこからは、何かを考えて行動したわけではなかった。身体が自然に動いたと言う他ない。怖いのも痛いのも苦しいのも嫌だけど、でも、それらすべてを加味しても、この子を見捨てる理由にはならないと、自分の中でそう結論が出たから――。

だから、俺は彼女の手を取った。

＊＊＊

不思議な感覚だった。

少女に触れたその瞬間、今まで感じていた恐れも痛みも一瞬で消え去り、代わりにこの子を守らなければという使命感と、そのためなら何でもできるという全能感が芽生えた。繋《つな》いだ手から腕を通り全身へ、ありとあらゆる力が巡り、浸透していく。

赤毛の男の手の平から放出された業火。迫りくる死の熱波が、やけにスローモーションに見えた。少女を引き寄せ、池とは逆側に跳ぶ。軽く地面を蹴っただけなのに、跳躍の距離は五メートルを超えた。それも、人一人を抱えた状態で。

「……は？」と、唖然《あぜん》として口を開ける男。何が起こったのか理解できないといった顔をしている。咥《くわ》えていたタバコが唇の隙間からぽろりと落ちた。

相手が虚を衝《つ》かれている今が千載一遇のチャンス。勝機は今この一瞬しかないと闘争本能が叫んでいた。抱えていた少女をその場に下ろし、男に向かって疾走する。

やるしかない。感情のままに咆《ほ》え、右の拳を握る。

数瞬の間に男の懐に飛び込み、その腹目掛けて根限りの力を叩き込んだ。

「な——が、ぼっっ……!!」

驚愕《きようがく》して目を剝《む》いた男の足が地面から浮く。鳩尾《みぞおち》にめり込む拳から伝わる、筋肉の線維を引き千切り、肋骨《ろっこつ》を砕く感触。その勢いは男が纏わせていた爆炎を容易に掻《か》き消した。空気の波動は音を超え、舗装された地表を剝《は》がし、池に荒波を生じさせる。男の身体は背後の欄干を突き破り、一度も着水することなく対岸まで矢の如く吹っ飛んでいった。

公園内に落ちる刹那の静寂。風圧で巻き上がった池の水が雫《しずく》となって雨さながらに降ってきたことで、周囲にようやく音が蘇《よみがえ》る。目の前にあるのは、ミサイル発射後のような通過跡。抉《えぐ》れた地面、破壊された欄干、左右にさざ波立つ水面、土ぼこりを上げる対岸、それらが一直線になって続いている。

「……は……？」

今度は俺が口を開ける番だった。自分でやったことではあるが、あまりにも現実離れしすぎていて信じられない。言うまでもなく、こんな怪力を発揮したのは生まれて初めてのことだった。

火事場の馬鹿力というやつだろうか。いや、それにしたって常軌を逸している。

(というか、あの男ちゃんと生きてるよな？　殺したりしてないよな……？)

その時、ざわざわとした喧噪《けんそう》とサイレンの音が聞こえてきた。騒ぎを聞きつけた野次馬《やじうま》と、待ち望んでいた警察が今になってやっと到着したらしい。

内心、焦る。

正当防衛を主張しようとは思うが、色々と説明しがたいことが多いせいで認めてもらえるか微妙な気がした。そもそも俺自身もまだ全容を把握できていない。事情聴取でおかしなことを口走ろうものなら、逆に俺の方に嫌疑がかけられる可能性だってある。当然、起こったことを馬鹿正直に伝えるのも愚策だろう。頭の心配をされるのがオチだ。

――考える時間が欲しい。

短い思惟《しい》の末、選んだのは逃走。まずは状況を整理するのが肝要だと判断した。

座り込んでいる女の子に目を遣《や》る。あの男が何者なのか、自分の身体に何が起こっているのか、そのどちらにも関係しているのがこの少女だ。彼女の素性を知ることが今後の方針を決める上で重要になってくるに違いない。何より、このままこの場に放置はできない。

「一緒に来るか？」

尋ねながら手を差し出す。少女はその手をまじまじと見つめた後、俺の顔をぼんやりと見上げてから、そっと手を握ってきた。

小さく、柔らかく、しっとりと冷たい手。その低い体温に、なぜだか物悲しさを覚えた。放さないように、壊さないように、加減しながら握り返す。

今一度俺の顔を見て、何度か瞬《まばた》きを繰り返す少女。そして、視線を再度手元に戻してから、彼女もまた、その手にかすかに力を込め、ぎゅっと握り返してきた。

水次公園から最短距離で家に向かう。

帰る途中、何度かすれ違った人がこちらを振り返ってきた。やはりこの子の容姿は目を引いてしまう。やむを得ず着ていたトレーニングウェアを彼女に羽織らせ、フードを被らせることにした。多少怪しいが銀色の髪で注目を集めるよりはマシだし、水に濡れた身体を冷やさないためにも着せておいた方がいいだろう。

「あ、憂人君」

家に着くと、アパートの前で朔夜が待っていた。前以《まえもっ》て連絡を入れておいたのだ。

「夜遅くに悪い。というか、俺が行くから家にいていいって言ったのに。危ないだろ」

「ううん、近いし大丈夫だよ。それより、『子供の頃の服ってまだ持ってるか』なんて突然言われたからびっくりしちゃった。……その子が電話で話してくれた迷子の子？」

「ああ。何というか……ちょっと訳アリでな。今すぐには警察に連れていけないんだ」

「そうなんだ……。かわいそう、すごく汚れちゃってるね……」

膝を曲げて少女と目線の高さを合わせる朔夜。少女の方は最初一瞬だけビクッとしたが、朔夜に害意がないことが分かったのか、おっかなびっくり上目遣いに見つめ返していた。

「ねぇ憂人君。お風呂借りてもいいかな？」

「構わないけど……まさかこの子を入れてあげる気か？」

「うん。こういう時って心細いから誰かが傍にいてあげた方がいいと思うんだ。それに見たところ外国の子みたいだから、もしかしたら日本のお風呂に不慣れかもしれないしね」

そう言うや否や、アパートの階段をスタスタと上がっていく。本当は少女の着替えだけ受け取ったらすぐに家まで送っていこうと思っていたのだが、告げるタイミングを逸した。

朔夜は基本的に物腰柔らかな大人しい性格だが、決断力や行動力がないわけじゃない。たまに押しが強く、そうこうしているうちに話が進んでいる時がままある。

（仕方ないか……）

実際、同性の朔夜がいて助かるのは事実だし、今回は彼女の厚意に甘えることにした。

二人を連れて家の中に入り、改めて少女を見てみる。朔夜が言ったように、汗やら泥やらのせいで全身くまなく汚れている上、衣服も池の水を吸い込み湿っている。

このままでは風邪を引きかねない。本心では一刻も早く話を聞きたかったが、急がば回れとも言う。

それにあんな出来事があったすぐ後に質問攻めにしたところで、こんな幼い子が冷静に答えられるとも思えない。まずは心身共に落ち着かせてあげるのが先だろう。

「それじゃ、すまないけど頼む。タオルとかはこっちで用意しておくから。怪我《けが》してるから多少痛がるかもしれないけど――」

と、そこまで言って気付いた。少女の頰、腕、脚に視線を遣り、思わず息を吞む。

確かにあったはずの痣《あざ》や擦り傷が跡形もなく消えていた。

(傷が癒えてる……？)

「？　じゃあ、行ってくるね？」

不思議そうな顔をしつつ、それでも俺の意を汲《く》んで浴室の方へ向かう朔夜。少女も朔夜に手を引かれ、俺の方を振り返りつつも、素直に脱衣所に入っていった。

(いや……うん。ワンパンで百メートル吹っ飛ばす超パワーに、手から炎出すビックリ奇術まで見たんだ。ちょっと傷の治りが早いくらい、今更驚くまでも……)

などと自分に言い聞かせ、無理やりにでも納得しようとしてみる。

「……頭が痛くなってくるな」

いつか何か起きないかと願ってはいたが、いざ実際に非日常的な事態に直面すると戸惑うものなのだと知った。全くわくわくしていないと言えば嘘《うそ》になるが、高揚感よりも困惑の方が遥かに大きいというのが本音である。

少女が着ていた服を洗濯ネットに入れて洗濯機へと放り込み、洗剤片手にため息を一つ。スピード洗い設定にし、スタートボタンを押す。唸りを上げて回り始めたドラム式のそれを尻目に、短く息を吸い込んでからリビングのドアを開けた。

室内はしんとしていた。時刻は二十三時過ぎ。寝るにはまだ少し早い。デスクの方を見ると、母はそこで事切れたかのように爆睡していた。パソコンの画面を見るに仕事は無事完遂したようだが、作業終了と共に落ちてしまったらしい。今までにも何度か見たことのある光景だった。こうなった母は朝まで何があっても目を覚まさない。現状について相談したかったが、厄介事に巻き込みたくない気持ちもあったので、落胆と安堵《あんど》が同時に去来した感じだ。とりあえず俺の自室に布団を敷き、そこに母を運んで寝かせることにした。

喉の渇きを覚え、グラスに水を注いで一気飲みする。それで何とか人心地ついた。

しばらくすると風呂から上がった二人がリビングに入ってきた。少女の方は朔夜のお古の白いパーカーを着ている。若干サイズが大きいようだが、一時凌《しの》ぎなので我慢してもらおう。彼女たちを座卓の前に座るよう促し、俺もその正面に腰を下ろした。

「それで、何があったの？　憂人君、何だかずっと思い詰めた顔してる。言いづらいことなら無理には聞かないけど、私で良ければ話してほしいな」

不安げに揺れる朔夜の双眸がまっすぐに向けられ、俺の心に葛藤を生む。

母と同様、朔夜を巻き込みたくない気持ちはあった。しかしその反面、一人で抱え込むのが少々限界に達しつつあるのもまた事実だった。それに、もう充分関わらせてしまっている以上、ここで話さないのはむしろ不義理のような気もした。

「……順を追って説明する。かなり荒唐無稽な話だから信じられないだろうけど、ひとまず最後まで聞いてくれ」

そう前置きをしてから、俺も自分の中で情報を整理しつつ、公園で起きた一部始終を細大漏らさず朔夜に伝えた。

正直、内容が内容だけに真に受けてもらえるとは思えなかったが、彼女に対して嘘はつきたくない。昔から、特にあの事件の後からは、朔夜には誠実であろうと誓い、そうあれるよう努めてきた。それは今回のような場合でも同じだった。

「そっか……。そんな大変なことがあったんだね」

だが予想に反し、話を聞き終えた後の朔夜の反応はとても淡泊だった。呆《あき》れている様子も訝《いぶか》しむような素振りもない。

「……信じてくれるのか？」

「え？　だって本当なんでしょう？」

「あ、ああ、そうだけど……でも、常識的に考えたらありえない話だろ。素直に受け入れてくれるのはありがたいが、それでもこんな話、誰だって疑うのが普通だ」

「もう……何年の付き合いだと思ってるの？　憂人君はそんな変な嘘つかないでしょ。私からしたら、ここで憂人君を疑うことの方が『ありえない』よ？」

柔らかな笑みを浮かべて、さも当然といったふうに言い切られ、つい呆気《あっけ》に取られてしまう。彼女はそんな俺を見て、再び優しげに目を細めた。

「信じるよ。憂人君だもん」

外連《けれん》も飾り気もない、どこまでも一途《いちず》すぎる言葉に、目頭が熱くなるのを感じた。

人は他人を見る時、大なり小なりその人を枠組みの中に捉えて見る。『足が速い』、『頭が良い』、『性格が悪い』、『根が暗い』などの記号を付ける。あの事件の後、俺は周りから『犯罪者の子供』というレッテルを貼られた。犯罪者——それも殺人犯だ。誰もが少なからず俺を敬遠した。仕方のないことだと思う。もしも自分が逆の立場だったら、俺も同じようにその人を遠ざけていたかもしれないから。

でも、朔夜は違った。彼女は俺と距離を取ったりしなかった。

加害者の息子である俺と、被害者の娘である朔夜。頭では理解していても、気持ちで割り切れないことは多い。俺とそれまで通り接するのは、朔夜にとっても簡単なことではなかったはずだ。それなのに、変わらず傍にいてくれた。傍にい続けてくれた。それに俺がどれだけ救われたか、たぶん、他の誰にも分からないだろう。

「……サンキュ」

「ふふ、お礼言われるようなことじゃないよー」

彼女がいなければ、俺は今頃人としての道を踏み外していたかもしれない。そう思えるほどに、俺の中で朔夜という人間の存在は大きかった。そんな俺たちのやり取りを、白い少女は無言のままじっと見つめていた。

「あー……今更だけど、まずは自己紹介とかした方がいいよな。……俺は高坂憂人」

「私は天城朔夜っていいます。あなたのお名前も教えてもらってもいいかな？」

なるべく声音を柔らかくして話しかけてみたが、少女からの返事はない。水色の瞳をぱちぱちと瞬かせ、わずかに小首を傾《かし》げている。

「お風呂でも声をかけてみたんだけど、その時も同じような反応だったんだよね。目は合うから無視してるってわけでもなさそうだし、やっぱり日本語が分からないのかな」

「かもな。とりあえず英語でも試してみるか。……ワッチュアネーム？」

少々発音が怪しいがかろうじて通じるはずと信じてトライしてみたものの、やはり返答なし。いきなり言語の壁にぶち当たった。こういう場合はどうしたものか。文明の利器に頼るのも手だろうか。スマホの翻訳アプリを駆使して少女の母国語を虱潰《しらみつぶ》しに探っていくというのはどうだろう。そんな具合に沈思黙考する俺の傍《かたわ》ら、朔夜は微笑みながら少女の顔を覗き込んだ。そして、まずは自分を指差し、続いて俺を指しながら優しく言う。

「さくや。……ゆうと」

木漏れ日みたいな微笑を湛《たた》えたまま、手の平を上に向け、最後に少女を指した。

「あなたは？」

少女は向けられた手をじっと見つめ、順番に朔夜と俺の顔に視線を移し、何かを考えるように少しばかり目を伏せた。数秒の沈黙の後、桜色の唇がゆっくりと開いていく。

「……レーヴェ」

ぽつりと零れたその音は、紛れもなく少女から発せられた声だった。それを聞き、俺もつい感嘆の声を漏らしてしまう。何だろうこれは。初めて言葉を喋《しゃべ》った幼子を前にしているような感覚なのだろうか。この子と接していると、ものすごく庇護《ひご》欲を掻き立てられる。

「朔夜すごいな」

「いやー、えへへ。でも大変なのはここからだよね」

確かにその通りではある。特に聞きたいのは二点。あの赤髪の男が何者なのかと、少女自身の素性について。これらを聞き出すのはかなり骨が折れるだろう。それでも、名前を知れたのは一歩前進だし、無事に意思疎通ができたことは大きな収穫と言える。この流れに乗って調子よく話を進めていきたいところだ。

これはいよいよ翻訳アプリの出番かとスマホを取り出しかけたが、続けようとした問い掛けは『くー……』という可愛らしい音に遮られた。少女のお腹《なか》が鳴ったのだ。彼女はうつむきながら両手で腹部を押さえている。どうやら相当空腹らしい。朔夜がその様子を見てちらりとこちらに視線を送ってくる。それで意図は察した。おもむろに立ち上がり、台所へ向かう。

「何か残ってたかな……」

冷蔵庫の中は過疎化が進んだ村のような有様だった。冷凍庫にはレトルトのハンバーグを見つけたが、生憎《あいにく》今日は米を炊いていない。味が濃いハンバーグをそれのみで食べるのは少々しんどいだろう。さらにごそごそと中を漁《あさ》っていくと、底の方にバンズを発見した。

諸々《もろもろ》を解凍し、温めたバンズにハンバーグやレタスやスライスチーズを挟み込んで、マヨネーズとケチャップで適当に味を調える。飲み物は牛乳かビールか水道水の三択だったので、一番マシと思える牛乳を提供することにした。

「はい、どうぞ。即席で作ったから美味《おい》しいかは分からんけど」

少女は皿に置かれたものを見て固まっている。そっと手に持って上下左右から観察し、俺たちに無垢《むく》な瞳を向けてきた。まるで『何これ？』とでも言いたげな視線である。

「知らないのか？　ハンバーガーだよ、ハンバーガー」

少女は俺の口の動きを見た後、手元のそれに視線を戻し、また再度こちらに目を向けた。

「ハンバガー？」

「惜しい。ハンバーガー」

「……？　ハンバガー」

やはりニアピンで言えていないが、その様子が愛らしくて訂正する気も失《う》せる。気をつけていないと口元が緩んでしまいそうだ。朔夜はもう手遅れのようで、紅潮した頬を両手で覆い、目を一等星のように輝かせていた。とりあえずジェスチャーで食べる真似をしてみせると、少女は俺の動きに倣い、小さな口でハンバーガーを頬張った。もぐもぐと咀嚼《そしゃく》し、こくんと飲み込む。その直後、水色の澄んだ瞳から、ぽろぽろと涙が零れ始めた。

思わず動揺する。口に合わなかったのかと不安に駆られたが、少女は嗚咽《おえつ》を漏らしながらもゆっくりとそれを食べ続けていた。朔夜は何かを感じ取ったのか、少女の背中に寄り添うと、彼女が食事を終えるまでの間ずっと、後ろから肩を優しく抱いてあげていた。

食べ終えて間もなく、少女は朔夜に寄りかかり寝息を立て始めた。もう日付も変わる。子供が眠くなってしまうのも仕方ない。しかし、それとは別に、お腹が満たされたこと、泣き疲れたこと、そして安心して気が抜けたことが眠気を誘ったのだろう。

安らかな寝顔。聞きたいことは山ほどあるが、すやすやと眠る女の子を強引に起こすのは気が引ける。苦笑を漏らしつつ、何とはなしにその銀白色の髪をさらりと撫《な》でた。

刹那、少女の瞳がパチリと開いた。

突然目覚めたことに驚いたのも束《つか》の間《ま》、少女の体躯《たいく》がふわりと宙に浮く。空のように澄明だった水色の双眸が真紅に染まっていく。焦点の合っていない瞳で虚空を見つめる少女の身体が、謎の淡い白光に包まれた。神々しいその姿は、見る人によっては天女を連想するかもしれない。言葉もなく見惚《みと》れていると、家の壁や天井をすり抜け、周囲から掌大ほどの白い光の粒子が入り込んできた。おびただしい数のそれらは次から次へと舞い込み、少女を中心にして螺旋状《らせんじょう》に渦巻きながら幼き体内へと消えていく。

何とも不可思議で幻想的なその現象は、およそ三十秒にも満たないうちに終息し、後には厳粛な静けさだけが残った。

綿帽子のような身の軽さで再び地上に降り立った少女は、ここに来た時と同じあどけない女の子に戻っていた。瞳の色も元の水色であることを確認し、心中で安堵の息を吐く。

だが、彼女の表情がなぜか悲しげに陰っていることに気付き、躊躇《ためら》いつつも声をかけた。

「お、おい……大丈夫か……？」

少女が緩慢な動きで俺に視線を向ける。目には不安が滲《にじ》んでいた。その唇が震えながら開いていく。言語は分からなくともせめて聞き逃さないようにと耳に意識を集めたが、彼女が声を発しようとした矢先、今度は別の驚くべき超常現象が起きた。

家のリビングにいたはずなのに、一瞬にして別の見知らぬ場所に立っていたのだ。

周りの一切が白く、壁という概念がないと疑いたくなるくらい果てなく広大な空間が広がる、そんな場所。

そこに、全人類が集まっているのではと思うほど大勢の人々が集結していた。

（なんだ？　何が起こった……？）

当然、狼狽《ろうばい》する。他の人たちも皆似たような反応をしていた。それでも俺が比較的冷静さを保てていたのは、少し前から異常事態に遭遇していたことで気持ちばかりの耐性がついていたためだろう。どうにか現状を把握しようと辺りを見回すと、遠く離れた別々の位置に母と朔夜の姿を認めた。

「――人類の皆さん、ごきげんよう」

多くの会話や雑音が入り乱れる中、その声は直接脳内に流れ込んでくるかのように鮮明に響いた。突如上空から降ってきた声を耳にし、皆が一斉に頭上を仰ぐ。この空間にいる影響なのか、天高くに存在しているにもかかわらず、《その者》の姿は、毛先の一本一本まで明瞭に視認できた。そこにいたのは、何とも形容しがたい生物だった。

特徴的なのは頭部に生えた大きな鹿の角。人間をベースにあらゆる生き物を融合させたような珍奇な姿をしている。ただ、その姿は不均衡でありつつも完成されていて、生物でありながら、生物を超越した神聖さも感じさせた。だから、その容姿を揶揄《やゆ》する気など微塵も起きない。それは穏やかな眼差しの奥に暗い闇が垣間見《かいまみ》えたからでもある。包容力に満ちている一方で、言い訳も口答えも許さないといった眼光。安心感と威圧感を同時に抱かせる、優しくも恐ろしい瞳をしていた。

「はじめまして。僕はこの地上に最初の生命を創造した者です。定義にもよるけど、君たちが言うところの《神》といった存在かな」

告げられた言葉に人々がざわめく。上空に佇《たたず》む天上人は、眼下の様子を見てにっこりと相好を崩した。唇が再度動く。そのたった一動作だけで、波が引くように喧騒は止んだ。

「僕の発言を鵜呑《うの》みにする必要はないよ。真偽の判断は君たちに任せる。ただ、とりあえず最後まで話を聞いてほしい。僕がこうして人類諸君の前に現れたのは、今起こっている事態の説明をさせてもらいたかったからなんだ」

　そう言いながら、視線を移していく自称神様。この場にもしも本当に全人類がいるのなら、一人一人と目を合わせるなんて絶対に不可能なはずなのに、俺も、おそらくは他の人も、あの存在から『視線を向けられている』という感覚をひしひしと受けていた。

「皆、魂魄剝離現象については知っているね。現在、世界的に発生しているアレのことだ。つい先刻にも五千万人を超える新たな被害者が出た。……そうだね、結論から伝えようか」

　そこで一度言葉を区切ってから、神は変わらぬ声色でこう確言した。

「そう遠くない未来、人類は滅ぶ」

　衝撃的な事実を唐突に突きつけられ、人々が取った反応は――沈黙。

　驚きも怒りも嘆きもなく、ただ皆一様に呆然と立ち尽くした。

「ひと月ほど前、人類滅亡を目論《もくろ》む《魔王》が現れたんだ。魂魄剝離現象もこの魔王が引き起こしている。このまま行けば、あと四ヶ月ほどで人類は絶滅の危機に瀕《ひん》するだろう」

　たらりと、こめかみから頰へと冷や汗が流れていった。

　多くの者が、その顔を絶望の色に染めている。中には呆《ほう》けた表情のまま目を瞬かせている者もいた。突然のことに理解が追いついていないのかもしれない。

「僕はすべての生物を愛しているけど、とりわけ人類のことは特別愛おしく想っている。この世界の摂理上、僕は直接君たちを救うことはできないけれど、それでもどうにかして生き残ってほしいと心から願っている。……ただ、魔王の力は強大だ。人類の武力だけで太刀打ちするのは難しいだろう」

すっと鷹揚《おうよう》に両腕と翼を広げ、これ以上ないくらいよく通る声で言い放つ。

「そこで、君たちの中から《天使》を選出することにした」

神の横に、一人の女性が静かに並び立った。

清楚《せいそ》な修道服を着た、黄金色の長髪が印象的な美しい女性だ。清廉で真摯な人柄が、その面差しや佇まいから伝わってくる。

「紹介するね。彼女はエレオノーラ・スペルティ。かつて西欧の地で神に尽くし、無辜《むこ》の民のために身命を捧《ささ》げ、人類史上最も敬虔《けいけん》で慈悲深い聖女と呼ばれた者の生まれ変わりだ。前世の記憶を有したまま転生し、今世でも難民の救済や支援に当たっている。非常に高潔で善性に優れた人格の持ち主であることは僕が保証するよ。彼女をはじめとした十名の天使たちが、きっと魔王を打倒するための大きな戦力になってくれるはずさ」

神の傍ら、金髪の女性が慇懃《いんぎん》に頭を下げた。

「コミュニケーションが取れないと不便だからね。今後彼女たちとやり取りする際は、言語が自動翻訳されるよう調整しておくよ」

喋り終えるや否や、パチンと軽く指を鳴らす。一瞬だけ、脳に稲妻にも似た光が迸《ほとばし》った。

　まさか今のあの行為だけで俺たちの認識に細工を施したのだろうか。だとしたら紛《まが》うことなき神業だ。その気になれば人の身体、記憶、能力、命さえも、指先一つで簡単に弄《いじ》れるに違いない。奇跡の御業《みわざ》を目の当たりにし、ぞくりと背筋に悪寒が走った。

「繰り返しになるけど、僕の話は鵜呑みにしなくていい。君たち一人一人が自分の頭で考えて行動してほしい。何が正しくて、どうするのが最善なのかをね。君たちは各々が特別で主役たり得る存在なのだから。……幸運を祈ってるよ」

　全生命の親とも呼べるその者は、柔らかな声音で人々の頬を撫ぜた。まるで暖かな日の光に包まれたかのような、抱いていた不安を打ち払うに足る心の安寧を感じた。

「最後に、魔王について教えておくね。これはひと月前の、魂魄剝離現象が起こった最初期の記録映像だ。彼女は見た目こそ人間だけど、自然発生した全くの別物。人ではなく災害だと思って対処した方がいい。可愛い外見に惑わされちゃダメだよ」

　そう話す神の真横、金髪の女性とは反対側に、幼気《いたいけ》な少女の姿が浮かび上がる。

　灰を被ったような髪、雪女みたいな真っ白な肌、吸血鬼を思い起こさせる紅蓮《ぐれん》の瞳に、誰もが息を呑んだ。それでもたぶん、いや絶対、俺が一番驚き困惑していると断言できた。

「さあ、人類諸君。《聖戦》の始まりだ！」

　様々な感情の渦中にある俺たちに、神は猛々《たけだけ》しくも愉快げな声でそう宣言した。

神の脇に佇立《ちょりつ》する少女は、終始無言のまま中空を眺めていた。ふと、その視線がゆるゆると落ちていき、俺の視線とまっすぐにぶつかる。俺は、彼女のことを知っていた。

「レーヴェ……」

神が《魔王》と断じたのは、俺が助けた少女だった。

＊＊＊

眼前の光景が変わる。神も天使も民衆も消え失せ、気付けば自分の家に戻っていた。

幻覚、白昼夢——。現実的に考えれば、そういった可能性をまず疑う。

だが、あの鬼気迫る臨場感、この動悸《どうき》の激しさ、何より神を名乗るあの存在を前にした時に抱いた畏怖の念が、現実的に考えて、あれは現実だったという結論へと至らせる。その確信を後押しするように、隣にいる朔夜の顔からも血の気が引いていた。

真っ先に頭を占めたのは、レーヴェを連れて今すぐにでもここを離れなければいけないという危機意識だった。水次公園での騒動を見ていた野次馬がいるかもしれない。それに家に帰る道中、何人かすれ違った人もいた。レーヴェの姿を目撃されている可能性は決して低くない。ここに留まっていたら見つかるのは時間の問題だ。

現金、各種カード、スマホ、充電器、最低限の着替えと食料。持ち出す荷物として必要そうな物を瞬時に脳内で羅列した。有事の際の避難具一式は前以てボストンバッグに詰めて用意してあるから、動こうと思えば即座に家を発《た》つことができる。

「憂人君……」

縋りつくように服の裾を摑まれる。そこから朔夜の震えが伝わってきた。彼女の瞳は怯《おび》えと混迷で揺れている。それで我に返った。何かがおかしいことに気付く。だが、何がおかしいかが分からない。違和感だけが頭蓋骨の内側にこびり付いているみたいだった。

今一度、座卓の向こう側にいる純白の少女を見る。

素朴でありながらも可憐《かれん》で、儚《はかな》く薄幸な雰囲気が漂う七歳くらいの女の子だ。存在感こそ際立っているものの、邪悪な気配は微塵も感じられない。しかし神の言が真実ならば、純真無垢を体現したようなこの少女は魔王で、おそらくは公園で襲ってきたあの粗暴で凶悪な男が天使ということになるのだろう。

(分かるかよ、誰がどう見ても逆だろ普通……っ！)

思わず髪を掻き上げながら項垂《うなだ》れた。助けたことに後悔はないが、罪悪感なのか、遣る瀬無さなのか、言いようのない感情が心臓を激しく叩いている。なかなか平常心を取り戻せない。舌打ちしそうになるのを堪えつつ顔を上げたが、その転瞬の後、我が目を疑った。

「――やあ、どうも」

いつの間にか、レーヴェの隣に神がいた。あまりにも自然にそこにいるものだから、咄嗟に反応を返せない。声も出せない。対する神はニコニコと友好的な笑みを浮かべている。その横で、レーヴェは平然と座したままでいる。

「ほほーう、これはこれは……。ふふふ、なかなか面白いことになったねぇ」

顎に手を添えた神は、俺のことをまじまじと観察しながらそんな軽口を零してきた。喉がひりつく。かすれそうになる声をどうにか整えつつ、やっとの思いで言葉を絞り出す。

「な、なんで……一体どこから……!?」

「ああ、僕は言わばこの星そのものだからね。常にどこにでもいるとも言えるし、逆にどこにもいないとも言える。まぁ、深く考えなくていいよ。それより君にはもっと他に知りたいことがあるんじゃないのかい？　自分の身に何が起きたのか、とかさ」

天上の存在に見据えられ、金縛りにでもあったかのように身体が動かなくなった。硬直する俺を、この世のものとは思えないほど妖美に輝く虹色の眼が射抜いてくる。

「君はね、契約を交わしたんだよ。公園で助けを求めるこの子の手を取った瞬間にね。人類を滅ぼす《魔王》を守る従者……言ってみれば《悪魔》になったのさ」

一瞬、何を言われているのか分からなかった。

「思い当たる節はあるだろう？　筋力、知覚精度、反応速度、どれも今までの比じゃないはずだ。それより何より、君はこの子が魔王なのだと知った時、何を考えた？　普通なら追い出すか逃げ出すかすると思うけど、君は庇護しようとしたんじゃないかい？」

何を言われているのか分からなかった――なんていうのは、嘘だ。本当は分かっていた。その説明を正しく理解し、先ほど抱いた違和感の正体はこれだったのかと腑《ふ》に落ちるところまでいっていた。だが、理性が現実を受け入れることを拒んでいた。

「契約はこの子としても無意識だったみたいだね。それだけ追い詰められていたんだろう。契約内容は『魔王の力のほぼすべてを譲渡する代わりに、あらゆる障害から自分を守る』って感じかな。君はこの子を決して見捨てられないし、絶対に裏切れない。たとえ全人類を敵に回したとしても、この子を守らなければならない未来を強いられたってわけだね」

こちらの苦悩などお構いなしに神はつらつらと喋り続ける。まるで会話を楽しむように。

「そんな……」

絶句する俺に代わり、朔夜が嘆きの声を漏らした。瞳にはうっすらと涙が浮かんでいる。

レーヴェは依然として黙りこくったまま座り続けていた。しかし、その目はほのかに伏せられ、太ももの上に置かれた手にはわずかに力が込められていた。

「なんで……わざわざそのことを俺に？」

「君には自分の置かれた状況を知っておいてほしくてね。それに僕は一応中立の立場だからさ。《天使》側だけに接触するのはフェアじゃないでしょ」

鮫と思《おぼ》しき尾びれをゆらゆらと揺らしながら、愛想よく笑いかけられた。

中立の立場——味方ではないが敵でもないというその言葉を、果たして鵜呑みにしてもいいものか。神の心中など推し量れるわけがない。神自らは手を出さないという言葉も本当かどうか分からない。万が一にでも今攻撃されたら、俺はレーヴェを守りきれないのではないか。突如として湧いたその懸念が、脚を、腕を、身体を、瞬発的に動かした。

気付いた時にはもう少女の手を取っていた。

神が少なくとも人間の味方なら、朔夜や母さんに危害を加えることはないはず。頭の隅でそんなことを考えつつも、目下の目的は少女の身の安全を確保すること以外になかった。焦燥感、使命感、責任感、様々な感情が胸中に渦巻いている。背後から何か声を投げかけられた気がしたが、もう耳には届かない。玄関脇に備えていた避難用バッグを引っ掴むと、俺はそのままレーヴェと共に家を飛び出した。

その様子を、神は可笑しそうに眺めていた。

「あーあ、行っちゃった。せっかちだなー、本題も聞かずに。まぁ行動力があって良し！」

腕を組み満足そうに頷《うなず》いている神に、朔夜が弱い雨音のような声で問いかける。

「憂人君は……これからどうなるんですか……？」

その質問に、神は両肩を上げてみせた。同時に六枚の翼もぴょこっと揺れる。

「それは僕にも分からない。すべては彼次第さ。でも、とりあえず平坦《へいたん》な道のりではないだろうねー。なんと言ったってあの子たちは人類の命運を握ってるわけだからね」

開け放たれたままの扉の奥に視線を移すと、秋の夜風が這うように吹き込んできた。あたかも未来を暗示するかのようなその冷たさに、朔夜は腕を抱きながら身を縮ませる。この肌寒さが風のせいだけではないことは分かっていた。

「憂人君……」

名前の主が消えた先の宵闇は、さながらこの世の深淵《しんえん》のようだった。


無我夢中で走る。当てもなくただ走る。

忙《せわ》しなく移り変わる景色の端に、散りゆく金木犀《きんもくせい》の花弁が見えた。その形が十字架に思えたのは今の精神状態に起因しているのだろうか。

やがて足を止めたのは複合遊具などが置いてある児童公園だった。深夜の公園だ。俺たち以外に人はいない。念には念を入れるべく完全に人目を避けられる場所はないかと視線を巡らせると、コンクリート製のドーム型遊具が目に留まった。遊具には複数の円い穴が空いており、内部が空洞で中に入れるようになっている。見た目的にはチョコチップメロンパンを彷彿《ほうふつ》とさせる遊具だ。そこにレーヴェと二人で潜り込んだ。

内壁に背を預けてどさりと座る。長い息を吐いた途端、どっと汗が噴き出してきた。不思議なことに、全速力で走ってきたのにさほど息は上がっていない。対して、未だ手を繋いだままでいる少女は、顔を伏せて肩を激しく上下させていた。

（これからどうする……）

差し当たって優先すべきなのが身バレの防止であることは間違いない。

朔夜が持ってきてくれた着替えがパーカーで良かった。レーヴェの容姿で特に目立つのは白銀の髪と水色の瞳。長い後ろ髪を服の中に隠してフードを目深に被ってしまえば、ひとまず一目で人相を判別されるという事態は避けられるだろう。

とはいえ、それだけではまだ弱い。これから逃亡生活が始まるのなら、もう一つか二つ、周囲の目を欺くための小道具を用意したいところだ。幸いにも雑貨を売っている二十四時間営業の店が近くにある。行動するなら早い方がいい。

「少しの間、ここで待っててくれ」

そう言い残して一人外に出ようとした。が、レーヴェは手を放してくれなかった。

「……いかないで……」

酷《ひど》く怯えた少女の顔がそこにあった。ほとんど光が届かない遊具内なのにしっかりと表情を視認できるのは、以前よりも夜目が利くようになったためか。レーヴェが何に怯えているのか一考してみたが、この状況では天使以外考えられないだろう。そう思い説得を試みようとしたところで、次いで彼女から零れ出てきた言葉がその推測を打ち消した。

「……ひとりにしないで……」

小さく、か弱い、蠟燭《ろうそく》の灯火《ともしび》のような声だった。擦り切れそうな心の悲鳴が聞こえてくるようだった。それを耳にした瞬間、直感的に悟る。違う、天使じゃない。

少女が怯えているのは、孤独だ。

神の『契約はこの子としても無意識だった』という台詞を思い出す。魔王なのだから周りが敵だらけなのは必然だろうと思う反面、この怯え方はまるで普通の人間のようにも見える。本当に、人の温《ぬく》もりを求める一人の女の子のようだ。

（魔王って言うなら、もっといかつい大男とかであれよ……）

紛らわしい、ふざけるなと、誰に向けるでもなく毒づきたくなった。

だが、と自問する。

仮に風貌が違っていたなら、俺は水次公園で別の選択をしていたのだろうか。襲われていたのが少女ではなく中年男性だったなら、関わろうとせずに黙過していたのだろうか。

目の前に助けを求める者がいたとして、その見た目を人助けの判断基準にしたくはなかった。自分はあの時後悔のないよう動いたのだ。今更それを悔やみたくない。

（しかし……どうにも腑に落ちない）

人類が『悪』で、レーヴェがその浄化装置と言われた方がまだ納得できる。ただ、そうなると神の言葉と矛盾する。『魔王という人類の敵が現れてこのままでは滅ぼされるから、それに立ち向かう天使という救世主を用意した』。あの珍妙な創造主が告げたことを要約するならおそらくこんな感じになるだろう。やはり何だかちぐはぐしていてしっくり来ない気がした。レーヴェの性質が『悪』ならすべてに辻褄《つじつま》が合うのだが、幼気な少女にしか見えないというただその一点が、この聖戦の整合性を失わせている。

（……だけど《魔王》に《天使》って……マジで冗談みたいな話だな……）

今になってじわじわと実感が湧いてきて、心がどんよりと重くなってくる。神が言うには、俺はレーヴェを絶対に見捨てられない契約を交わしたらしい。つまりは洗脳されているようなものだ。改めて考えるとなかなかに怖い状態に思えた。

（でも、さっき神に指摘されたことで、今はもう裏切るって選択肢を思い浮かべられるようになってる……。直では無理でも間接的になら寝返ったりもできるのか？　本当に洗脳されてるなら、洗脳って発想自体が出てこないだろうし……）

分からない。考えすぎるあまり、ぷすぷすと頭から煙が上がりそうになった。

俺が今こんな状況に陥っているのは、間違いなくレーヴェが原因だ。きっともう元の日常には戻れない。そう思うと呪いの言葉の一つでもぶつけたくなった。

だが、その一方で、この少女が邪悪な存在であるとはどうしても思えない自分もいた。果たしてハンバーガーを食べて涙を流すような子が好んで人を殺すだろうか。他者の声よりも自身の心で判断する。それが俺の信条だ。たとえその他者が神だとしても、俺は自分の目で見たものを信じたい。判断材料を集め、全容を明らかにし、その上で結論を出すのが正しいことだと思えた。

「…………」

不安そうにしている少女の瞳を見つめ返す。どこか仄暗《ほのぐら》くも、綺麗で純な目をしていた。

いくらか理性的になった頭で考える。

そうだ、どんな行動を起こすにしろ、その前にまず確かめておくべきことがある。俺が今後も彼女と関わり続けるしかないのなら、この問答は避けては通れない。

「レーヴェ……一つだけ教えてくれ」

俺は、この少女に対する印象を決定づける重要な質問を投げかけた。

「お前は自ら望んで人を殺しているのか？」

その静かな問い掛けに対し、淡色の少女は徐々に顔をうつむかせた。しかし、一瞬だけ見えた彼女の表情には幽愁が滲んでいて、言葉などなくともそれが俺にとっては明瞭な答えとなった。ああいう目を俺は知っている。罪悪感と後ろめたさ。少なくとも、自分から進んで殺人を犯している者が湛えられる感情ではない。そう思った。

「……そうか」

ゆっくりと息を吐きながら、俺は自分でも驚くほど安堵していた。おっかなびっくりといった様子でゆるゆると顔を上げた少女の瞳を、今一度しっかりと見つめる。

「これから必要な物を買いに行く。一緒に来ても構わないが、無用なトラブルを避けるためにも俺の言うことを守るようにしてほしい。まず、目立つ行動は控えること」

「……（こくり）」

「それから俺たちの関係を聞かれた際は兄妹《きょうだい》と答えること。とりあえず今はこの二つだけ覚えておいてくれ。他のことはもう少し落ち着いてから話し合おう」

「……（こくり）」

喋りながら思う。俺が主導で決めてしまっているがいいのだろうか、と。

魔王というわりに素直で従順だから調子が狂う。返事はなく頷きだけ返す様は、いっそ小動物を連想させた。

（そういえば、いつの間にか言葉が通じるようになってるな……）

言語の自動翻訳。神が口にした『フェア』という単語が頭をよぎる。どうやら神がその細工を施したのは天使に対してだけではなかったらしい。何にせよコミュニケーションが取れるのは助かる。今後を思えば会話は必須だから。

俺はまだレーヴェのことを何も知らない。

どこでどのように生まれ、なぜ人間を滅ぼそうとしているのか。対話ができるなら、あわよくば和解の道も探れるかもしれない。争わずに済むのならそれに越したことはない。

人類の存亡をかけて《天使》と《魔王》が戦うという構図。漫画とかアニメなら、苦難や激闘の末に辛くも天使側が勝利しハッピーエンドといったところか。構成としてはわりと王道だし嫌いじゃないジャンルだが、今問題なのは自分が魔王サイドだという点。このままでは魔王もろとも俺も討伐されるという破滅の未来が透けて見える。仮に魔王側が勝利したとしても、その時は人類が滅んでしまうわけだから、どの道バッドエンドは避けられない。

（和解が無理だったら、これもうほぼほぼ詰んでんだろ……）

嘆息しながら天を仰ぎ、遊具の穴の奥から金色に輝く中秋の名月に目を細めた。

こんな長い一夜は初めてだと、そう思わずにはいられない夜だった。

＊＊＊

空前絶後と思われる神の演説が世界を震撼《しんかん》させたとしても、いつも通り太陽は昇り一日の始まりを告げる。朝陽《あさひ》をその身に受けながら、青年は単身都内の街道を歩いていた。

「そうか……。分かった」

スマホの向こうから聞こえてくる幼馴染みの声に、曇っていく己が表情を自覚する。自分よりも過酷な状況にある友を差し置いて弱気な声を聞かせるわけにはいかないと、表層へと出そうになった動揺を腹の底に押し込めた。

青年が《天使》になったのは、ほんの数時間前のことだった。突如目の前に現れた神が言ったのだ。世界を救うために君の力を貸してくれないか、と。

拒否権がなかったわけじゃない。神は天使になるか否かの選択権を与えてくれた。承諾すれば戦いの中に身を投じることになる。それでも人類の滅亡を蚊帳《かや》の外で眺めているよりは当事者である方がまだいいと考え、青年は神からの提案を受け入れることにした。

しかし、その時はよもやこんな事態になるなどとは予想だにしていなかった。

「また何かあったら連絡してくれ。……俺も俺にできることをする」

通話を終えると、耳が痛むほどの静寂が空気を締めつけるようにして横たわっていることに気付いた。早朝の時間帯、人気《ひとけ》の少ない郊外の一角とはいえ、物音一つしないのは異様という他ない。まるで嵐の前のような不穏な静けさを感じる。

天使と魔王による聖戦――。

昨夜の一件が現実だったのか夢幻だったのかは、そう遠からず判明することになる。今は吟味と判断、そして受容のための準備期間なのだろう。時代の変わり目。破滅の黎明期《れいめいき》。静かなのは今だけで、これからすぐに騒然となるに違いない。

この足元の歩道も、両脇に立ち並んでいる家屋も、来月には壊れているかも分からない。そんなことを考えながら住宅街を外れ、緑豊かな林道に入る。個人の私有地であるその道を一直線に突き進むこと暫し、絵画のような西洋風の豪邸に行き着いた。周囲に民家はなく、城が如きその邸宅だけが整備された自然の中に聳然《しょうぜん》として立っていた。寂しくも豪奢《ごうしゃ》に佇むその屋敷は、要人の別荘にでも使われていそうな様相を呈している。

身長よりも高い鉄製の門扉を開け、玄関扉まで続く石畳を一歩一歩踏みしめる。林道が土の地面だっただけに、靴の底から伝わる硬質な感触をより意識させられる。視線の先、自分が辿り着くよりも早く両開きの玄関扉が開き、中から一人の若者が出てきた。

「お待ちしていました。他の皆さんはすでに到着していますよ」

青年の穏やかな声が耳朶に触れる。朝の陽光を受けてブロンドの髪がさらさらと風に流れる様は、男の自分でもつい見惚れてしまうほど美しい。背後の屋敷と中性的な容姿も相まって、これまた絵になる光景だと思い、束の間目を奪われた。

屋敷の中に入るとすぐに開けた空間が広がっていた。上階へと繋がる階段が蛇のようにうねりながら延びている。今回は蛇の頭に足を運ぶことはなく、若者の案内に付き従い一階奥の大部屋へと通された。そこは貴族の食卓といった形容が似合う重厚な長テーブルがある一室だった。室内には自分と若者を入れて、男女合わせて八名の姿があった。

「集まりましたね。……それでは始めましょう」

そう発言したのは長テーブルの一番奥、いわゆる議長席に座っている女性だ。彼女の顔はもう全人類が知り及んでいることだろう。ほんの数刻前に神の紹介を受けその横に立っていたのだから。名前はエレオノーラ・スペルティ。《秩序》の天使の称号を与えられた人間。

「あぇ？　全部で十人っすよね？　まだ何人か来てなくない？」

だらっと上半身を卓上に投げ出している灰色髪の若者がはてと首を傾げた。自分も席に着きつつ今一度頭数を数えるが、確かに隣席の男が言った通りあと二名ほど足りないように思える。すると、今度は対面に腰かけているショートボブの少女が小さく手を挙げた。

「あ、それについてですけど、一人リモート参加らしいです」

そう言いながら、ディスプレイが全員に見えるようタブレットをテーブルの端に置いた。

『んん……？　むにゃ……ふぁあ……』

気だるげな声が室内の空気をいくらか弛緩《しかん》させた。画面の奥は薄暗く、背景には山のような凹凸が見えるが、それだけだ。映っている人物の人相ははっきりとしない。性別も年齢も分からない。寝起きなのか徹夜明けなのか、ともかく眠たそうに目を擦《こす》っている。

「えぇ……リモートとかアリなん？　なら俺もそうしたかったよ……」

テーブルに突っ伏した体勢のまま、灰色髪の若者がぼやくように呟《つぶや》いた。

「けど、それでも一人足りないですね」

「そういやあいついないじゃん。あの柄悪い赤髪のヤツ。今日はあいつ来ないの？　ま、別に来なくてもいいんだけどね。うるさいから」

頬杖をつきながらそう零したのは、薄い紺色の中華服を着た少女だった。自分も武道を学んでいるから分かるが、おそらくは武術経験者だろう。発言こそ軽薄で飄々《ひょうひょう》としているものの、居住まい一つ取っても隙がない。ただ、格闘家とはまた少し違う気がする。気配が何だか殺伐としているというか、まるで殺し屋のような冷たいオーラを放っている。

そうこう話している間に、玄関で出迎えてくれた金髪の美青年が紅茶を淹《い》れてくれた。

上座のエレオノーラは優雅な所作でそれを口に運んだ後、静かな口調で切り出した。

「第四使徒であるオルファさんは、昨夜魔王と会敵し、敗北しました」

その途端、室内の空気が再度張り詰めた。

「死んだのか？」

老年の男性が口を開く。この中では最年長だろうが、その双眸の奥には鋭い光が宿っており、肉体の衰えを毛の先ほども感じさせない。

「重傷ではありますが、命に別状はありません。とはいえ、全身の骨折に内臓破裂……ただの人間であれば即死していたことでしょう。しばらくは絶対安静です。現在はグリーンフィールド家が所有する医療施設で治療を受けています」

彼女に視線を向けられた給仕の青年が、恐れ入りますとばかりに頭を下げた。

「そのオルファさんって、私たちと同じように権能を貰《もら》ってるんですよね。それなのにそんなボコボコにやられちゃうって普通にまずくないですか」

首を傾げるショートボブの少女。それに合わせて白金色の髪もさらりと流れた。

「あー、ヤバい。本当にヤバい。終わった。完全に終わったよコレ。あんな可愛い見た目で骨バキバキに砕いて臓物潰すとか鬼畜すぎる。やっぱ魔王は魔王だ。きっと俺なんか聞いたこともないようなグロくてエグい拷問を受けた後、秒であの世に送られるんだ……」

隣の席では、灰色髪の若者が頭を抱えて鬱状態に陥っていた。

「アハハ！　あいつ『俺が仕留めるからお前らは手ぇ出すなよ』とか偉そうなコト言ってたくせに返り討ちにあったわけ？　超ウケるんですけど！　だっさーっ、無様ーっ」

侮蔑の言葉を吐きながら、中華服の少女は心底愉快そうに哄笑《こうしょう》している。

「いえ、この中の誰が相対していたとしても、同じ結果に終わっていた可能性の方が高いでしょう。わたくし達が思っている以上に魔王の力は強大であり、天使以上に規格外の存在であるという事実を、我々はまず正しく認識しなくてはなりません」

エレオノーラの声がより真剣味を帯びる。

「本日、皆さんをお呼び立てしたのは他でもありません。すでにご存じの通り、先刻神様から我々人類に対し啓示がありました。魂魄剝離現象の正体と魔王の存在を全人類が知った今……いよいよ聖戦が本格化するということです」

自分も含め、全員の顔から表情が消える。その心中でどんな思考を巡らせているかを推し量れはしないが、きっと自分のそれは他の誰とも違うだろうことだけは分かっていた。

できることなら我々天使のみで事態を収拾したかったのですが、と清廉潔白な聖女は口にする。しかし状況は次のステージへと移行してしまった。不審死の真実が明らかになった以上、今後人々の心にはより濃く深い恐怖の霧が立ち込めることになるだろう。

「魔王は地球上のどこにいようとも、『魂を奪う』という手段を用いて一度に数千万という規模での犠牲者を生み出します。時間をかければかけるほど、人類の被害は爆発的に増えていくことは想像に難くありません。この聖戦は短期決戦が望ましい……。神様もそれを意図したからこそ、昨夜のうちにこの日本から残り五名の天使を選出してくださったのでしょう」

天使十名のうち初めの五名は、魂魄剥離現象が発生し始めたひと月前から先日までの間に、一人ずつ慎重に選ばれてきた。しかし、自分を含めた後の五名は、全員昨夜のうちに選ばれたと聞き及んでいる。確かに今エレオノーラが言ったように、魔王をこの地から逃さず仕留められるようにと、取り急ぎ選出されたのだと考えるのが妥当のように思えた。

ティーカップから曲線を描いて昇る湯気が、聖女の端正な顔の前でゆらりと揺れる。側面の窓から射《さ》し込む朝陽に照らされ、湯気の白さが一層際立っている。壁に掛けられている木製の大きな振り子時計は、カチコチと規則的な音を鳴らしていた。この空間すべてが彼女に支配されているかのように、厳粛で静謐《せいひつ》な時間が流れていく。

「魔王は強い。単独で挑んでも勝算が低いことはオルファさんが証明してくれました。皆さん色々と思うところはあるでしょうが、勝利を摑むためには我々は一枚岩にならなくてはなりません。そのことを努々《ゆめゆめ》忘れず、どうか肝に銘じておいてください」

「それについて異論はないが、戦闘云々《うんぬん》の前に、そもそもいかにして魔王を見つけるかが問題ではないか？　そのオルファという男は魔王が魂を奪う場面に運良く出くわしたから追跡できたと聞いたが、一度襲われたことで今後敵はより警戒心を強めるはずだ。短期決戦が望ましいのはその通りだが、この広大な世界で女児一人を捜し出すのは至難だろう」

老年男性の言うことももっともだ。ほとんどの者が一様に難しい顔で唸り始めた。

「おっしゃる通りです。そこで魔王の捜索には彼らの力を借りようと思います」

エレオノーラの話を引き継ぎ、給仕をしていた金髪の若者が前に出る。さらにもう一人、薄汚れたカーキ色のローブを羽織り、フードを目深に被った小柄な人物が脇に立った。

「皆さん、現在《神器《じんぎ》》はお持ちですよね？　捜索にはこれを使います」

給仕の若者が懐から取り出したのは、チェーンで繋がれた金色の懐中時計。蓋には緻密な彫刻が施されており、丁寧に手入れをされていることからも物の良さを窺わせる。

「オルファさんが交戦してからまだ数時間、魔王は依然日本国内にいるはず。僕の神器で首都圏を中心にして全国各地に『目』を飛ばします。対象の外見はもう判明しているので、怪しい人物はすべて遺漏なく捕捉しましょう」

目の錯覚か、彼の足元の影が生き物みたいに蠢《うごめ》いたように見えた。ブロンドヘアの青年は、優美な雰囲気を纏ったまま悠揚迫らぬ態度で言葉を続ける。

「そして、見つけた後はウォーカーさんの出番です。彼の神器【全方位磁針《フェピラーチェ》】に与えられし権能は『空間転移』。一度じかに目で見た場所という条件付きではありますが、彼は自分と自身が触れている任意の物体を一瞬で移動させることができます。テレポーテーションと言えばイメージしやすいかもしれませんね。これで皆さんを同時に戦地へ送れます」

「…………」

ローブの男がかざして見せたのは年季の入ったコンパス。長年愛用しているのか細かい傷が所々に入っている。かなり使い古された物だというのが一目で分かった。

神器とは、自身の思い入れが深い道具に、神が特別な力を付与した超常の物質を指す。どんな能力を秘めているかはその持ち主以外把握していないが、これが魔王を打倒するための有力な武器になることだけは確かだ。当然、自分も常に肌身離さず持ち歩いている。

「レインさんが魔王を捜し、ウォーカーさんが我々を現場へと運ぶ。ひとまずはこれを基本方針として聖戦に臨みたいと思います。なお、捜索の手段や伝手《つて》が他の皆さんにもある場合は、レインさんと協力体制を取って事に当たってください。先ほども申し上げた通り、この戦いはスピードが肝要……一分一秒でも早く終息させなければなりません」

見目麗しい容貌からは想像もできないほどの悲壮な覚悟が、清流のように澄んだ声から滲み出している。そのことを、この場にいる誰も彼もが強く感じ取っていた。

天使同士の関係は対等であり、本来その間に序列などは存在しない。それでも彼女は、エレオノーラ・スペルティは、誰が言うでもなく自然と統率者《リーダー》の地位に座していた。そして、そのことに異を唱える者は誰一人としていない。

神から直接紹介を受けた人間だからではない。彼女が持つカリスマ性は本物だと、誰もが相対しただけで理解させられたのだ。

「……さて、他に何か議題がある方はいらっしゃいますか？」

今日はこれで解散かという空気が流れ始めたが、エレオノーラが次に声を発するより一瞬早く、ショートボブの少女が控えめに挙手した。

「あのー、一致団結して魔王を倒すのなら、軽く自己紹介くらいはしておいた方がいいんじゃないでしょうか？　私も含め、この中の何人かは初対面だと思いますし。これから協力して戦っていく以上、お互いのことを知っておくのは大切なことだと思うんですが」

その提言を受け、エレオノーラは勘案するように人差し指の背を顎に添えた。仕草の一つ一つがたおやかで洗練されている。すべてにおいて秀麗で、楚々《そそ》として品があり、彼女が何かするたびに自然と目で追ってしまう。

「……正論ですね。では親睦の意味も込めて、この後食事の用意をしましょう。予定のある方は別の機会でも構いませんので、今回は最低限、簡単な挨拶だけお願いします」

水面に波紋が広がるように、凛とした静寂が数瞬室内を満たす。

天使の現数は九。まずは自分からと、彼女は改めてすっと姿勢を正してから、胸元に手を当てつつ口火を切った。

「第一使徒、エレオノーラ・スペルティ。イタリアの出身です。先日まで難民や貧困者の救助・支援を旨とするNGOに所属していました。よろしくお願いいたします」

端的にそう締《し》め括《くく》ると同時に目を閉じる。簡素な挨拶だったが、細かな動作や言葉の端々、一挙手一投足から彼女の生真面目で高潔な人となりが窺えた。

続いてチャイナ娘、ローブ男、給仕の青年、リモート参加者、灰色髪、老年男性、ショートボブの少女と、他の面々も順に口を開いていく。ある者は淡々と、ある者は鷹揚に、またある者は泰然としながら、自身の素性を多かれ少なかれ明かしていった。

「第二使徒、林鈴麗《リンリンリー》ちゃんでーす。家業・経歴その他についての一切を黙秘しまーす★」

「……第三使徒、パーシヴァル・ウォーカー」

「第五使徒、レイン・L・グリーンフィールドと申します。活動拠点であるこの屋敷をはじめ、国内にはまだいくつか我が財閥が所有している施設がございますので、皆さんどうぞご活用ください。その他必要な物資等ありましたら、お声掛けいただければと思います」

『…………ｚｚｚ』

「ええ、このヒト終始寝てんじゃん。リモートしてる意味がねぇ……。てか、この会議ってこんな緩い感じの参加でいいん……？　あっ、えと、那由他《なゆた》っす。なんか一応第七使徒ってことになってます。自分たぶんすぐやられると思うんで、皆さんどうか頼んます……」

「第八使徒、見嶋宝成。製薬会社を経営している」

「第九使徒の雪咲メノです。ＶＴｕｂｅｒやってます。よろしくお願いします」

そして最後、全員の視線がこちらに向けられた。

「…………」

青年は、心の中で己に問う。唐突に幕が切って落とされたこの聖戦において、自らの為すべきことは何かと。昨晩から自問を繰り返してきたが、やはり答えは一つだった。

友を救う。それが最優先だ。

だから、この中の誰よりも先に魔王と接触しなければならない。そうしなければ、彼が戦いに巻き込まれる危険があるから。数奇な運命を呪いたくなるが、そんな猶予すらもう残されていないように思えた。

正しい心と行い——その意味を、幼い頃からずっと考え続けてきた。

正しく在りたい——その思いを胸に、今まで彼らと共に生きてきた。

憂人を死なせない。朔夜を悲しませない。

そのために、自らが果たすべき使命とは何か……その答えはすでに出ている。

「第十使徒、竜童辰貴だ」

神に選ばれた《天使》として、自分が《魔王》を討つ。

第二章　善悪がもう分からない

ALL MANKIND IS MY ENEMY

今まで仲の良かった友達から、突然無視されるようになったことがある。

犯罪者の息子だと、心無い言葉を浴びせられた経験がある。

自宅の壁や表札に中傷の文字を刻まれ、引っ越しを余儀なくされた過去がある。

こんな状況を作った父親を恨み、目を腫らして眠った夜がある。

無論、皆が皆、敵というわけではなかった。朔夜《さくや》と辰貴《たつき》以外にも、『憂人《ゆうと》は悪くない』と言って庇《かば》ってくれた人もいる。

だけど、往々にして向けられた嫌悪の感情というのは長く記憶に巣食うものだ。たった一人の、ひと振りの言葉のナイフが、何年も忘れられぬほど深く心を抉《えぐ》ることだってある。

『人殺しの子供のくせに』

その一言が、冷たい声が、今でも鼓膜の奥にこびり付いて消えてくれない。

円い穴から入り込む朝陽に瞼《まぶた》を刺激され、ゆっくりと意識が覚醒していく。昔の夢を見たせいか、目覚めの気分は最悪だった。隣を見ると純朴そうな少女が自分にもたれかかりながら寝息を立てていて、昨晩の出来事を否《いや》が応《おう》でも思い出させた。

(こっちも夢だったら良かったのに……)

げんなりしつつ、レーヴェの肩を軽く揺り動かす。しかし、改めて見てみると本当に髪が長い。何かもう毛量がすごい。生まれてからまだ一度も切っていないんじゃないかってくらいの長さだ。朔夜より長髪の人間を久々に見た気がする。

寝ぼけ眼の少女はしばらく頭をゆらゆらと揺らしていたが、こちらの顔を見るなりわずかに目を見開いた。そして、無表情の中にほんの少しだけ安堵《あんど》の色を滲《にじ》ませた。眠っている間に俺がいなくなってしまわないかと不安だったのだろうか。

毛布代わりに貸していた上着を回収してバッグに仕舞《しま》う。荷物を持ち、二人して這《は》うように外に出た。公園の遊具の中で夜を明かしたのは初めてだ。おかげで腰やら首やら背中やら、全身のあちこちが痛い。人並外れた身体能力を手に入れても、難儀なことにきっちり寝違えはするらしい。むしろ着ていたのが動きやすいトレーニングウェアだったからまだこの程度で済んだのかもしれない。指を組んで一度伸びをすると、関節がポキポキと大層な音を鳴らした。少女が口を小さく開けてこちらを見上げている。

「だいじょうぶ、ですか……？」

普通に喋《しゃべ》ったことに内心驚きつつ、平気だと答える。

「そっちは大丈夫か？　地面とか硬かったし寝づらかっただろ」

「いえ……だいじょうぶ、です。……なれてる、ので」

たどたどしい返事。口調こそ可愛《かわい》らしくほっこりしそうになるが、言葉の内容はそれとは裏腹のものだった。今夜は俺のためにも彼女のためにも、野宿ではなく布団の上で休む方法を考えたいところだ。そんなことを思いながら公園を後にした。

涼やかな風。小鳥のさえずり。立ち並ぶ家屋の窓は、昇ったばかりの太陽の光を反射してきらきらと光っている。一見のどかな早朝の風景は爽やかであり平和そのもので、ともすれば自分が置かれている今の苦境を忘れそうになる。

（この時間ならもう始発動いてるよな。まずは電車に乗って距離取って、それから……）

今後のスケジュールを頭の中に思い描いていく。

（というか、一応向こうが主《あるじ》でこっちが従者って関係のはずなのに、俺の独断で行動計画考えちゃっていいのか……？）

俺の服の裾を摘《つま》んで歩いている小さな魔王様は、どこまでも温順についてくる。弱音も文句も何一つ零《こぼ》さず、黙々と足を動かしている。朝早くに起こされ食事もしないまま連れ出されたりなんかしたら、普通の子供なら駄々《だだ》をこねたり泣き出したりしてもおかしくないはずだ。それを考えればスムーズに行動できることは個人的には助かるのだが、彼女の年不相応な平静さが少々不気味であり、同時に少し不憫《ふびん》でもあった。

通行人とすれ違う。ちらりと後ろを確認するが、こちらを不審がるような素振りは見せていない。どうやらレーヴェの変装は少なからず効力を発揮しているようだ。

長い黒髪のウィッグで地の髪色を隠し、さらにはキャップで目元も見えないようにした。瞳に関しては薄めのカラーレンズメガネをかけさせる案も浮かんだが、やめた。逆に悪目立ちしすぎる。それによく考えてみれば、昨夜《魔王》として大衆の記憶に刻まれた双眸《そうぼう》の色は真紅だった。今の水色の瞳も気付かれれば人目を引くかもしれないが、帽子を被っていれば大人の目線からは見えにくいし、もし見られたとしても彼女の正体にイコールで結びつけられることはないはずだ。ダボッとしたパーカーにサングラスという若干パリピ感漂うファンキーなファッションで、無駄に注目を集めるよりはいいと判断をつけた。

（覚悟はしていたけど……やっぱなかなかに気を揉《も》むな）

何かの拍子にウィッグの下の銀髪が晒《さら》されたとして、果たしてインナーカラーという言い訳でごまかしきれるだろうか。散髪してしまえればこんな気苦労もしなくて済むのだが、かといってこちらの都合で少女の髪を切るというのも気が咎《とが》める。

男と女の価値観は違う。髪は女の命なんて言葉もあるくらいだ。異性への理解が深いとは言えない俺でも、女性が男性以上に髪を大切にしているのは分かる。それに、仮にレーヴェの立場に朔夜がいたとしたら、俺は彼女に安全のために髪を切れとは絶対に言わない。なら、レーヴェに対しても言うべきじゃない。

綺麗事《きれいごと》かもしれないが、たとえどんな時であろうと他人の気持ちは尊重したかった。

行き先もそうだ。移動し続けるにしろ一か所に留まるにしろ、これから向かう先の目星くらいはあらかじめ付けておきたい。だから、まずは話し合おうと思う。幸い夜が明けて間もない時間帯だから人影はほとんどない。周りに会話が漏れ聞こえる心配もないだろう。

「レーヴェはどこで生まれたんだ？」

「……さむいところ」

「北の方か？　国の名前は？」

尋ねてみたが首を傾げられた。駄目っぽい。神は昨夜レーヴェを『自然発生した』存在だと言っていたから、そこを深く掘り下げてもあまり意味はないのかもしれない。

「日本には……ああいや、この国にはどうやって来た？」

「そらをとぶ大きなものに……つかまってきました」

察するに飛行機か。チケットを購入して正規の方法で来たとは思えないが、ひょっとして文字通り『摑《つか》まって』来たのだろうか。そうだとしたらとんでもなさすぎる。何か怖いのでこれ以上の追求はやめ、もっと肝心で本質的な質問をすることにした。

「どうして人類を滅ぼそうとしてるんだ？」

彼女の反応を見逃さないよう注視する。少女は顔色を一切変えず、事務的に、決められた台本をなぞるように、淡泊な声で呟《つぶや》いた。

「……それが、わたしの『役割』だから……」

抑揚がないだけに、意味深長に捉えられる言葉だった。

「どういう意味だ？　役割って、誰かに与えられたのか？」

問い詰めたかったが、それ以降レーヴェはうつむいてしまい、駅に着くまでの間ずっと押し黙ったままだった。その反応が何を示しているのかは分からない。言わないのか、言えないのか。ただ、もしかしたらこの聖戦は、単に『人類の敵が現れた』というような単純なものではないのかもしれない。少女の陰鬱な表情を見ていたら、何となくそんな気持ちになった。

しばらく歩き、線路が見える所まで辿り着く。通勤するサラリーマンの姿はあるが、まだ人波は疎《まば》らといった印象なのでひとまずは胸を撫《な》で下ろした。

（さて、行き先をどうするか……）

木を隠すなら森の中と言うが、かといって数多《あまた》の人が蠢《うごめ》く都会に身を潜めるのはハイリスクな気がする。俺は逃亡のプロというわけではない。下手したら即見つかってゲームオーバーという可能性も多分にあり得る。ここは奇をてらわずに行動するのが吉だろう。

レーヴェは北の方から来たようだし、ルーツを探る意味でもとりあえず北上することにした。財布から小銭を取り出し、券売機で切符を買って彼女に手渡す。

「…………？」

「ああ、電車の乗り方が分からないのか。この紙をあそこの機械に入れて通るんだよ」

改札を指差し教えてあげると、切符と改札を何度か見返した後、こくりと首肯した。

指示した通りの手順でホーム側の通路へ向かう少女。切符が自動改札機に吸い込まれる時、一瞬ビクッと驚いていたみたいだが、特に騒いだりすることもなくこなしてくれた。素直とは美徳だとつくづく実感する。何だか我が子の成長を見守る親のような心境だ。神は俺を魔王の従者という立場から《悪魔》だと表現したけど、今のところ《保護者》の気分である。苦笑しつつ、自分もＩＣカードをタッチして改札を抜けた。

車内に乗り込み、空席だらけの座席に座る。多くの通勤者が利用する電車とは逆方向ということもあり、この車両には俺たちの他に乗客の姿はなかった。

長めのため息を吐きながら（公園の地面に比べれば）柔らかいシートに体重を委ねる。

電車の振動が心地いい。状況は何一つとして好転していないが、昨日の夜からとにかく忙《せわ》しなかったものだから、ようやく肩の力を少し抜くことができた。焦りは視野を狭め、惑いは思考を鈍らせる。とにもかくにも冷静に判断をするには平常心が必要不可欠だ。そのことを今一度自分に言い聞かせた。

隣の少女は手を膝の上に置き、ちょこんと行儀よく座っている。

表情を全然変えない子だから分かりにくいが、視線は一心に窓の外へと向けられていた。右から左に流れていく景色が物珍しいのだろうか。電車に感動している様は、どこからどう見ても無垢で無邪気な一人の女の子で、やはり魔王のイメージからはかけ離れていた。

（今話しかけるのは野暮《やぼ》かな……。いや、そんなこと言ってる場合じゃないけど……）

彼女のこのひと時を壊すのが憚《はばか》られたので、先に世間の情報収集から始めることにした。

だが、スマホを確認するなり唖然《あぜん》としてしまう。着信が何十件と入っていたからだ。

発信者はすべて朔夜だった。電話の他にメッセージも届いている。

そういえば、昨日彼女を家に置き去りにしたままだったのを失念していた。というより、レーヴェの身の安全を確保することに頭がいっぱいで、その後朔夜と連絡を取ることにまで気が回らなかった。普段なら彼女を二の次にするなんてことはありえないのに。これも契約の影響なのだろうか。

ともあれ、まずは謝罪の一言。加えてこちらは無事なこと、電車で移動中だという旨を添え、降りたらまた連絡すると打ち込み送信した。

（心配かけちまった……）

スマホを額に押し当て、先ほど以上に深く長いため息を零す。それから再び画面を見ると、電池の残量が乏しいことに気付き、慌てて操作を再開した。まだバッテリーが残っているうちに、世界が現時点でどう動いているのかを知っておきたい。

ニュースアプリを起動し、トップ記事に目を走らせる。正直、あわよくば杞憂《きゆう》に終わってくれやしないかと淡い期待もしていたのだが、そんなものは儚い妄想だったと思い知らされた。早くも昨夜の夢の内容が大々的に取り上げられている。あくまでも夢であり物的証拠がないということで懐疑的に見ている人もいるようだが、様々な議論が白熱してしまっているこの状況がもうアウトだ。今日の昼には早々に特番が組まれ、脳科学の権威やら超自然主義を掲げる学者やら、果てはとあるカルト教団の教祖までもが出張ってくるらしい。

たかが夢、されど夢。あの神を名乗る者の存在感はやはり無視のしようがなかったということか。魂魄剝離《こんぱくはくり》現象というとんでもない実害がすでに出ているのも、夢の信憑性《しんぴょうせい》に拍車を加えてしまっている。まだ否定派もそれなりにいるみたいだが、聖戦を裏付ける何かが今後一つでも出てきたら、いよいよ決定的な一打になってしまうだろう。

行動は自然に。しかし、決して油断はせずに。未《いま》だ食い入るように外の風景を眺めているレーヴェを見て、俺は引き結んだままだった口角をさらに固くした。

電車に揺られ、乗り継ぎを繰り返すこと約二時間。東京を離れた俺たちは、埼玉県を縦断し、群馬県までやってきた。降りたのは高崎《たかさき》駅。レーヴェのお腹《なか》が空腹を訴えたので、一度下車して朝食を摂《と》ることにした。この辺りには初めて来たが、思っていたよりも栄えていて驚いた。駅前の開放的なバスターミナル、その周辺にそびえる商業施設は都会のそれと比べても遜色なく、平日であるにもかかわらず多くの人で賑《にぎ》わっていた。ファミレスにでも入ろうかと考えたものの、やはり人目は極力避けた方がいいと思い直す。

「無難にコンビニにでも行くか……。何か食いたいものとかある？」

一応聞いてみると、レーヴェは少しだけ考えてからぽつりと答えた。

「……ハンバガー、がいいです」

「お、おう。コンビニにハンバーガーあるかな……」

結果、なかった。残念だが他の食品で妥協してもらうこととなった。ちなみにレーヴェを店内に入れるかは結構悩んだが、店の前で一人待たせるのも危険と考え、俺の後ろにぴったりくっついているよう言い含めた上で一緒に入店して購入を済ませた。

烏川《からすがわ》の土手まで歩き、傾斜になっている芝生の上に二人並んで腰を下ろす。川の流れにぼんやりと視線を投じながら、棒状の栄養補助食品をかじる。レーヴェも隣で小動物のようにもそもそとサンドイッチを食べている。これから人類を滅ぼさんとする魔王一行が、河原でぽけーっと朝食タイムを送っていると思うと何ともシュールだ。

「それうまいか？」

「（こくり）」

「そうか。そりゃ良かった」

紙パックの野菜ジュースを彼女の脇に置き、自分はペットボトルの水で喉を潤した。レーヴェの飲食物はすべてコンビニで買ったが、俺の方は元々バッグに入っていた物だ。今後どこでいくらお金がかかるか分からない。節約できる部分は節約しなければなるまい。

（あ、そうだ。朔夜に連絡しないと……）

そうしてスマホを取り出し、言葉を失う。充電がご臨終なされた。あともう一時間くらいは持つだろうという算段だったので、これには項垂《うなだ》れずにはいられない。持参してきたボストンバッグにモバイルバッテリーを備え入れてあったなら問題はなかったのだが、今度買おう、そのうち買おうと思って先延ばしにしていたのが仇《あだ》となった。

（充電器は持ってるから、早めに泊まれる所を見つけて充電しよう……）

へこんでいても仕方ないので、無理やりにでも気持ちを切り替えるべく顔を上げる。

さっきネットで調べたおかげで世の中の動きは少し分かった。次に知るべきは己のことだろう。あの戦闘時に感じた全能感は依然としてある。今の自分には何ができて、何ができないのか。それを前以て把握しておく必要がある。

「なぁ、俺って魔王の力のほとんどを譲渡されたんだろ？　魔王って何ができるんだ？」

「……はやく、はしれます」

「あーいや、そういうんじゃなくて……。ほ、他には？」

「……からだが、じょうぶです」

だから、そういうことじゃないんだ。レーヴェの様子を見るに、はぐらかしているわけでもなさそうなのがまた困る。もう少し質問の要点を絞らないと駄目そうだった。

「えっと、これまで天使とはどうやって戦ってきたんだ？」

少女は咀嚼《そしゃく》していたサンドイッチをこくりと飲み込むと、吐息ほどの声で答えた。

「わたし……たたかったことないです」

思わず何度か目を瞬かせて彼女を見る。野菜ジュースを手に取り、じっとパッケージを観察しているレーヴェの瞳は、ここではないどこかを見つめるような哀愁を帯びていた。

戦ったことがないとは一体どういう意味だろうか。言葉をそのまま受け取るとしたら、今日までの間に世界中で出た何億という犠牲者をどう説明すればいいのか。

（……いや、待てよ。犠牲者の死亡原因は魂魄剝離現象によるものだ。確かにあれは暴力が原因で死んだわけじゃない。現象の結果として死んだってのが適切な表現だ）

思い出されるのは昨晩の光景。

突如宙に浮いたレーヴェの身体に、無数の光球が吸収されていった。あの時、彼女の目は開いていたけど、その双眸に意識の光が宿っているようには見えなかった。あれが魂魄剝離現象なのだとして、彼女の意思が介在しない代謝のような能力なのだとしたら、『たかったことないです』という言葉にも得心がいく。『同時多発的に発生する』、『何日も続けざまに起こることもあれば、数日空く場合もある』、『被害者数が日によってバラつきがある』など、世間が追っている謎も全部解消されるだろう。彼女が自ら進んで人間を殺しているわけではないとする俺の予想も、より確度を増してくる。

（ただ、そうなると……やっぱりどうにも不憫だな）

殺したくなくても殺してしまう力。そんな能力、もはや呪いと変わらない。

仮にすべての推測が正しいとするなら、あの光の粒子が魂ということになる。あれだけ派手な現象が全く取り沙汰されていない事実から察するに、あの白光は魔王にしか見えない可能性が高い。俺が目視できたのは、昨夜時点ですでに魔王と契約して関係者になっていたためか。そう仮定すれば一応の説明はつく。第一、あれが他の者にも見えるようだったら、今後俺たちがどこに潜伏しようともすぐに居場所がバレてしまう。そうなったら、さすがにもう無理ゲー認定必至だ。

（しかし……レーヴェに聞けないとなると、自分で調べる他ないか……）

まだ食事中の少女を残し、土手を下って川辺の砂利の上に立った。食後の運動も兼ねて色々と検証してみることにしよう。まずはイメージ通りに身体を動かせるかどうかを測る。

脳内でこれから行う動作をなるべく精緻に想像し、実行に移す。

足で地を蹴り、頭と膝を抱え込むようにして身を丸め、勢いそのままに空中で一回転した。着地してすぐさま、今度は後方へ一回転。早い話がその場で前宙とバク宙を連続してやったわけだが、もちろん今までこんな体操選手みたいな芸当などできた試しがない。自信はあったものの、それでも驚きを禁じ得ないというのが本音だった。その場で空を見上げ、己に感嘆するように息を吐く。

「オリンピック狙えるぞこれ……」

次の実験に移る。足元に落ちている拳大の小石を拾い、少し強めに力を込めてみる。早々に手の中で形を変えた石は、次の瞬間、鈍い音と共に粉々に砕け散った。どうやら俺はゴリラをも超える握力を身につけてしまったらしい。これには自分でも少し引いた。

ふと視線を上げると、ジュースを飲んでいる最中のレーヴェと目が合った。何を思ったのか、パチパチと控えめな拍手を送られた。その様子を見て脱力しそうになる。

(気を取り直して……そうだな、次は普通にジャンプでもしてみるか)

赤毛の男と戦った時も、相手の隙を作れたのは跳躍回避の力が大きかった。敏捷性《びんしょうせい》や機動力は、きっとこの先の逃走や戦闘における重要なファクターになる。

膝を曲げ、腕の振りで弾みをつけ、いつもの調子で垂直跳びをした。普段なら真上に跳び上がった後、徐々に減速し、空中で一瞬静止してから空気抵抗を受けつつ自由落下していく。一連の動作は大体一秒程度で終わるのが常だろう。だが、今回は何秒経っても跳び上がりの勢いは収まらず、ようやく減速し始めた頃には、俺は地上から四十メートルほど離れた所にいた。眼下の風景が、どこかで見たものに似ていることに気付く。

(あ……分かった。航空写真だ……)

まさか肉眼で、それも飛行機や気球に乗らず生身のままで目にする日が来ようとは。

跳躍のスピードが弱まり、上空にて束の間の静止タイムが訪れた。昔、遊園地でフリーフォールというアトラクションに乗った時と同じ感覚に見舞われる。地に足つけて生きる人間が通常なら感じ得ない感覚。重力から一瞬解放されたと錯覚するあの浮遊感。肝が冷えるような、心臓が締めつけられるような生理的な恐怖が、ぞわりと全身を走り抜けた。

そして、落下が始まる。ジャンプ力が半端ないとか、肌で切る風がさっきよりも冷たいとか、このままだと脚の骨が逝くとか、様々な考えが高速で駆け巡っていく中、みるみる地表が近づいてきた。目を瞑《つぶ》っていたら死ぬと思い、肉体の端々からかき集めてきた根性で両足に力を込めて着地する。ミサイルの着弾と間違われかねない轟音《ごうおん》と共に、足裏から衝撃が突き抜けた。すぐさま下肢の状態を確認してみるが、骨折していないどころか全くの無傷だった。

（えぇ……これはいくら何でも……）

再び自分に引いた。己が本当にただの人間ではなくなったのだと再認識させられた。

「ってか、しくった……。もし今のを誰かに見られてたら……」

目に見える限り土手の上に人影はないが、今のジャンプはいかんせん目立ちすぎる。あれだけ派手に人間離れした姿を目撃されてしまったら、今更どう取り繕おうとも追及を逃れるのは難しいだろう。

「レーヴェすまん！　急いでここから離れるぞ！」

紙パックを手に首を傾げている彼女を抱え、そそくさとその場を後にする。そんな俺たちを、中天を飛翔《ひしょう》している黒い鳥がじっと見下ろしていた。

十分ほど走り、ここまで来れば大丈夫かとレーヴェを地面に下ろす。

やはり息は上がらず疲労感も特にない。化け物扱いされるのは嫌だが、悪魔と称されるだけの恩恵は確かにあるようだ。

「悪かったな、急に走り出して」

声をかけたが返事がない。レーヴェの瞳は斜め上方へと向けられていた。何を見ているのかと視線を追うと、そこには白く輝く巨大な仏の彫像がそびえ立っていた。

「高崎白衣大観音か。初めて見たな。確か胎内拝観とかできるんだっけか」

「たいない、はい……？」

「あの観音像の中に入って見学ができるんだよ」

「そう、なんですか……」

心ここに在らずといった様子で呟き、見惚れるように眺めている。ひょっとして行ってみたいのだろうか。正直、俺としても興味はある。行楽に適したこの時季、紅《あか》く色づき始めた木々の間を散策し、歴史ある慈眼院《じげんいん》を悠々と見て回りたい。できることなら、伊香保《いかほ》温泉や妙義《みょうぎ》神社など各地の観光名所にも足を運んでみたかった。

（まぁ、でも……無理だよな）

娯楽を優先して、危ない橋を渡るわけにはいかない。レーヴェもそれが分かっているからか、見ているだけで願望を口にすることはなかった。最後にもう一度だけ観音様の巨軀《きょく》を目に焼きつけてから、俺たちは再び北を目指して歩き出した。

その後、群馬県を抜けて東北の地を踏む頃には、もう太陽が西の空へ傾きつつあった。

そろそろ宿泊場所を見繕わなければならない。一応クレジットカードは持っているものの、足が付きにくいという面からも、やはりいざという時に頼りになるのは現金だ。銀行もいつまで利用できるか分からない。ＡＴＭの前に立ち、いくら引き出そうかと一考する。

しかし、子供の頃からコツコツと貯《た》めてきた金がまさか逃走資金になろうとは。

(どうせならもうちょい夢のある使い方をしたかった……)

猫背で肩を落とす俺を、裾を摑んでいるレーヴェが心配そうに見上げてくる。

「……何か食うか。希望ある？」

「え？　えっと……ハンバガー、がいいです」

またか。そんなに気に入ったのだろうか。とりあえず適当な店はないかと探ってみる。

結構田舎《いなか》の方まで来たこともあり、この辺りは都会の街並みとは少し毛色が違う。高層ビルや洒落《しゃれ》たレストランは見当たらない。寂れているわけではないが、木造の古い家屋や庶民向けの大衆食堂などが多く目に付く。とはいえラッキーなことに、先の景色の中にかの有名なファストフード店の姿もあった。おかげで無事にレーヴェご所望の夕飯をゲットできた。

「さて、と……どこに泊まるかな」

民宿やビジネスホテルが候補に挙がってくるが、どちらもほとんど利用したことがないので今一勝手が分からない。料金も気になるところだが、最もネックなのは受付だ。身分証明が不要だとしても、レーヴェとの関係や諸事情について突っ込まれたら面倒くさい。そこから違和感を抱かれて怪しまれ、身バレに繋《つな》がらないとも限らない。

考えすぎかもしれないが、用心に用心を重ねて悪いことはないだろう。バレたら一発で終了なのだから。『?・』顔の少女をよそに頭を悩ませていると、俺の耳にすれ違う通行人の会話が聞こえてきた。

「今回んとこわりと良かったな。アメニティも思ったよか充実してたし」

「ねー。無人受付なのもポイント高いよね。やっぱ人いるとちょっとヤじゃーん?」

そのやり取りを聞き、カップルと思《おぼ》しき二人が歩いてきた方向に視線を投げる。この界隈《かいわい》にある建物の中では比較的背の高い施設が目に触れた。外観からしてホテルのようだ。ただし、あの二人の会話から察するに、頭に『ラブ』がつく類の。

(えぇぇ……? あそこはさすがに……いや……でも……だけど……っ……——)

ひとしきり悩み、葛藤すること十数分。重い足取りで——チェックイン。

そのさらに二時間後、俺はホテルのベッドに腰かけ、力なく首を前に垂れていた。

これはやむを得ない合理的手段、緊急措置、不可抗力、という言葉たちを頭の中で何度も反芻《はんすう》している。幼女と二人でご休憩なんて犯罪臭しかしない展開、俺だって不本意だ。

しかも人生初ラブホがまさか逃走目的の利用になるなんて。

「どうせならもうちょい夢のある使い方をしたかった……（二回目）」

残念ながら夢も希望も愛もない。

「けど、思ったよりも普通の部屋なんだな……。変な器具とかもないし」

などと妙な感慨を抱きながら室内を観察する。風呂場がやたらと広いことを除けば一般的なホテルとそう変わらない。これなら多少は落ち着けそうだ。

「ふぅ……ひとまずゲームでもやるか。まだデイリーこなしてないし（現実逃避）」

すると、ガチャッと扉の開く音がして浴室からレーヴェが出てきた。

「あの、おふろ、おわりました」

「ああ……ちゃんと一人で入れて良かったよ。問題はなかったか？」

「えっと、ひとつだけ……。せっけんかとおもったら、ぬるぬるしたのがでてきて……」

ローション？

「うーん何だろうなそれ俺にもよく分からないやでも今後は触らないようにしようか！」

「あ、はい……」

と、彼女がずっと突っ立ったままでいたので、こっち来て座れ、とベッドの方に呼んだ。

「ふかふか……です」

「だろ。もう硬い地面で夜を明かすのはこりごりだからな」

キャンプでもないリアル野宿は現代人の俺には少々しんどい苦行だと知った。寝不足だし今日はとっとと寝よう、と声をかけたところで、レーヴェの髪がまだ濡《ぬ》れていることに気付く。というか、結構びしょびしょだった。ろくに拭いてもいない感じだ。

「……ちょっと待ってろ」

魔王なのだから風邪など引かないかもしれないが、気付いてしまった以上は見て見ぬふりも決まりが悪い。それにレーヴェは髪が長いから自分でやるのも大変だろう。そう思った俺は、タオルとドライヤーを使って彼女の髪を乾かしてやることにした。

「………。…………」

相変わらずの無表情。だが、ふわふわのタオルと緩やかな温風は彼女のお気に召したようだった。せっかくだからとしてあげたブラッシングも好評の模様。心なしかご満悦の気配が伝わってくる。終盤、温風のみで終わってしまうとキューティクルが傷む、みたいな話を以前朔夜から聞いたのを思い出したので、最後に冷風を当てて仕上げをした。

「あ、の……ありがとう、ございました」

「どういたしまして」

恐縮しているレーヴェに短く返し、ドライヤーのコードを巻いていく。

先にご飯食べてていいぞ、と言い残してから今度は俺が浴室に向かった。

超人的なこの肉体が病気に罹《かか》るかは分からないが、衛生面に気を配っておいて損はないはずだ。小汚い格好をしていて人目を引くのも嫌だし、身なりには配慮しておきたい。

身体を洗いつつ、下着なども一緒に手洗いする。薄めの生地だから一晩あれば乾くだろう。ちなみに自分の服と共にレーヴェが着ていたものも洗っている。ウィッグとかを入手する際、ついでに彼女用の着替えも買っておいて正解だった。

ついさっきまで女児が穿《は》いていた下着を洗っている今がどんな気分かと問われると、羞恥や興奮の情動は微塵《みじん》もなく、ほぼ無心。

（育児に、金銭管理に、洗濯って……やってることが主夫とほぼ変わらねぇ……）

ラブホで洗濯に勤《いそ》しむ人間が世の中にどれだけいるだろう。何とも言えない思いを洗い流すようにシャワーを浴び、諸々《もろもろ》の雑念を湯に溶かすように浴槽に浸《つ》かった。

入浴を終えて部屋に戻る。少女はハンバーガーを両手で大事そうに持って食べていた。

「うまいか？」

「はい……。でも、憂人さんがつくってくれたものと、すこし……ちがいます」

「あー、それは店で売ってるちゃんとしたヤツだからな。俺が作ったのは勢い任せの有り合わせというか……ともかく、それが本物のハンバーガーだ」

ソースを口の端につけながら、レーヴェは再び手元に視線を戻した。

「これも、すごくおいしいです、けど……わたしは、憂人さんがつくってくれたハンバガーのほうが……すきです」

表情もなくそう零し、改めて小さな口であむあむと頬張り始めた。

何だこれ。よく分からないが非常に面映《おもは》ゆい。照れを隠すように室内を見回すと、視界の端にテレビを発見した。沈黙を生まず、勝手に場の空気を動かしてくれる心強い味方。ニュースも見たいと思っていたので一石二鳥だ。これ幸いとばかりに電源をつけた。

ところが、変な焦りからか直後にリモコンを床に落としてしまう。それで偶然にも画面選択が為されたのだろう。突如として大音量でとんでもない映像が映し出された。

『あっ、あっ、ダメ、あんっ……いい、イイの、ぁああああぁアー――――っ！』

化け物並みに向上した身体能力を駆使し、落としたリモコンをマッハで拾い上げる。間髪入れずに瞬で消した。不覚が過ぎる。こんなミラクル望んでない。

「……？　憂人さん。いまの人たちは、はだかでなにをしていたのですか？」

拾うなよ。スルーしてくれよ頼むから。あんな映像、一体どう説明しろというのだ。

選択肢①とぼける「さあ、何だろうな？」

選択肢②ごまかす「たぶんプロレスか何かだろ」

選択肢③煙に巻く「ハンバーガーの発祥の地って実はロシアらしいぜ！」

分からない。子供に性教育を施す際の大人の苦悩を痛感する。こういう時はどうすればいいんだ。教えてくれ朔夜。辰貴でもいい。近年は保健体育の授業もかなり簡略化されてきたという話だし、海外に比べて日本では性についてどこかタブー視する風潮が強いのは紛れもない事実だと思う。人生経験が乏しい自分では、ここでどう答えるのが適切なのか見当もつかない。ただ、少女は依然、無垢な視線を向けてきている。純粋すぎる瞳だ。彼女の善悪は置いておくとして、少なからず信頼を寄せてくれている相手に不誠実な態度で応じるのは信条に反する。悩んだ末、俺は下手に隠さずそのまま伝えることにした。

「あれは動物で言うところの交尾と一緒。つまりは子供を作るための行為だ」

「こどもを、つくる……？」

「ああ。実を言うとここはそのための施設なんだ。普通のテレビならあんな映像流れない」

そう伝えたら、レーヴェはきょとんとした顔になった。

「憂人さんは、わたしとこどもをつくるんですか……？」

「いや作んねぇよ！　何でそうなるんだよっ！」

予想外の返しについ叫んでしまったが、俺の伝え方が悪かったのか。今の話の流れなら彼女がそう思ってしまったのも仕方ないというか、むしろ当然のような気もしてくる。

「俺たちはなるべく周りに素性がバレないよう、苦渋の決断としてここを利用しているだけだから……。俺はレーヴェに変な気を起こしたりしないし、絶対に手も出さないから安心してくれ。第一お前まだ子供産めるような年齢じゃないだろ。何歳なの？」

「……わかりません」

わずかに間を空けてからそう答えた後、レーヴェはうつむいてしまった。何か気に障るような発言をしてしまったのだろうか。分からないと言われたが、昨日から分からないことだらけなのはこちらの方だ。微妙な空気が流れる中、何とも泣きたい気分になる。

（……そうだ、スマホがそろそろ復活したはず）

現代の万能ツール、スマートフォン。アプリやメール、調べ物はもちろん、気まずい中で一人過ごす時にも大活躍する優れもの。切れていた充電もだいぶ溜《た》まった頃だろう。

そうして立ち上げて画面を見た瞬間、思わず「うおっ」と声を出してしまった。通知が三桁近くも届いていたからだ。ほとんどが母と朔夜からだった。これはまずい。

怒られるならまだしも泣かれたりでもしたら相当応える。どうしたものかと熟思したが、とりあえずまた連絡するとメッセージを送っていた朔夜にまず電話をかけることにした。

『――もしもしっ、憂人君⁉』

再び「うおっ⁉」と言ってしまった。ワンコールで繋がったこともそうだが、スマホの向こうから、朔夜らしからぬ冷静さを欠いた大きな声が聞こえてきたためだ。

「す、すまん。スマホの充電が切れて連絡遅れた」

『そう……そっか、そうなんだ……良かった……。いくら電話しても全然繋がらないから、私、心配で、心配で……本当に、心配で……』

彼女の声がかすれていく。声だけしか情報がない分、余計に焦る。

「すまんっ、本当にすまん！　以後こんなことがないように気をつけるから！」

『ううん……。憂人君も大変だったんだよね。ごめんね、逆に気を遣わせちゃって……』

大変じゃなかったわけではないが、何かもう気分的に申し訳なさの方が勝る。

『テレビであんなことがあったから、憂人君の身に何かあったんじゃないかって、私……』

「……？　テレビ？　一体何があったんだ？」

『憂人君、ニュース見てないの……？』

「いや……見ようとは思ったんだが、ちょっとした事故があって……」

『事故？　そういえば憂人君、今どこにいるの？』

「えっ、それは――……ホテルだよ」

嘘は言ってない。ちょっと名称を省略しただけで嘘は言ってない。
「そ、それよりテレビで何が放送されたんだ？」
露骨な話題転換とも取られそうだったが、重要度からいっても本題に戻るべきだろう。
朔夜もそう思ってくれたらしく、すぐに意識をニュースの件へと切り替えてくれた。
『今日の正午に天使を名乗る人たちが会見を開いたんだけど、その会見を取り仕切ってい
たのが、夢で神様と一緒にいた女の人だったの……。学校ではみんなが同じ夢を見たって
話で朝から結構騒ぎにはなってたんだけど、テレビとか動画とかでそのニュースが世界に
向けて発信されてから様子が変わって……学校中がパニックになって……っ』
朔夜の話を聞き愕然《がくぜん》とする。混沌《こんとん》とする教室の風景が目に浮かんできた。
神からの啓示という面で、夢での体験は確かに衝撃的だった。とはいえ、それが夢であ
る以上、魔王との聖戦なんて所詮は眉唾物、実感の伴わない『ただの夢』に過ぎなかった。
しかし、夢に現れた人物が現実でも姿を見せたことで信憑性が一気に増したのだろう。エ
レオノーラという女性は、自身を『物的証拠』にすることで、『ただの夢』を『現実』に
変えたのだ。
『街中も大変なことになってる……。食べ物や日用品を買い込む人たちがお店に押し寄せ
て騒然となったって……。警察も動いてるみたい』

「備蓄のための買い占めか。災害や恐慌の時と同じだな……」

東京の方はそんな事態に陥っているのか。人目を避けて行動したのが間違いだったとは思わないが、人口密集地から遠ざかる分、どうしても世間の動きの察知が遅れる。スマホが使えなかったというのも大きいが、今後は今まで以上に社会の動向に対してアンテナを張っておかなくてはならない。

「朔夜は大丈夫なのか？　今どこにいる？」

『今は憂人君の家にいるよ。……憂人君のお母さんと一緒にいる』

「っ……そうか、母さんと……」

傍《そば》にいてくれたのか。ありがたい。朔夜はいつも俺が懸念するだろうポイントを理解して的確にフォローしてくれる。彼女にはもう足を向けて寝られそうにない。『今、代わるね』と告げる朔夜の声を継ぎ、スマホの向こうから母の声が聞こえてきた。

『……憂人？　大丈夫？』

顔は見えないが、憔悴《しょうすい》している様子が声音から察せられた。自分が原因なのだと思うと心が重くなる。室内の照明が少しだけ暗くなったように感じられた。

それから二言三言、温度の低い言葉を交わす。『大体の事情は朔夜ちゃんから聞いた』と前置きしてから、母は一つだけ聞かせてほしいと問いかけてきた。

『どうにかして……帰ってくることはできないの……？』

胸が痛くなる。帰ると言いたい。帰れると言ってあげたい。だけど……。

「……できない」

戻りたいけど、戻れない。レーヴェを守るためにも、母さんたちを戦いに巻き込まないためにも、俺は戻るわけにはいかない。

『そう……。やっぱり、そうなのね。……ダメね、私。大変なのは憂人の方なんだから、母親として元気づけてあげなきゃいけないのに……こんなんじゃ、お母さん失格ね』

「そんなことっ……そんなことない。無理して明るく振る舞われるより、いい」

むしろ俺の方が母さんを元気づけたいのに、うまく言葉が出てこない。平気だとか、大丈夫だ、なんて言葉は気休めにもならないと分かっているから。人類規模というスケールを甘く見ていたわけではないが、自分以外の人の反応を見ると受ける実感が違う。

少しの間会話が途切れ、かすかな息遣いだけが耳に届いた。

『ねぇ、憂人。お母さんのお願い、一つだけ聞いて。……一生に一度のお願いだから』

母の声が、か細く震えた。

『お願いだから……無事に帰ってきて……』

もう、家族を喪《うしな》うのは嫌だ。独りになるのは耐えられない。

直接言葉にしなくても、言外にそう訴えているのが痛いほど伝わってきた。

「……うん。約束する」

何の保証もありはしないけど、それ以外の返答などできるわけもなかった。それに、これは自分への誓いにもなる。絶対に死なない。俺の命は、俺一人のものじゃない。

「必ず帰る」

電話の奥で、母さんが少しだけ安心したように息を漏らした。

「………………」

そんな俺たちのやり取りを、レーヴェは終始じっと見つめていた。

その晩は、先に話していた通り、俺もレーヴェも早々に床に就いた。仄暗い感情が渦巻いていたのと、ごちゃごちゃと考えてしまう性分のせいで、なかなか寝つけないかもしれない。そんな心配もしたが、自分で思っていた以上に疲れが溜まっていたのか、はたまたベッドの心地よさに緊張が緩んだのか、横になるなりすぐに眠りの底へと落ちていた。

翌朝になり、大きめに設定し直したスマホの着信音で目を覚ます。眠りが深かった分、すぐには頭が覚醒しない。のろのろと枕元に手を伸ばし、再び閉じそうになる瞼を震わせながら画面に目を凝らす。差出人は不明だった。誰だろうと寝起きの頭で考える。メッセージを開き、文面に視線を走らせた瞬間、滞留していた眠気が一気に吹き飛んだ。

『そこは危険。すぐに離れろ』

味気のない端的な文章が、ドクンという拍動と共に危機感を煽《あお》った。

＊＊＊

神の啓示より四日目の朝を迎えた。

方々を渡り歩き、今日も引き続きラブホテルを利用している。人間という生物は大抵の物事には慣れるようで、最初は躊躇《ためら》っていたラブホ宿泊も、回数を重ねるうちに段々と抵抗を感じなくなってきたように思う。しかしそれは、そんな些事《さじ》に心を砕いている余裕がなくなってきたからだとも言える。体力的にはまだ問題なくても、常に追われているという緊迫感と疲弊感は、確実に俺の精神をすり減らしていた。

気掛かりな問題が多い中、天使の追跡以外にも大きな懸念事項が三つある。

一つは匿名のメッセージ。

非通知設定の連絡が、今日までに合計七回も送られてきている。内容は一貫して危険を知らせるもので、『そこから離れろ』や『十分間その場に留まれ』といった簡素な文章が綴《つづ》られていた。誰が何を意図して送っているかが分からないから気味が悪い。だが、俺たちをはめようとしているならこんな回りくどいことをする意味もない。そのため、注意を払いながらも指示通りに動いているのが現状だ。実際、そのおかげかどうかは定かでないが、今のところトラブルなく逃避行を続けられている。

二つ目の懸念は俺が交わした契約における制約について。

初日以降も朔夜や母さん、それに辰貴とも何度か連絡を取り合ったが、向こうがこちらの現在地を尋ねてきても、俺は答えることができなかった。答えようとしたが、答えられなかった。おそらくはそれにより情報が漏洩《ろうえい》し、《魔王》の身に危険が及ぶのを防ぐため。どうやら俺にかけられた『裏切り禁止』の制約は、好悪感情などの思考面は緩いが、言動面においてはかなり厳格で強固らしい。この事実が今後どう影響してくるかは分からないが、いざという時、朔夜たちを傷つける結果にならないかが不安だ。

「ん、む……」

レーヴェが目を擦《こす》りながら身を起こす。緩やかに波打つ銀白色の髪が所々はねている。その様子が微妙に間抜けで、これが人類を滅ぼす魔王なのかと今でも疑わしく思える。

（本当に……もっと分かりやすい悪党なら話が早かったのに）

ぴょこんと寝癖のついた髪を手櫛《てぐし》で直してやると、レーヴェは少しくすぐったそうにしながらも、どこか嬉《うれ》しそうに瞳を細めた。

三つ目の懸念事項——魂魄剥離《こんぱくはくり》。

二日目の夜、その現象を再びこの目で見た。前回と同じく、宙に浮いたレーヴェの身体に無数の光体が吸い込まれていった。そして、今回はその瞬間に気付いたことがある。以前は動揺が勝り見落としていたが、どうも魂の吸収に合わせて俺の肉体が強化されているようだった。筋力、知能、感覚器官、そういった能力が軒並み向上している。今なら訓練を積んだ軍人の集団が武装して襲ってきたとしても、片手であしらえる自信がある。奪った命を自らの糧にするなんて、いかにも魔王じみた力でぞっとする。

ニュースを見た限り、今回の魂魄剥離現象により命を落とした者の総数は、最低でも八千万人を超えているらしい。俺がこの手で直接殺したわけではないから、八千万人分の力が丸々俺に加算されたわけではないようだが、それでも成長速度が異常なのは変わらない。ゲームならチート呼ばわりされるほどのレベルアップ。どう過小評価しても、すでに人類最強。ただの人間に一対一で負けることはもう絶対にない。少しずつ自分が人間じゃなくなっていくみたいで、何だかこれまでとは違う種類の恐怖が生まれつつあった。

「そろそろ出るぞ」

レーヴェに出発の準備を促しつつ、自分も身支度を整える。謎の警告文に従っているうちに日本海側へ移動し、今は秋田県の秋田市辺り。目的地というものはないので、変わらずざっくり北方向に放浪しているわけだが、今日はどこまで進もうか。

「あー、ちょっと待った君たち。今そこの施設から出てきたよね？」

ホテルから出たタイミングで背後から声をかけられ、ぎくりとしながら振り返る。そこにいたのは中年と若めの男性二人。制服を見れば何者なのか嫌でも分かる。

（……やばい）

警察官だった。この状況はまずい。社会的にまずい。

「君たち、二人とも未成年だよね。しかもそっちの子は小学生くらいじゃないの？　どういう関係なのか、少し話を聞かせてもらってもいいかな」

予想通りの展開だった。しかし、何という不名誉な職務質問だろうか。今二人の警官の目には、俺が幼女をラブホに連れ込んだ変態に見えていることだろう。身の潔白を訴えるべく弁解できないところがまたつらい。説明しようとすれば《魔王》という単語に触れかねないからだ。これ以上事態を悪化させてはいけない。この局面、一体どう言い逃れをしたものか。

すると、話しあぐねている俺を見たレーヴェが、代わりとばかりにぼそりと答えた。

「……きょうだいです」

「「えっ？」」

俺と警官二名の声が重なった。さぁーっと血の気が引いていく。

出会った日の夜、確かに俺はレーヴェに、俺たちの関係を聞かれた際は兄妹と答えるよう言い含めていた。それが穏便に話を進めるためには最も適した答えだと思ったから。

ところが、その回答が時と場合によるものだということをたった今思い知った。兄と妹で早朝ラブホからチェックアウトとか、アブノーマルに一層拍車がかかる。

「兄妹って、それ……近親相か――」

若い方の警官が驚愕《きょうがく》の声で呟きを漏らそうかという矢先、その言葉が最後まで告げられるよりも早く、俺はレーヴェを脇に抱えて脱兎《だっと》の如く逃走した。

「あ――ま、待ちなさい！」

待つわけがなかった。そして、この時ばかりは力の制限とか考えている余裕もなかった。道の角を曲がるや否や全力疾走。おそらく、いや確実に、自分史上最高速をマークした。

数キロ走り、周囲の安全を確かめてから立ち止まる。久々に呼吸が乱れているが、この息切れはきっと肉体的疲労から来たものじゃない。

「はぁ、はぁ……焦った……」

昨今ラブホを女子会やカラオケ目的で利用する人も多いと聞く。あるいは落ち着いて対応すれば何とかごまかせたのかもしれないが、それで色々と突っ込まれていたらやはりボロが出ていた気もする。うん、これは逃げて正解だった。

「あの……ごめんなさい。わたし、なにかまちがったことをしてしまいましたか……？」

「あー、いや……気にするな」

誰が状況をややこしくしたかは明白だが、彼女は俺から言われた通りに受け答えしただけだから叱責するのは違う。今後はあらゆる可能性を想定して、自分がもっとうまく立ち回らなければいけない。**適応力**と**対応力**が求められている。

「というか……どこだ、ここ」

警官を撒《ま》くべくがむしゃらに走ったから、現在地がどこか分からない。

突き抜けるような秋晴れの澄んだ空、森林と呼んで差し支えない規模の豊かな緑、ガードレールの奥ではススキの穂が穏やかに揺れ、少し視線を上げれば観覧車がその車体を陽光に煌《きら》めかせていた。どこからか動物の鳴き声も聞こえてくる。

（……のどかだ）

ゆったりとした雰囲気に感化され、ついそんなのんきな感想を抱いてしまった。

「憂人さん……あれ、なんでしょう」

レーヴェが服の裾をくいくいと引っ張りつつ尋ねてきた。見れば、道路の続く先に何かの施設がある。横に長い受付のゲートに記された文字が、その正体を告げていた。

「動物園みたいだな」

「どうぶつえん……？」

「飼育されている色んな動物たちを見て回れる場所だ」

そう説明すると、彼女は小さく相槌《あいづち》を打った後、門の方を瞬《まばた》きもせず見つめたまま動かなくなった。表情の乏しい子だが、今回ばかりは何を考えているのか容易に推し量れた。

（どうしたものか……）

危ない橋は渡らない。ここ数日、それを前提に行動してきた。『周りはすべて敵』。普段なら被害妄想とも取れるその言葉も、今は『ない』と切って捨てられない。

これまではそれほど意識していなかったが、注意して見てみると、街中に設置された監視カメラや防犯カメラの多さに気付く。コンビニなどの店内はもちろん、街路や駐車場、個人宅の玄関先にも、今や世の中の至る所に『目』がある。当然、この動物園にもその視線はあるはずだ。安全を第一に考えるならば、不要で余計な行動は極力控えるべき。それは充分に理解していた。

だが、同時に思い悩んでもいた。この終わりの見えない逃避行、仮にすべての娯楽を排除し生き残ったとして、果たしてそんな人生に意味はあるのだろうか。彩りのない絵を延々描き続けていくようなものだ。何の価値も感動も生まれない、無味乾燥な白黒の絵画。

たとえ完成したとしても、その絵はきっとつまらない。

数秒の逡巡《しゅんじゅん》を経て、俺は気持ち長めの息を吐いた。

「行ってみるか、動物園」

レーヴェが驚いたようにこちらを見上げてきた。初めて見る表情だった。

「いいんですか……？」

「そんなに長居はできないから、少し覗《のぞ》くだけになるだろうけどな」

そう返しつつ、先導して歩き始める。レーヴェは少々間を空けてから、やや遅れてついてきた。ちらりと再度表情を窺《うかが》い見る。かすかな変化だが、これまた初めて見る顔をしていた。

分かりやすく笑っているわけではない。

それでも、心なしかその足取りは軽く、瞳はきらきらと輝いているように見えた。

チケット売り場で確認すると、幸運にも高校生以下は無料で入園できるようだった。しかし、学生証の提示が必要とのことだったので、身元を明かすリスクと七百三十円とを天秤《てんびん》にかけた末、俺は安全を優先し、大人料金を払って入ることにした。

「さて、どこから見て回ろうか。見たい動物とかいる？」

「どうぶつ、あんまりしらないです……」

入り口付近に置いてあった園内マップのパンフレットを手に取り、すべての動物舎を効率よく網羅するための合理的ルートを組み上げる。俺自身、入場するのは小学生の時以来だ。しかも東北の動物園は初だから、どことなく心が浮き立つのを感じていた。

今一度レーヴェの身なりを確かめて、帽子やウィッグの着け方が甘くないか、変装が完璧であるかをチェックする。俺も改めてフードを深めに被った。無警戒になるのは当然駄目だが、常に周囲を威嚇していたら逆に怪しまれかねない。

それにリスクを承知で遊ぶと決心してここに来たのだから、楽しまなければ損というもの。面倒なことはひとまず忘れて、今だけは可愛い動物たちに全力で癒やされるとしよう。

「よし、じゃあまずは正面のコツメカワウソから行くか」

「コツメ……カワイソウ？」

前言ちょっと撤回。動物には少し詳しい。レーヴェのために解説を挟みながら癒やされるとしよう。

そう決めてほぼ順路通りに進んでいき、キョン、エミュー、ラクダ、リス、クジャクと、様々な動物を見て回った。東京の動物園にはいなかった種類も数多くおり、レーヴェに説明してあげようと思っていたが、俺の方もだいぶ解説板のお世話になってしまった。

レーヴェは好奇心に満ちた目で、しきりに「あれはなんですか？」と質問してきた。出会ってから一番の饒舌《じょうぜつ》具合だ。彼女はとにかく遠慮がちで、自分の意見を言わず、我というものをほとんど出さない。だから、ようやく彼女の年相応な姿を見ることができた。

「憂人さん、あれはなんですか？」

「キリンだ」

「くびと、あしが、ながいですね」

「高所にある葉っぱを食べたり、遠方の敵を見つけやすくなるためにそういう進化を遂げたって聞いたことあるな。ああ見えて牛の仲間で『モー』って鳴くらしいぞ」

「……うし？」

牛も知らないのか。マップを見てみるが、残念ながらこの動物園に牛はいないようだった。そのうち牧場にでも連れていってあげようか。

それにしても、つい日本にいる普通の子供と同じように接してしまうが、料理についても生き物についてもレーヴェの知識量は赤子並みだ。『一ヶ月前に自然発生した』という話は半信半疑だったけれど、これはいよいよ現実味を帯びてきたかもしれない。

「きりん……おおきいですね」

当の本人は、柵の向こうでむしゃむしゃと口を動かしているキリンを感心しながら眺めていた。黄色と茶色の柄が店で見かけたバナナに似ている、などと話している。

この園の動物紹介パネルはわりと凝っていて、学名、英名、分類、分布の他に、個体についての情報もしっかりと載せてあった。目の前で葉っぱを食べているキリンはエミリーという名前の雌で、臆病だが仲間想いの性格をしているそうだ。先々月に出産して母親になったらしい。そのことをレーヴェに伝えると、彼女は何かを考え込むように一度うつむいてから、俺の顔を見上げて真摯な視線を送ってきた。

「憂人さん。おかあさんというのは……家族というのは、どういうものなのですか？」

その瞳は、先日俺が母と電話で話していた時に向けてきたものと同じだった。料理や動物に対する興味とはまた別の、困惑と羨望が入り交じった熱のようなものを感じた。

「家族か……。人によって認識が違うだろうから一概にこうとは説明できないんだが、そうだな……俺にとっては、無条件で心を許せる存在、かな」

どう答えたものかとやや悩んだが、母さんの顔を思い浮かべたら自然とそのフレーズが出てきた。長い時間を共に過ごしたからこそ構築される信頼関係。法律や血縁といった形式的・物質的なものとは一線を画す、心の絆《きずな》。一朝一夕で得られるものではないからこそ、その繋がりは尊く価値のあるものなのだろう。

「家族……わたしにも、できるでしょうか……」

それは俺への問い掛けではなく、自身に対する呟きのようだった。この感情が何なのか、自分でも分からない。一時の同情か、あるいは単なる憐憫《れんびん》なのかもしれない。でも、ずっと孤独を感じているであろうこの子に、今、何かを言ってあげないといけない気になった。

「……設定とはいえ、今は俺の妹だろ」

そう告げると、彼女は目を数度瞬かせて小首を傾《かし》げてきた。今一伝わっていない模様だ。

「だから……とりあえず今は俺がレーヴェの家族だってことだ」

言っている途中で気恥ずかしくなり、何だか最後吐き捨てるみたいになってしまった。

もはやレーヴェの反応をまともに見ることもできず、次のコーナーへと足早に歩き出す。

彼女がちゃんとついてくるのを確認しつつ、さらに歩調を速める。完全に照れ隠しだった。

それがいけなかったのかもしれない。斜め前にいた人と軽く肩が接触してしまった。

「あ……すみません」

「いえ、大丈夫ですよ。お気になさらず」

幸い気のいい人だったようで、難癖をつけてくることもなく平和的に済んだ。ぶつかったのは、染色とは違う自然な色の金髪が眩《まぶ》しい美形の青年だった。顔立ちからして異国の人みたいだが、流暢《りゅうちょう》な日本語から察するにそれなりに滞在歴は長いと推測できる。それにしても、とんでもなく整った容姿だ。顔面偏差値は東大を超えてハーバード級と言えよ

向けていた。

う。その証拠に、道行く少女、婦人、老婦に至るまで、すべての女性が彼へと熱い視線を

「こちらこそ失礼しました。お怪我《けが》はありませんか？」

ぶつかってしまったのは俺の方なのに、丁寧に謝罪までしてくれた。外見だけじゃなく中身までイケメンとか、恐ろしいまでに人間ができている。

「そちらは妹さんですか？　とても可愛らしいですね」

にこりと柔和な微笑を湛《たた》える青年。レーヴェは人見知りが発動したのか俺の背中に隠れてしまったが、特に気にした様子もなく依然として青年の物腰は柔らかい。少し距離感が近い気もするが、この一気に親しみを寄せてくる感じは海外の人特有のものなのだろうか。

とはいえ、どこまでも朗らかだから、馴《な》れ馴れしくて嫌という印象は全く受けない。何となくそのまま喋りながら次の『王者の森』コーナーまで一緒に歩いていく。

「実は僕、動物園に遊びに来るのは今日が初めてなんです。少し前まで病に臥《ふ》せっていまして、まともに活動できる状態ではなかったので」

こうして普通に外に出られるだけで幸せなんです、と語る青年は、これまでの苦労を感じさせない清々《すがすが》しい面差しで、降り注ぐ日光に手の平をかざして目を細めている。

彼は人と話す行為に飢えていたかのように、祖国がある欧州の街並みや、療養のため家

族と離れ多摩奥地の別荘に単身移り住んだこと、日本に来てその風光明媚《ふうこうめいび》に感動したこと等々、短い間に色々なことを聞かせてくれた。俺としてもここまで自然体で話せる同世代の相手は久方ぶりだったので、何だかとても新鮮な心地だった。

「じゃあ、あなたは財閥の跡取りなんですか？」

「元、ですけどね。病気になって回復の見込みが薄いと判断されてからは、家督や財産の継承権は弟に移りました。ただ、そこに不満はありません。……家を維持するには必要な措置だったと僕自身も理解していますから」

そう微笑《ほほえ》んで話しながらも、青年の顔にかかる陰影は先ほどよりも濃くなっているように感じた。治療や静養というのは建前で、本音は厄介払いだったのではないか。その不信感が払拭できないのかもしれない。彼はこの極東の地で何を思って過ごしてきたのだろう。俺はかけるべき言葉を見つけられないでいた。

「申し訳ありません。何だか少し暗い話になってしまいましたね。……あ、見てください。ライオンがいますよ」

場の空気を変えるように、青年は話題を目の前の風景に戻した。励ましたいという思いもあったが、下手な慰めは逆効果になるだろうし、自分に気の利いたフォローができるとも思えない。それにせっかく配慮してくれたのにまた話を蒸し返すのも野暮な気がした。

「……つよそうです」

そんな時、レーヴェが小さくそう呟いた。重くなりかけていた心を軽くする、子供らしい素直な感想。正直、ちょっと和んだ。少女が零した飾り気のない一言に、俺と青年は二人して表情を緩めたのだった。

それから暫《しば》し、そのエリアを散策する。ライオンに続き、トラ、オオカミと見て回った。さすがは東北というべきか、ユキヒョウを発見した時は少々興奮してしまった。

よくよく見てみると、想像していたよりもずっと尻尾《しっぽ》が長い。体長の九割近くありそうだ。レーヴェも同じことを思ったようで、「どうしてなんでしょう」と聞いてきた。例の如く設置してあった解説版を読み上げる。

「ユキヒョウは標高の高い山脈にある岩場や草原などに生息しており、雪山の急斜面を走る際に長い尻尾で重心をコントロールしている。また、寒い時は自分の尻尾をマスクやマフラーのように巻きつけて、口や鼻から冷たい空気が入るのを防いでいる……」

すごいな。生息地が違うことで体の作りもヒョウとはだいぶ変わっているらしい。

寒さを凌《しの》ぐために体毛は長く密に生え、雪の中でも歩きやすいよう脚は太く、崖から滑り落ちないよう肉球は大きい。ヒョウは走るのが得意だが、ユキヒョウはジャンプ力が優れていて、ひと跳びで十五メートルほども跳躍できるという。

生息地に適応するために、住みやすい体へと自然に進化を遂げていったのだと考えると面白い。生命の強《したた》かさを感じる。

「しろくて、きれいです……」

レーヴェと並んで檻《おり》の中を一心に眺めていると、青年にくすりと微笑まれた。

「お二人はとても仲がいいんですね」

彼としては、俺たちを兄妹と認識しての台詞《せりふ》だから他意はないのだろうけど、思ってもみなかったことを言われてつい返事に窮する。青年はそんな俺の心情など知る由もなく、悠々と動物鑑賞を楽しんでいた。

「そうだ、写真を撮っていただいてもよろしいですか？」

そう言ってスマホを差し出される。断る理由もないので了承しながら受け取り、背後のユキヒョウがうまく映り込むような角度でシャッターを押した。

「ありがとうございます。お礼に僕もお二人を撮って差し上げますね」

「え……いや、俺たちは」

「まあまあ遠慮なさらず。これもきっと記念になりますから」

青年は善意で申し出てくれているから拒否しづらい。それにここで強く拒み続けるのも不自然に思われかねないので、俺は彼に自分のスマホを手渡した。

「はーい、いいですよ。あ、妹さん、もう少しお兄さんの方に寄ってくれますか？」

どうせなら良い写真を撮りたいと、青年は時間をかけて細かな指示を出してくれた。やがて納得のいく構図が出来上がったのか、指で丸を作りスマホ画面を覗き込んだ。

「えーと、うーん……？　カメラがここで……あ、こうですね。はい、いきますよー」

やや手間取っていたようだが、ようやくスマホからカシャリという音が聞こえてきた。

「うん、我ながらなかなか素敵な一枚が撮れました」

偉く満足げな青年からスマホを受け取る。確認してみると、本当に良い写真だった。満面の笑みを浮かべているわけではない。それでも、俺もレーヴェも穏やかな表情で互いに寄り添っている。まるで本物の兄妹のように見えた。

何となくレーヴェにも見せてやりたくなり、振り返る。だが、彼女は微動だにせず鉄格子の中へと視線を投じていた。怪訝《けげん》に思いその隣まで歩いていく。

「どうかしたのか？」

「憂人さん。……あの子が、ぜんぜんうごかなくて」

見ると一匹のユキヒョウが力なく地面に横たわっていた。眠っているにしては少々様子がおかしい。静かすぎる。呼吸によって胴体が上下することもなく、口の近くに生えている草が息でなびくこともない。旅館などに飾られている剝製《はくせい》のようだった。

「あのユキヒョウ、死んでいますね」

いつの間にか真横に来ていた青年が、潰《つい》えた命を見据えたままそう呟いた。

「……動物たちはどう感じているんでしょうね。狭い檻の中に閉じ込められ、人に飼われたまま一生を終えていくこの環境を。楽して餌にありつけることを幸運と感じているのか、はたまた何も疑問に思わず生きているのか……それとも……」

青年はそこで言葉を止めたが、俺には彼が何を考えているのか分かる気がした。病という不自由に囚《とら》われて過ごしてきた彼だからこそ、檻の中にいる動物たちにも人一倍感情移入してしまうのだろう。俺も環境や境遇といったしがらみには思うところがある。

「一見楽しい動物園も、見方を変えれば人間の業の深さが窺える……そう思いませんか？」

こちらに向き直り、眉を下げて微苦笑を浮かべる青年。声音も表情もこれまでと同様に柔らかいままだが、その醸す雰囲気が少しだけ変化したように感じた。

「憂人さん……あのどうぶつたちは、どれいなんですか？」

一方、こっちはこっちでレーヴェから飛び出したその単語に思わずぎょっとしてしまう。

「い、いや、奴隷とは違うんだが」

口では咄嗟《とっさ》にそう否定したものの、改めて考えてみるとどう説明すればいいか分からなかった。動物の飼育は言ってみれば人間のエゴだ。彼らの意思が尊重されているか否か、それを完全に証明する手立てはない。奴隷は極論だとしても、自由を奪っていることは明白。事実、この鉄柵をなくしてしまえば、彼らは解き放たれたように逃げ出すだろうから。

明瞭な答えを返せず黙する俺の傍《かたわ》ら、レーヴェはどこか物憂げな表情を湛えて鉄の囲いに閉ざされた世界を正視していた。そんな俺たちを見て、青年がふっと笑みを漏らす。

「今日はとても有意義でした。お二人と話せて本当に良かった。……お礼に一つ面白いものをお見せしましょう」

再度檻の方へと視線を向けた青年は、その目に倒れているユキヒョウを映した。

風がざわめく。空気がひりつく。刺すような緊張感が肌を通して伝播《でんぱ》してきた。

「【起きなさい】」

彼が唱えた謎の言詞。それが意味することについて考えるより早く、その異変は生じた。

ユキヒョウの死骸から黒い靄《もや》のようなものが立ち昇る。

それは徐々に元の生命の形体をかたどっていき、するりと檻の中から抜け出すと、四本足で俺たちの前に顕現した。夜を宿したように全身が純黒でありつつも、二つの瞳だけは微光の帯を引きながら青白く光っている。

突如眼前で起きた事象に対し、思考が瞬時に加速し始める。動物園に入って以降、どうにか抑えようと努めていた危機感が死神さながらに鎌首をもたげた。

（こいつ、まさか……っ）

青年は落ち着き払った様子で何かを取り出し、それを摘んだ指先から垂らして俺たちに見せてきた。チェーンに繋がれたそれは、値の張りそうな懐中時計だった。

「【反魂時計《クロノスタクティス》】──神様から賜りし僕の神器《じんぎ》です。死した者の肉体から魂の残滓《ざんし》を抽出し、それを実体化して影の兵として使役することができます」

その言葉通り、蘇ったユキヒョウは服従を示すかの如く青年の前で首を垂れている。彼はその頭を撫でながら、俺と、傍らにいるレーヴェに視線を向けた。

「その子は魔王ですね？」

「っ……!!」

端的な指摘に動揺した俺は、ついレーヴェを庇う素振りを見せてしまう。

「その反応、当たりみたいですね」

相も変わらず人当たりのいい笑みを浮かべる青年を見て、しまったと忌々しげに舌打ちする。レーヴェを腕で押し、さらに後方へと下がらせた。

「鎌を掛けたのか？」

「状況証拠ばかりで確証がありませんでしたので」

人畜無害そうな顔をしながら全く悪びれず答える青年に苛立《いらだ》ちが募る。

　その時、空から数羽の黒い鳥が舞い降りてきた。カラスかと思ったが、違う。青白い妖光を灯《とも》す二つの目が、その正体を雄弁に物語っている。鳥たちは青年の周りをパタパタと旋回していたが、やがてそのうちの一羽が彼の腕へと静かに止まった。

「僕は影兵《えいへい》と感覚を共有できます。その能力を駆使し、この子たちの『目』を通して各地に異常がないかを見張っていました。そして数日前、群馬県高崎市を流れる烏川近辺を監視していた影の一つが、生身のまま遥《はる》か上空に跳躍する若い男性の姿を認めました。そのため、当該人物の行動を予測して網を張っていたんです。……心当たり、ありますよね？」

「…………」

　沈黙と睥睨《へいげい》で応える俺に苦笑いしつつ、青年は話を続ける。

「でも、結構骨が折れましたよ。これは捕捉できるだろうというところで毎度網をすり抜けられていましたからね。だからこそ、ここで接触できたのは僕としても想定外でした。この動物園にはちょっとした気分転換のつもりで立ち寄っただけでしたので。まさかそちら側から来てくださるとは」

　思わずぎりっと歯軋《はぎし》りする。偶然とはいえ、俺の安易な考えがこの事態を招いてしまったのだから。だが、判断ミスを悔いている時間はない。後悔よりも、今は他にやるべきことがあるはずだ。

そっと視線だけで周囲の状況を確認する。大混乱とまではいかないまでも、不穏な空気に気付いた入園客たちがざわつき始めているようだった。

「そういえば、自己紹介がまだでしたね。僕は《再生》を司《つかさど》る天使、レイン・L・グリーンフィールドと申します。……良ければあなた方のお名前もお聞かせ願えますか？」

「……断る」

眼光鋭く吐き捨てると、金髪の青年――レインは再び苦笑を漏らした。

「しかし、どうにも理解できません。話してみた感じとして、あなたは良識のある方だという印象を受けました。それだけに魔王と行動を共にしている理由が分からない。その子が魔王だと知らなかった、というわけでもないですよね？」

レインに目を向けつつも、引き続き周りに気を配る。可能な限り戦闘は避けたい。そのためにも、大きな騒ぎになる前に、速やかにこの場を離脱する。

「とはいえ、正直なところ僕も少し困惑しています。想像していた魔王像とあまりにもかけ離れていたものですから。……でも、その子が魔王であるなら、やはり僕は今日ここでその子を殺さなくてはなりません。できればあなたには危害を加えたくない。もしもその子に人質を取られているのでしたら僕が責任を持ってその方を救出します。……ですからどうか、その小さな魔王をこちらに引き渡していただけませんか？」

できるだけ穏便に済むよう、誠意的に接してくれているのが分かる。この青年はきっと良い人間なのだろう。短い時間とはいえ、久々に打ち解けられた相手だ。俺だって叶《かな》うことなら争いたくはない。

だけど、あの契約が存在し、向こうに魔王を見逃すという意思が全くない以上、どんな説明も無駄。和解は成立しない。必然、俺に許された選択肢も一つしかなかった。

「断る」

レーヴェを右腕で抱え、踵《きびす》を返して走り出す。当然フルスピードだ。目撃者は増えてしまうが仕方ない。とにかく今はあの天使から離れることに全精力を傾注する。

「……残念です」

疾走する俺の足元に、後方から水溜まりのような影が伸びてくる。途端に身の毛がよだち、反射的に高くジャンプして回避しようとした。

「【ヴォルフ】」

レインがその名を紡ぐと同時、地面の闇から何かが噴き出した。上空にいる俺の眼前へと覆《おお》い被《かぶ》さってくる。黒い靄の正体は――目測四メートルはありそうな巨大な狼《おおかみ》だった。

「叩《たた》き落としなさい」

影の狼が振り下ろしてきた槌《つち》のような前脚を、咄嗟に左腕で受けて防ぐ。

とてつもない威力。空中にあった俺の身体は、そのまま衝撃と重力に耐えきれず真っ逆さまに地面へと落下していく。死ぬ、頭部保護、受け身、色々な考えが目まぐるしく脳内を巡る中、何よりもまず先んじて取った行動はレーヴェの身を守ることだった。

「かっ、は――……っ!!」

背中から地面に打ちつけられる。肺の中の空気が根こそぎ押し出される感覚。痛みでまともに声すら上げられない。眩《くら》む視界の焦点を合わせられないまま、胸の中に抱きかかえているレーヴェを見る。ぐったりとしてはいるが、外傷はない。ひとまず無事のようだ。

辺りでは今の一場面を目にした入園客たちが、とうとう騒然とし始めた。

悲鳴を上げながら逃げ惑う人、事態を冷静に把握しようと遠巻きにこちらを見つめている人、警察に通報した方がいいと叫ぶ人などが、渾然一体《こんぜんいったい》となって右往左往している。

(く、そ……なんだ、あの狼……)

追撃してこないのは命令されていないためか。通常では考えられないほど大きなその黒《こく》狼《ろう》は、地上に着地した後もすぐ近くで俺を威嚇し見下ろしてきている。

「逃がしませんよ。この聖戦は、ここで僕が終止符を打ちます」

足元に伸びているレインの影が大きくなり、地面に広がった黒い湖面から次々と異形の存在が姿を現した。その数、十、二十、五十、百……まだ増えていく。あっという間に周りを包囲され、目に映る景色のすべてに漆黒の影兵が乱立した。

「時間をかけるつもりはありません。すぐに片をつけましょう」

軋《きし》む肉体を叱咤《しった》し、弾かれたように飛び起きる。その勢いのまま大狼の顔面に回し蹴りを叩き込んだ。兵の中に吹っ飛んでいく巨体を横目に、俺の意識はすでに天使へと標的を変えていた。ここまで完全に取り囲まれてしまったらもう逃げの線は捨てるしかない。レインをまず戦闘不能にし、追手の芽を摘んでから逃走する方が賢明だと判断した。

「驚きました。魂を強化してあるヴォルフをまさか一撃とは……」

台詞とは裏腹に、レインの態度には余裕が滲んでいる。それを裏打ちするように影の兵が彼の前に並び立つ。向かう先はさながら黒く分厚い城壁だ。中学の頃、多対一で喧嘩《けんか》をした時も、せいぜい同時に相手をしたのは四人程度。ここまで多勢に無勢じゃなかった。全力で挑まなければ勝てない。レーヴェを下ろし、荷物を放ってから、勢いよく地を蹴った。

「――邪魔だ!!」

一番手前にいた人型の影を殴り飛ばす。続けて二体目、三体目と殴打し、着実に前に進むべく敵を薙《な》ぎ倒していく。どうやら一定以上のダメージを与えた影兵は消滅するらしく、形を保てず煙みたいに霧散していった。

（くそ、どんだけ出てくるんだ……っ）

遠い。本丸までの道のりが果てしなく遠い。倒しても倒しても次から次へと影の兵が湧いてくる。それに人型相手はまだ慣れているから戦いやすいが、獣型のやりにくさといったらない。地を這うようにして攻めてくるから避《よ》けにくく、反対にこちらの攻撃は当たりづらい。このままではジリ貧になる。それに、この隙にレーヴェを狙われるかもしれない。

「ど、けぇぇぇっっ！」

力任せの横蹴りを放ち、目の前の敵をその後ろに連なる兵ごと一気に吹き飛ばす。豪快な力技が功を奏したのか、それによりレインへと至る一本道が開かれた。かなり細く、両脇にはまだ幾十幾百にも及ぶ影の兵が立ち並んでいるが、この機を逃すわけにはいかないと全速力で駆け抜けた。一足飛びで肉薄し、あと数メートルで届く距離にまで迫る。

「行きなさい、【キマイラ】」

レインの背後から、彼を飛び越えて一つの大きな影が降り立つ。

眼前に立ちはだかったその面妖な姿に瞠目《どうもく》する。

四足歩行でありながら、俺の倍はある身の丈。風になびくたてがみと、渦巻きのようにうねった二本の巻き角、鋭利な牙の隙間から覗く先割れの舌。獰猛《どうもう》に吼《ほ》えるその生物は、獅子《しし》と牝山羊《めやぎ》の双頭を持ち、尾は大蛇の姿をしている化け物だった。

「僕の神器はこんなこともできるんですよ。ギリシア神話に出てくる怪物をモチーフに、複数の動物の魂をかけ合わせて創った影の合成獣です」

「命を冒瀆《ぼうとく》してんだろ、こんなの……っ」

「魂の残滓にはもはや自我は残っていません。それに倫理観について説教するのでしたら、先にそちらの小さな魔王様にしてあげてください」

主人を守るべく怪物が突進してくる。敵を噛《か》み砕《くだ》こうと口を開ける獅子を上に跳んで躱《かわ》しつつ、落下の勢《い》いを活かして踵《かかと》落としを繰り出した。だが、獅子の脳天目掛けて振り下ろした蹴りは、横から割り込んできた牝山羊の角で受け止められてしまう。

（まずい、バランスが……っ！）

予想外の防御で体勢を崩されたところに、尾の蛇が矢のように突っ込んできた。ガードが間に合わず、鋭い体当たりをもろに鳩尾《みぞおち》へと食らい地面に転がされる。咳《せ》き込みながらも急いで立ち上がり、再び臨戦態勢を取る。

（こんなモンスター、まともに相手してられるか……！）

律儀に倒す必要はない。目標はあくまでもこの影兵たちを出現させている天使の方だ。脅威ではあるが相手は所詮獣。戦いの駆け引きには疎いはず。

俺は攻撃にフェイントを入れ、一瞬ひるんだ怪物の脇をすり抜けて走った。

「【ゴリアテ】」

しかしあと一歩というところで、突如地面から這い出てきた手に足首を掴まれ倒される。

迂闊《うかつ》だった。影兵の召喚は、レインが広げた影の範囲内ならどこでも行えるのか。つまり俺は今まで敵のテリトリーの中で戦っていたことになる。真に注意すべきは周囲ではなく下だったのだ。足元から現れたのは、岩と見間違えそうな体軀をした真っ黒な巨兵。

「ゴリラの握力は推定五百キロ。動物界一と言われています。あなたといえども簡単には振りほどけないでしょう。さて……【ガネーシャ】」

ふっと頭上に影が差す。危険を察知したが、足首を掴まれていたせいで回避が遅れてしまう。直後、未だかつて体験したことがないほどの圧力が背中にのしかかってきた。あまりの圧迫感に意識が飛びかける。何かの足に踏まれているのか身体の自由が利かない。

「アフリカゾウのガネーシャ。体長五メートル、体重はおよそ七トンあります。これで絶命していないのは驚異的ですが、ひとまず無力化はできましたね」

レインが悠然と歩を進める。当然、その先にいるのはレーヴェだ。彼女も人型兵に取り押さえられ、身動きが取れないようだった。

「ま、待て……っ、待ってくれ！」

全身にかかる重圧のせいで呼吸もままならない中、切願交じりに叫んだ。

「あんたにはその子が邪悪な存在に見えるのか⁉　こんな、こんな子が魔王なんて……。この聖戦は何かおかしいっ！　あんただって違和感を覚えてるんじゃないのか⁉」

必死に訴えた。象の足から抜け出るための時間稼ぎという面もあったが、発した言葉に嘘はない。ずっと誰かに投げかけたかった疑問だった。

俺とレーヴェのちょうど中間地点で、レインの足がピタリと止まる。

「……以前、とある養豚場でCSFの発生が確認され、何万頭もの豚が殺処分されるというニュースを見ました。検査も隔離も行われず、即殺処分です。人の間で感染症が広まった際はワクチンや特効薬の開発を死に物狂いでするのに対し、動物たちの命はなぜこんなにも軽く扱われるのだろうと、その時僕は深く疑問に思いました。……人はとても、とても傲慢な生き物です。だからなのか、僕は昔からあまり人間が好きではありませんでした」

突然何を話し出したのか解せず訝《いぶか》しんだが、こちらに向けられた彼の眼差しは真剣そのもので、俺は黙って耳を傾ける他なかった。

「僕は、魔王を用意したのは神自身だと考えています。この聖戦が、神が人類に与えた試練なのではないかと思っているからです。人が今後も生きるに値する生物かどうかを測る試練なのだと。……だからあなたが言うように、もしかしたら本当に、あの子は悪《あ》しき存在ではないのかもしれません」

レインの自説を聞き、うまくいけば説得できるかもしれないという希望がちらつく。だが、続く彼の言葉は、そんな淡い希望を粉々に打ち砕いた。

「でも、そのすべてがどうでもいい。僕の人間に対する感情も、魔王の正体も、取るに足らない些事に過ぎません。僕はただ、指示に従って魔王を始末するだけです」

青年の顔には愁いが見えた。かすかな迷いも。しかし、それでもその意志は固いのか、彼は再びレーヴェの方に向かい歩き出そうとした。

「何がお前をそこまで動かしてるんだ……？」

思わず口から零れたのは、足止めなどの意図もない、ただただ純粋な問い掛けだった。

数秒の静寂。落ちていく斜陽が、園内をノスタルジックな朱色へと染めていく。

「……僕の病気ですが、別に治ったわけではないんです。天使になって起き上がれる体力を得ただけで……おそらく僕は、もうそう長くは生きられないでしょう」

くるりと振り返ったレインはそう言って、眉を下げながら微笑んだ。

「僕は天使たちの中で唯一、神ではなく他の天使によって選出された人間なんです。彼女は家族からも見放され、ただ死を待つだけだった僕にもう一度生きる意味を与えてくださった。あの方の……エレオノーラさんの力になりたい。僕にあるのはそれだけです」

そこで一度言葉を切り、スマホを操作するレイン。まさか増援を呼んでいるのか。もしもこの場に他の天使が現れたら、いよいよレーヴェを守りきれない。

「あなたと魔王が一体どういう関係なのか……気にはなりますが、それは魔王を討った後でゆっくりとお聞かせいただくとしましょう」

「っ、待て！」

制止を無視し、青年はレーヴェの数歩手前まで歩み寄る。

「【スノウ】」

先ほど蘇ったユキヒョウが、兵に組み敷かれているレーヴェに跨《また》がるようにして立つ。その顎が開かれ、氷柱《つらら》の如く尖《とが》った牙が少女のうなじ辺りに向かっていく。「やめろ！」と叫ぶ俺を憐《あわ》れんだ瞳で見つめながら、レインが惜別を含んだ声で言ってきた。

「もしも出会い方が、立場が違ったなら、僕らは友人になれていたかもしれませんね……」

細い首筋に迫る黒い牙。血流と拍動が激化する。

自分の中の何かが『彼女を助けろ』とうるさいくらいに絶叫していた。腕に全身全霊の力を込める。背中にのしかかっている巨象の足を押し返そうと必死にもがいた。

「が、ぁぁあああああっ!!」

根限りの力を振り絞る。しかし、少しだけ浮いたものの、七トンにも及ぶ圧力を完全に払いのけることはできなかった。俺の目に、今にも噛み殺されそうなレーヴェの姿が映る。

やめてくれ――。心臓が潰されそうなほどの悲愴《ひそう》が押し寄せた、次の瞬間。

「っ、なんだ……!?」

青年の驚く声につられ、伏せかけた視線を持ち上げる。

レーヴェから発せられた白光が、纏《まと》わりついていた影の兵を余すことなく吹き飛ばした。

小さな身体がふわりと宙に浮く。空を思わせる水色の双眸が、血を零したような真紅へとその色を変化させていく。レインや野次馬《やじうま》たちが戸惑いを見せる中、俺だけが今何が起こっているのかを理解していた。魂魄剝離が始まったのだ。それを証明するように、すぐさま周囲から数多の白光――魂が、台風の目に集うようにレーヴェの内へと吸い込まれていった。

(…………っ!)

同時に、俺の中にも急速に力が溢《あふ》れ出してくる。魔王の力――奪った命をそのまま自身の糧とする能力。何者にも負けないという全能感が体内を駆け巡り、迸《ほとばし》った。

「お　お　お、おおアアアァァぁぁあああぁっっ!!」

腹の底からの咆哮《ほうこう》。腕を伸ばしきったところで反転して、象の足に痛烈な肘打ちをめり込ませる。傾いた巨体にすかさず蹴りを叩き込み、近くにいた獅子の怪物にぶち当てた。

続けざまに他の兵たちも一掃する。軽く当て身をかましただけで、皆例外なく消し飛んだ。

身体が軽い。外界の一切が遅く見える。視界はクリアだが、頭の中は一挙に押し寄せた魂の情報処理が追いつかないのか、どこか靄がかかっているみたいだった。

進む妨げとなる影の兵を根こそぎ粉砕し、瞬く間に天使へと迫る。レインに反応する間を与えず距離を詰め、その首に手をかけ空中に持ち上げた。息苦しそうな声が青年の口から漏れる。左の手の平から、人間が呼吸する際の気道の動きが伝わってきた。

「………」

敵は制圧した。だが、ここからどうする。優位には立っているが、彼の能力は侮れない。もたもたしていたらまた死角から影兵を召喚されてしまう。それに他の天使たちが加勢に来る恐れもある。けりを付けるなら早いに越したことはない。今の自分なら、あとほんの少し指先に力を加えるだけで彼の命を絶てるだろう。――……だけど。

（いや、それは駄目だ……！）

いくら何でも人を殺すなんてしていいわけがない。人殺しが世間からどんな扱いを受けるのか、その身内がどれだけ虐げられるのか、俺は身に染みて知っている。たとえ異常な状況に巻き込まれていたとしても、人として越えてはならない一線というものがある。

「どうしたんですか？　とどめを刺さないんですか……？」

酸欠で力が入らないのか、はたまたそれが無駄だと悟っているからなのか、青年に抵抗する気配はない。ただ、諦観と慈悲が混じったような視線で俺を捉えている。

「一応宣言しておきますが、ここで僕を見逃しても戦いが終わることはありません。命ある限り、僕は何度でも魔王の命を狙いに来ますよ……」

彼の言葉が突き刺さる。そうだ、生き残るためには甘さは捨てなくてはいけない。

天使は他に九人もいる。敵対戦力は削れる時に削らなくては。

(だけど、人を殺すのはっ……俺は父さんとは違う！)

レーヴェを守るのが最優先。第一義的に実行すべきことだ。ここでこの天使を逃がしてはいけない。彼には顔を見られてしまった。それにレインが自ら言ったように、この場で彼を仕留めておかなければ、今後もまたレーヴェの命が脅かされる。それは避けなくては。

(でも、だからといって人を殺すのは……!!)

様々な考えが浮かんでは消え、肯定しては否定してという押し問答を繰り返す。幾多の感情が綯《な》い交《ま》ぜになり、自分でも訳が分からなくなっていた。

――レーヴェを……俺がレーヴェを守らないと。

そんな混沌とした思考の中、常に存在し続けていたその一念が強く表層に出てきた瞬間、俺の掌中からゴキッという鈍い音が聞こえてきた。

「……え？」

レインの頭が不自然に左方へと傾いていた。口元からは一筋の赤い雫《しずく》が垂れている。

俺の手の平から、脱力した青年の身体が滑り落ちていく。膝から崩れ落ちるように倒れた彼は、うつ伏せになったその体勢のままぴくりとも動くことはなかった。

死んでいた。

辺りにまだ残っていた影兵たちが霧の如く消えていく。逢魔時《おうまがどき》の動物園、あまりの惨状に危機感を覚えたのか、遠巻きに眺めていた野次馬ももう散り散りに逃げたようだった。

しかし、人目はなくても防犯カメラはある。ここで起こった一部始終は遠からず世の中に知れ渡ることになるはずだ。魔王に付き従う者の存在も、じきに公になるだろう。

左手にはまだ首を握り潰した際の感触が、鼓膜には骨を砕いた時の不快な音が明瞭にこびり付いている。地面には力なく事切れている青年の遺体。魂魄剝離を終え、レーヴェが天女のようにふわりと舞い降り戻ってくる。俺の心には、空と同じ夜の帳《とばり》が下りていた。

＊＊＊

黎明《れいめい》を迎え、ホテルの一室に弱々しい朝陽が射《さ》し込んでくる。薄暗い部屋の中、ベッドに腰かける俺の頭の内側では、昨晩から同じ考えが何度も何度も堂々巡りしていた。

一睡もしていないのにちっとも眠くない。ただ途方もない疲労感だけがある。現実味が乏しいようで、しっかりと自覚はしている。自分が何をしたのか。何をしてしまったのか。

「……人を、殺した」

明確に言葉にすると、ずしりと心にのしかかってくる。罪悪感が体内で蛆虫《うじむし》みたいに蠢いていて酷《ひど》く気分が悪い。油断したら吐いてしまいそうだった。

殺そうと思ったわけじゃない。殺したかったわけでも。それが言い訳にもならないことは重々承知しているが、叶うのなら殺す前の時間に戻りたい。でも、戻ったところでおそらく同じ道を辿るのだということが何となく分かる。これから先、似たような決断を迫られた際も、俺はレーヴェを守るためにきっと敵の命を奪う選択をする。

「……こんな、契約があるせいで……」

隣に視線を移せば、レーヴェが静かに眠りに就いている。動物園での一件の後、彼女とは一言も言葉を交わしていない。お互い無言のまま歩き、宿に着いた後はそれぞれに入浴を済ませて布団に入った。それまでの間、彼女がどんな顔をしていたのかは分からない。自分のことに一杯一杯で気にかける余裕などなかったから。今もレーヴェは背を向けて横になっているためその表情は窺い知れない。たぶん穏やかな寝顔をしているのだろう。

(なんで……俺だけがこんなに苦しんでるんだ……)

沸々とした、どす黒い感情が芽生える。自分にこんな醜い思いが生じるなんて認めたくないのに、もはや目を背けることができない。

（この先も俺は人を殺し続けなきゃならないのか……。……だけど――）

今ここで一人を殺せば、止めようのない凶行はこの場限りで終わりにできる。短絡的で愚かな考えだが、純然たる事実でもある。そもそもの元凶を今断てたのなら、今後訪れる煩わしい苦悩からは解放される。気付けば右手は隣で寝ている少女の首筋へと伸びていた。

だがしかし、触れる直前で指先がピタリと止まる。これが自分の意思なのか契約による制止なのかは分からないが、手が石の如く動かなくなった。途端に我に返る。

「馬鹿か、俺は……っ」

人を殺したことで苦しんでいるのに、また人を殺そうとするなど言語道断だ。それで何かが解決できたとしても、また別の苦しみが生まれることは想像に難くない。

相手が善人だろうと悪人だろうと自己判断で殺していい道理はない。命を奪う行為はどう転んでも正義にはなり得ないのだから。そこを正当化してしまったら、俺の中の道徳心が崩壊してしまう。

（誰か……誰か助けてくれ……）

思わず両手で顔を覆って項垂れる。叫びたい衝動に駆られるが、もうそんな元気もない。

スマホは昨日から見ていない。それを手にしたら最後、縋《すが》ってしまいそうだったから。

「母さん、朔夜、辰貴……」

俺が人を殺したと知ったら、三人はどう思うだろうか。悲しむだろうか。軽蔑するだろうか。いや、きっとそんなことはしない。親身に話を聞いてくれるはずだ。仕方がなかったと優しく寄り添い励ましてくれるはずだ。俺は今、その言葉を欲している。慰めてもらえるのを期待してしまっている。何とも打算的で浅ましい。自分の行いの責任は自分で負うのが当然。他人の同情を買い、己を慰撫《いぶ》する道具にしようなんて最低の考えだ。

だけど、ふと思う。果たしてすべて俺が悪いのだろうかと。無論、青年を殺した責は俺にある。そこから逃げるつもりはない。でも、一体どうすれば良かったというのか。他の誰かが俺と同じ立場にいたらどうしていただろうか。……どうにもならなかったはずだ。魔王の従者である時点で、他に選択肢などなかったのだから。

今一度レーヴェを見る。あの夜、彼女を公園で助けたのは間違っていたのだろうか。少なくともあの時関わっていなければ、自分は今こんな目には遭っていない。あるいは彼女が俺と契約を交わしさえしていなければ、俺が人を殺してしまうこともなかったはずだ。

「……どうして俺なんだ……」

ぽろりと零れた言葉。それに応える声が唐突に響く。

「それはね、君がこの世界で唯一、その子に救いの手を差し伸べた人間だからだよ」

伏せていた顔をおもむろに上げる。幻聴かと思ったが、声の主は確かにそこにいた。

神が、そこにいた。

相変わらず神出鬼没で前触れなく現れる。ただ、驚きはしたが動じることはなかった。

威圧感も以前ほど感じない。それだけ俺が人間離れしてしまったということかもしれない。

「……何か用ですか？」

「あはは、だいぶ参ってるみたいだね。用はもちろんあるよ。大事な用がね。もしかしたら君が今抱えている葛藤を少しは解消できるかもしれないよ？」

背中に生えた六枚の翼を一度大きくはためかせ、鮫《さめ》のような尾を床につけて寄りかかる。

「ほら、レーヴェちゃんも寝たふりしてないで起きた起きた」

「えっ……？」

神の登場よりも、むしろ今の方が虚を衝《つ》かれた気分だった。目を向ける視線の先、神の呼び掛けに応じて少女がゆっくりと身体を起こす。その目元にできた隈《くま》から察するに、どうやら彼女も昨夜から一睡もしていなかったように見える。そこで疑問が降って湧いた。

（なんで……お前がそんなつらそうな顔をしてるんだ……）

困惑する俺をよそに、神はさっさと本題を切り出してきた。

「さてと、それじゃあ単刀直入に言うけど、僕が今日ここに来たのはね、君に真実を伝えるためなんだ。この聖戦の真実をね」

そう口火を切ってから、神はこう続けた。――自分はいくつかの嘘をついた、と。

そして、さらにこう続けた。――魔王が人類を滅ぼすというのが最初の嘘だ、と。

それを聞いて頭の中が真っ白になった。『人類を滅ぼす魔王が現れた』というのが、今日《こんにち》この世界で起こっている災いの大前提だ。そこが嘘となると、根底から引っ繰り返ってしまう。俺は狼狽《ろうばい》しながらも必死に思考を巡らせて、神の真意を汲《く》み取ろうと努めた。

「な、にを……何を言ってるんだあなたは……。なぜそんな嘘を……!?」

「うんうん、混乱するよね。安心して、きちんと順を追って説明するから」

神がレーヴェを手招きする。彼女はそれに従い、神のすぐ傍まで歩み寄っていった。

「先の日に全人類を誘《いざな》った精神世界でも伝えたように、近々人類は滅ぶ。でも、それはこの子が原因で滅ぶんじゃない。人類の自業自得で滅ぶんだ」

凪《なぎ》のような声。淡々とした口調。にこりと微笑む神の表情がどこか歪《ゆが》んで見えた。

「自業自得……？　それは、一体どういう……」

「うん、言葉通りだね。逆に聞くけど、高坂《こうさか》憂人君。君は人間が自業自得で滅ぶとしたら、どういった原因を思いつくかな？」

切り返して尋ねられ、静まらない動揺を無理やりにでも抑えつつ、何とか頭を働かせる。

食料問題――世界ではおよそ十人に一人が飢餓に瀕している。

核兵器問題――現存する核爆弾だけでも人類の約半数を殺せる威力を有しているらしい。

エネルギー問題――地球の資源はいずれ枯渇するという話はよく聞く。

地球温暖化問題――温室効果ガスによる気候変動やオゾン層破壊といったリスクは、今や小学生でも知っているくらいだ。

「――ね？　ちょっと考えただけでも色々な可能性が浮かんでくるでしょ？　それだけ人類は自分で自分の首を絞め続けているわけなんだよ」

こちらの思考を見透かしているのか、恐怖を感じるタイミングで神はそう告げてきた。

ほのかに触れた人外の片鱗《へんりん》に、鳴りを潜めていた畏怖の念が再燃する。

「このまま行けばあと百年以内に人類は絶滅するだろう。今がちょうどターニングポイントなのさ。だから僕は《魔王》という存在を創ったんだ。人類を間引くために」

「間引く……？」

「そ。人類は増えすぎた。救済するためにはその分減らせばいい。簡単な話だね」

明け透けに神は語る。薄情にも聞こえる物言いだったが、これは冷酷というより合理的と表現した方が適切だと思えた。

人間味がない。俺たちとはやはり何かが根本的に違うと感じた。

「人を減らす以外に方法はないんですか……？」

「うーん、ないことはないけどものすごーく難しいと思うよ。娯楽や無駄を一切省き、自然を害さない文明へと早急に転換すれば存続の道も開けるだろうけど、今の君たちにそれができるとは思えない。エコの精神とかＳＤＧｓとか色々頑張ろうとはしてるみたいだけどさ、それに一体どれだけの人間が取り組んでるのって話だよね。偉い人が忠告しようが神が天啓を下そうが、結局のところ君たちって戦争や災害みたいな痛みを伴う体験を実際にしないと理解できない種じゃない？　ああ、それが悪いとは言ってないよ。そこも含めて僕《ぼく》は人類を愛《いと》おしく想ってる。だからこそ君たちを気遣って、今回《魔王》を生み出したわけだからね」

その台詞に眉をひそめる。話が見えない。神はそんな俺の表情から心情を察しているらしく、慈しみを滲ませた瞳で今の話の補足をしてきた。

「君たちだって、身から出た錆《さび》で滅ぶなんて言われるより、被害者でいられた方がまだ面目を保てるだろう？　プライドの高い人類への、神様なりの配慮だよ」

挑発とも取れる言動。臆する心に小さな反発の火が灯る。気力を振り絞って歯の根を合わせ、睨《ね》めるような視線を神に対して向けた。

「何なんだあなたは……っ。魔王だの天使だの、そんな回りくどい真似しなくても、あなたなら人類を救えるはずだ。俺にはあなたが俺たちで遊んでいるようにしか見えない。助けられる力があるのに、なぜこんな訳の分からない戦いを強いるんですか……!?」

すると、神はほんのわずかに目を見開いた後、何とも愉快そうに口の端を上げた。

「少し思い違いをしているね。そもそも僕には人間を助ける義理がない。僕は基本、生命の営みを見守るだけの存在だからね。このまま放置すれば確実に滅ぶ人類に、生き残る選択肢を与えているだけでも異例であり破格なのさ。ただ、思い入れはあっても無条件で救うような特別扱いはしない。考えてもみてよ。仮に食料問題で人類が滅ぶとして、僕が直接手を加えるということは、牛や魚や米や林檎《りんご》を君たちに食べられるためだけに生み出すということになるんだよ。それはさぁ、いくら何でも驕《おご》りが過ぎるんじゃないかい？」

淀《よど》みなく流暢に回る舌は、心の底から討論を楽しんでいるように見えた。

そしてそれは、正論すぎるほどに正論だった。舌鋒《ぜっぽう》鋭い正しき指摘。確かに人類の問題は本来人類が解決して然《しか》るべき。神に頼るなど究極の他力本願だ。

完膚なきまでに説き伏せられ、何も言い返せない。悔しさはあったが、それ以上に人間としての不甲斐《ふがい》なさが勝っていた。神は沈黙する俺を諦視してくすりと笑みを漏らすと、両の手の平を上に向けて肩をすくめてみせた。

「とはいえ君の主張もあながち間違いじゃない。魔王だの何だのは完全に僕の趣味だからね。いやぁ、それにしても僕にここまで堂々と意見してくるなんて、君が気概のある若者で良かったよ。これなら今後もちゃんと魔王のお供が務まりそうだ。ね、レーヴェちゃん」

うんうんと一人満足そうに頷《うなず》き、傍らにいる少女の頭をぽんぽんと撫でている。

「よしっと、それじゃあ次に具体的な数字を教えておくね。目標は明確な方がいいからね。間引く人類の総数だけど、今が大体七十億人ほど生き残ってるから、そうだなー……この十分の一くらいまで減らしてくれれば大丈夫かな」

絶句する。耳を疑う数字だった。約七十億人の十分の一ということは、ざっくり七億人。そこまで人数を減らすということは、つまり――。

「あと……六十三億人殺せっていうのか……？」

無理だとか、途方もないとか、そんな感想すら出てこないほど絶望的な数だった。桁違いすぎてうまく想像すらできない。やれるとは思えないし、やっていいわけもない。だが、もしも実行できなければ、人類は今後数十年のうちに緩やかに滅んでいくことになる。

「ああ、それとね、この子が自然発生した存在っていうのも嘘だから」

あっけらかんと言い放つ神に、「は……？」と、自分の口から間の抜けた声が漏れる。

確かに、不自然に思わなかったわけじゃない。むしろ何度も疑問に思った。

どうしてこんな子が魔王なのだろうと、全然似つかわしくないと、繰り返し感じてきた。だけど、いつもそこで考えを止めていた。その答えに行き着くのを無意識のうちに避けていた。だってそんなのあんまりではないか。そんな理不尽な現実、いくら何でも酷すぎる。戦慄《わなな》きながら立ち尽くす俺に、神は少女の肩に手を置き優しく告げてきた。

「人間だよ、この子は。魔王になる前は、君たちと同じ普通の人間だった」

衝動的に身体が動いた。考えるよりも先に、無謀にも俺は神に殴りかかっていた。

しかし、捉えたはずの拳は虚《むな》しく空を切り、体勢を崩した俺はそのまま勢い余って床に膝をついた。躱《かわ》されたわけではない。神はその場から動かなかった。俺の手は字義通り神の身体をすり抜けたのである。あれは俺たちとは異なる次元にいる。向こうからは干渉できても、こちらからは触れることすら敵《かな》わない。一瞬にして格の違いを思い知らされた。

片膝立ちで振り返り、何もできないまま、ただ拳を握りしめながら質問を投げつけた。

「なんでっ……何でこんな小さな子を魔王になんてしたんだ……!?」

神の肩がぴくりと動く。こちらを振り向いた神の顔は、先ほどまでの飄々《ひょうひょう》とした緩い表情ではなく、哀愁を孕《はら》んだ清廉で真面目極まるものだった。

「愛を知らない子だったから」

その答えと雰囲気の変化に戸惑い言葉を失ってしまう。神は穏やかな語調で続けた。

「この子はこの世に生を受けてから、まだただの一度も他者からの愛を受けたことがない。娼婦《しょうふ》の親に売られ、劣悪な監禁生活を強制され、その商館が火事で焼失した後は浮浪児として街をさまようだけの日々……。誰からも認知されず、必要とされてこなかった」

重々しい話に肝が潰れる。生い立ちがあまりにも凄絶すぎて、今一腹の底まで落ちてこない。いや、信じたくないというのが本音かもしれない。

ふと少女と視線が合う。目を伏せるでも逸らすでもなくまっすぐに見つめてくるその瞳には、悲しみも憤りも見られない。いつも通りの彼女がそこにいた。そのいつも通りが、神の語ったことが真実であるという事実を俺に突きつけてきた。レーヴェは化け物などではなく、ただの薄幸な少女なのだという事実を。

「僕も初めは興味本位だった。けれど、この子に会いに行き、言葉を交わしてすぐに決めたよ。この子を聖戦の主人公にしようとね。そして、僕たちは一つの契約を結んだんだ」

「契約……？」

「魔王の役割を引き受けてくれるなら、その代わりに君の願いを何でも一つ叶えてあげるという契約さ。この子はそれを承諾し、僕に願った」

「……何を願ったんだ？」

神はそこでレーヴェに目を配った。初めて見せる、慈愛に満ちた表情だった。

「『愛されたい』」

その願いは、とても純粋で、痛切な、祈るように泣く少女の叫び声に聞こえた。

それだけに納得がいかなかった。現状を再認すればするほど鼻持ちならなくなってくる。

「ふざけるな……っ！　この状況のどこが『愛される』だ！　人々の命を望まぬまま奪い続け、全世界を敵に回して、真逆の感情を向けられてるじゃないか！」

「だけど、それらすべてが延《ひ》いては人類のためになることだ」

ぴしゃりと言い切られ、二の句が継げなくなった。

「機を見て僕はこの真実を公言する。愛を知らない孤独な女の子が、自分を犠牲にしてまで人類の未来のために戦ったんだ。募っていた恨《うら》み辛《つら》みの分だけ、謝意と敬意が彼女に集まるだろう。逆にこれで胸打たれないようなら、そいつは人として終わってるね」

「いや、でも、ちょっと待て……それだとあんたが……」

「ああ、嘘をついていた僕を憎む者も出てくるかもね。でも、僕は別に崇拝されたいなんて思ってないから大丈夫。それにちゃんと初めに言っておいたしね。僕の話は鵜《う》呑《の》みにしなくていい、一人一人が自分の頭で考えて行動してほしいって」

情報が一気に入ってきたせいで、頭がぐわんぐわんと揺れている。今神が語ったことはすべて真実なのだろうか。またどこかに嘘が紛れ込んでいるのではないか。

「……どうして、今になってそのことを俺に……」

「いやいや、本当は初日の夜に伝えるつもりだったんだよ？　でも、君が話も聞かずに家を飛び出していっちゃうもんだからさ。まぁ、その後いくらでも伝える機会はあったのに、このまま静観してた方が面白いかもって放置したのは否めないけどね」

ぺろっと舌を出してウインクを飛ばされた。

「そうだ、魔王の従者特典ってことで、この聖戦が魔王側の勝利で終わった暁には君の願いも一つ叶えてあげるよ。その方がモチベーションも上がるでしょ？　あ、でも先に言っておくけどNGなのもあるから。『死者の蘇生《そせい》』と『過去への干渉』。この二つだけは無理。これらはできないというより、やったら世界の因果律が壊れちゃうんだ。だから無理」

聞いてもいないことをぺちゃくちゃと喋り立てる神に、いよいよ沸点を超えそうになる。そんなのいいから今は頭を整理する時間が欲しい。だからいい加減黙ってくれ。

「そうか……じゃあ、あんたのツラに一発かますとかはしていいわけだな」

睨みつけながらそう答えると、神は一瞬ぽかんとした後で盛大に吹き出した。

「あははは！　やっぱり面白いなぁ人間って。いや、この場合は君が面白いのかな？　まさかそんな願い事をされるなんて思ってもみなかったよ！」

神はひとしきり笑いこけてから、指の背で目元に滲んだ涙を拭った。

「うん、いいよ。それじゃあ楽しみにしてるね。君が僕に一発かます日が来るのを。じゃ、用も済んだことだしそろそろお暇《いとま》しようかな。今後も頑張ってね。健闘を祈ってるよー」

生命の創造主は最後まで摑み所のない態度で俺を翻弄し、現れた時と同じように、次の瞬間にはもうその姿を消していた。残された俺とレーヴェに会話はなく、しばらくの間、ただ重苦しい時間だけが緩やかな濁流のように流れていた。

「……さっきの話、本当なのか？」

神の言葉の真偽なんて判断できない。だから、俺はその答えを彼女に求めた。

レーヴェは暫しじっと口をつぐんだまま動かずにいたが、やがて服の裾をぎゅっと握りしめながらこくりと小さく頷いた。

「そうか……」

ベッドまで戻り腰を沈めた俺は、手の甲を額に当て、そのまま仰向《あおむ》けに倒れ込んだ。

（何が『今抱えている葛藤を少しは解消できるかも』だ……）

この大量殺人には大義名分があると分かった。

しかし、だからといって、じゃあ人を殺していい、ということにはならない。魂魄剝離を正当化できたとして、今まで奪った数億、これから奪う数十億の命を、『仕方ない』の一言で片付けるなど俺には到底できなかった。

レーヴェが死ねば昨今の脅威は消えるが、人類存続の道は絶たれる。

その逆なら、人類滅亡は避けられるが、残り六十三億の命が犠牲になる。

「どっちが正しいかなんて、俺には分かんねぇよ……」

手で隠したその向こう、熱い感情が一滴目尻から流れ落ちる。どうして俺なんだ、と再び零れたその寂寞《せきばく》たる嘆きは、誰にも届かず朝靄のように消えていった。

＊＊＊

「レインさんが魔王と交戦し、死亡しました」

東京多摩奥地にあるグリーンフィールド家所有の屋敷。突然の招集を受け席に着いた辰貴たちに、エレオノーラは開口一番そう告げた。

「場所は秋田県、王森山《おうもりやま》動物園。昨日の夕方頃の話です」

知り合ってからまだ日は浅い。それでも、レインとエレオノーラが他の天使たちとはどこか違う親しい間柄であったことは、新参者である辰貴も感じ取っていた。彼女の様子は一見普段通りだが、粛々と話すその胸中に今どんな感情が渦巻いているのか、大切な人を喪った者の心情は察するに余りある。そして、辰貴自身も大きく心を乱していた。

(レインが死んだ？　憂人が殺したのか……!?)

魔王の力の大半は今、彼が持っていると聞いた。だから、レインと戦ったのは憂人である可能性が高い。昨日から連絡が一切つかないことも胸騒ぎを増長させている。

しかし、ありえない。人を殺すというのがどういうことか、どういうことになるかを知っている彼に限って、そんな馬鹿な真似をするなんてとてもじゃないが信じられなかった。

「あーらら。やっぱり強いのねぇ、魔王って」

重苦しいムードにはそぐわない、軽い口調の声が辰貴の意識を叩いた。

「てゆーかさー、あのイケメン君は一人で戦ったわけー？　なんでー？　魔王の居場所を特定したら全員で袋叩きにしようって話じゃなかったっけ？」

頰杖《ほおづえ》をつきながら棒付き飴《あめ》を頰張る少女、鈴麗《リンリー》に全員の視線が集まる。

「やっぱアレかなー。あの子も魔王討伐の功労者特典に目が眩んじゃった感じー？　まー、そりゃ誰だって欲しいよね。願いが叶う権利なんて♪」

口内で飴玉をコロコロと転がしながら、自分も例外ではないというように含み笑いする。

中華服に合わせた古風な鈴の髪飾りが、チリンと小気味好い音を鳴らした。

「なんかさ……その願いが叶う権利ってちょい意地悪じゃね？　魔王を倒した一人だけが得られるとかさ、まるで俺らを争わせようとしてるみたいじゃん……」

灰色髪の若者、那由他《なゆた》が愚痴るように呟いた。ともすれば、彼の言は的を射ているかもしれない。そこには辰貴も違和感を覚えていた。願望成就という甘い誘惑。その一つしかない枠は、天使たちにとって諍《いさか》いの火種でしかない。自分たちが私利私欲に取り憑《つ》かれることなく共闘できるかどうかを神は試しているのだろうか。いっそのこと願い事を統一できれば無用な心配も消えるのだが。ただ、仮にそれを提案したとして、腹に一物抱えていそうなこの面々が、素直に首を縦に振ってくれるとも思えなかった。

その時、けたたましい音を立てて扉が廊下側から蹴り開けられた。片脚を上げてそこに立っていたのは赤毛の男。先日魔王と戦い負傷した第四使徒のオルファだった。

「扉は静かに開けろ」

年長者である見嶋《みしま》がかけた注意の言葉を無視し、オルファは黙然と歩を進める。議長席に座るエレオノーラの反対側、長テーブルの端で立ち止まった彼は、こちらを睥睨するような視線を向けてきた。その周囲の空気が、放たれる熱気によって蜃気楼《しんきろう》の如くゆらめく。

「魔王は俺が殺す。お前らは手ぇ出すな」

暴挙に暴言。突然現れて何を無茶苦茶《むちゃくちゃ》言い出すのかと一瞬呆気《あっけ》に取られた。

だが、彼が纏う殺気に信念にも似た不退転の覚悟が混じっていることに気付く。本気だ。あらゆる反論を封殺せんとする鬼気迫る意志が込められている。

「はあ？　いやいや、包帯ぐるぐる巻きで何をイキってんのか知らないけど、あんたすでに一回負けてんじゃん。その時点でもうあんたのターンは終了よ。はい、お疲れさまー」

　されども、鈴麗はお構いなしにズバズバと言ってのける。

「てかさー、あんた内臓潰されたんじゃなかったの？　それでもう起き上がれるとかゴキブリ並みの生命力ね。さっすがチンピラ。でも次は本当に殺されちゃうだろうから、さっさと帰った方がいいわよ。ま、布団にでも入ってゆっくりと寝てた方が身のため――」

「うるせぇよ。黙っとけババア」

「……は？」

「必死に励んでるその若作りが見るに堪えねぇんだよ。小娘のふりしてるが、実年齢は俺より上なんじゃねぇのか？　お前こそとっとと隠居しろや老害女」

　ピシッと、空気に亀裂が走ったような感覚に襲われる。しかし、実際にひび割れたのは目の前にある長大なテーブルだった。鈴麗が手をついていた箇所を起点にして、天板が薄氷のように砕けている。

「くたばり損ないのクソ餓鬼が……。そんなに死にたいなら殺してやるよ」

　烈火の如く燃え盛る殺気と、氷の如く研ぎ澄まされた殺気がぶつかり合う。一触即発の気配に肌が粟立《あわだ》ち、止めなければ、と思わず腰を浮かしかけた。

だがその刹那、『コン』という静かだがよく響く、石同士を打ち鳴らしたような硬質な音が耳朶《じだ》に触れた。小さな一音は、息が止まるほど張り詰めていた空気の中を伝播した。

「静粛に」

そのたった一言で、室内が水を打ったように静まり返る。

エレオノーラの左手には、五尺ほどの錫杖《しゃくじょう》と思《おぼ》しき物が握られていた。

おそらくはあれが彼女の神器。その上部は天秤になっており、中央には小さな砂時計が組み込まれている。先ほど聞こえたのは、杖《つえ》の先端を床に打ちつけた音だったようだ。

「先日も申し上げたはずです。皆さん色々と思うところはあるでしょうが、勝利を掴むためには、我々は一枚岩にならなくてはいけないと。でなければ人類が滅びます」

エレオノーラの語勢は変わらず平坦《へいたん》だったが、その一言一句が際立って聞こえた。同じ人間とは思えない存在感は、それこそ神を彷彿《ほうふつ》とさせる。

「わたくし達の敵は魔王だけではありません。レインさんが命と引き換えに遺《のこ》した情報によれば、どうやら魔王には付き従う人間がいるようなのです。オルファさん、あるいはあなたに手傷を負わせたのもその人物なのではないですか？」

「……そうだ。二十歳手前くらいのガキだった。魔王と同様、間違いなく奴《やつ》も何か特別な力を持ってる。俺をただの一打で百メートル近くも殴り飛ばしやがった」

辰貴に緊張が走る。件《くだん》の人物の正体を、自分だけは知っているから。

「うぇえ、そんなのまでいんのかよ。しんど……」

「動物園での一件、もうテレビやネットニュースにも流れてますね。情報統制を敷いたおかげでレインさんの死は公表されてないみたいですけど。でも、その場に目撃者がいたのなら、天使の敗北が世間に広まるのも時間の問題かもしれません」

雪咲《ゆきさき》の発言を受け、辰貴も急ぎスマホを取り出して記事や動画を確認してみる。

防犯カメラの映像はかなり画質が悪かった。顔を正面から捉えたものはなく、加えてフードも被っているため、魔王に与《くみ》する人物が誰なのかすぐに特定されることはないように思えた。ひとまずは愁眉を開く。

「それで？　捜索役が死んだ今、今後どう動くのか具体的な方針はあるのか？」

見嶋の問い掛けに、エレオノーラは睫毛《まつげ》を伏せながら音もなく吐息を零した。

「魔王の足取りは完全に途絶えました。現実的に考えて、今の時点での追跡は不可能と言わざるを得ないでしょう。……ですが、今回新たに知り得た情報もあります」

「……二人連れ、という点だな」

「はい。七歳程度の少女と、十代後半の青年。その二人組の目撃情報を集めます。より精度を上げるためにも、オルファさんには人相書きの作成をお願いしたいのですが」

「あァ？　確かにそのガキを直接見たのは俺だけだが……絵心なんざねぇぞ俺は」

「ハッ、このチンピラは絵も描けないの」

「何か言ったかババア」

「次その呼び方したら**マジで殺す**」

再び剣呑《けんのん》な空気が流れる。両者の間だけ空間が断絶されているような隔たりを感じた。

「もう怖《こえ》ぇよこの二人……。犬と猿の方がまだ仲いいってこれぇ……」

那由他が腕で顔を覆うようにして震えている。確かに、とても仲間とは言いがたかった。

他の面子《メンツ》に関しても同じことが言える。パーシヴァルは一言たりとも発言しないし、第六使徒に至ってはリモート参加という体《てい》を取りつつも、今日も画面の奥で熟睡している始末。まるで烏合《うごう》の衆だ。こんな有様で魔王を倒せるのか、そもそも本当に人類を救うために神に選ばれた者たちなのか、段々と懐疑的になってくる。

それでも何とか組織として保てているのは、ひとえに彼女の存在が大きい。ゆっくりと瞼を持ち上げたエレオノーラは、再び天秤の杖を軽く床に打ちつけた。

「皆さんの関係について、とやかく言うつもりはありません。人間ですから性格の相性もあるでしょう。しかし、『人類の安寧』……この一点においては目的意識を共有していただきます。異論がある方は、今ここで申し出てください」

途端に厳然とした静寂が降り落ちる。背筋が伸びるような、唾を飲み込む音ですら聞こえてしまいそうなほどの緊張感。静かだが有無を言わさぬ彼女の言に、異議を唱えることはおろか、言葉を返せる者など一人もいなかった。

「人相書きに関しては似顔絵捜査員の手も借りましょう。手配はわたくしと雪咲さんでしておきますので。……それでは、本日はこれで解散と致します」

その言説を最後に、一人また一人と席を離れていく。

他の使徒たちが部屋を後にする中、辰貴は椅子に腰かけたまましばらく動けないでいた。

これから自分はどう立ち回るべきか、うまく考えがまとまらない。

「大丈夫？　竜童《りゅうどう》くん」

「あ、ああ……。すまない雪咲、大丈夫だ」

一瞬、誰かに頼る手も浮かんだが、すぐにその案は捨てた。周りの協力が得られれば心強いものの、最も友好的に思える雪咲でさえ了承してくれる未来が見えなかった。少しでも信頼関係を築けていればまた話も変わってくるだろうが、どの天使ともまだ数回会って話をした程度の間柄だ。どう考えてもリターンよりリスクの方が大きい。

どうすればいい。いっそ自分が天使であることを朔夜に打ち明けて知恵を借りるべきか。

……いや、駄目だ。彼女をこれ以上この聖戦に巻き込むわけにはいかない。

（憂人は今どこにいる。俺があいつの立場だったら、何を考えてどう動く……）

これまでだって遊んでいたわけではない。ここ数日、足を使って可能な限りの捜索はした。魔王が憂人と二人で行動しているという事実も自分はすでに知っていたから、聞き込みも他の天使より優位に立ってできていたはずだ。それにもかかわらず、後れを取った。方針を間違えたのだろうか。初めから索敵能力の高いレインを張っていれば、あるいは先んじて憂人たちと接触できていたのではないか。

（……違う、それは結果論だ。今だから言えるに過ぎない）

過去の選択を悔やんだところで何も始まらない。それよりも、改めて有効だと思える手立てを考えた方がよほど建設的だろう。しかし、真っ当な方法で捜し出すのはいささか厳しい気がしてきた。正攻法が駄目なら搦《から》め手《て》も検討すべきだろうか。かといって、法に触れる行いをするのは、警察官を志す者として抵抗がある。やむを得ない措置だと目を瞑るべきなのかもしれないが、自分にとってはそう簡単に割り切れることではなかった。

果たしてどうするべきなのか……。

「竜童さん、雪咲さん、少しよろしいですか？」

どっぷりと思索に耽《ふけ》っていた最中、他の天使たちの姿が見えなくなったのを見計らい、エレオノーラが声をかけてきた。

「実はレインさんが遺した情報がもう一つあるんです。和が乱れるのを避けるため先ほどの会議では伏せていましたが、あなた方二人にはお伝えしておこうと思います」

そう前置きをしてから、彼女は言った。

「魔王に随伴している者の携帯端末に、不審なメッセージが届いていたようなのです。ロック画面を見た際に、『その動物園には入るな』という警告文が表示されていたと」

こちらを見る月光色の瞳が、温度を下げながらかすかに細められた。

「我々の動向を、魔王側に知らせている人物がいます」

ドクンと、辰貴の心臓が大きく跳ねる。

「その意図までは分かりません。自身が《願い事の権利》を得たいがための妨害工作か、もしくは魔王やその従者と個人的な繋がりがあり擁護しているのか……。いずれにせよ、これは明確な背信行為です。……その人物に、お二人は何か心当たりはありませんか？」

彼女の視線が突き刺さる。

信じてくれているのか疑われているのか読み取れない。

自分たちの中に裏切り者がいる――その言葉は、辰貴の心を一層惑わせた。

第三章　せめて後悔しない選択を

MANKIND IS MY ENEMY　ALL MANKIND IS MY ENEMY　ALL MANKIND IS MY EN

「バイバイ、朔夜《さくや》」

　またね、と手を振り返す。校門を出たところで同級生の子と別れ、一人帰途に就いた。

　ほんの数日前までは、まだ幼馴染《おさななじ》みの三人で歩けていた道。今は隣に誰もいないことが無性に寂しく、そして悲しく思えてしまう。

　さわさわと吹く秋風が茶褐色の髪を宙に舞わせる。その風に誘われるように一度振り返り、街路樹の隙間から覗《のぞ》く校舎に目を向けた。傾き始めた太陽が、白い外壁を朱色に染めている。三階の窓、自分の教室が見えた。自然と日中の様子が脳裏に蘇ってくる。

　出席率は三分の二程度。クラスの雰囲気は、およそ明るいとは言えないものだった。ここひと月ほどの間に、不登校になった生徒が増えたためだ。それは神様の啓示があった日を境に特に顕著になったように思う。情緒不安定になり体調を崩した人、勉強も受験ももう意味がないと投げやりになった人、中には身内が魂魄剥離《こんぱくはくり》現象の被害に遭い学校に出てこられなくなったという人もいる。生徒たちの心のケアをするために、文部科学省はスクールカウンセラーの配置強化を急いでいるらしいが、それもどこまでの効果が見込めるかは分からない。カウンセラー自身も参ってしまうような状況なのだから。

ただ一つ不幸中の幸いと言えるのは、不登校の生徒が増えたことで、突如失踪した憂人《ゆうと》君を怪しむ人が誰一人として出ていないということだ。彼が今、世を騒がしている魔王と行動を共にしているなんて、みんなきっと夢にも思わないだろう。

憂人君のことが心配でならない。それに、辰貴《たつき》君のことも。彼もまた、あれから学校に来なくなった。『俺も俺にできることをする』。電話でそう言っていたから、たぶん何か考えを持って動いてくれているのだと思う。でも、何をしているかは教えてくれない。こちらから連絡を取ってみても、大丈夫だ、任せろ、という言葉が返ってくるばかりだった。

懸命に守ってきた三人の絆《きずな》が、抗《あらが》いがたい大きな力によって徐々に引き離されていくような感覚。繋《つな》ぎ止められるなら何だってするのに、その方法が分からない。無力感ともどかしさに視線を伏せながら、私は夕陽《ゆうひ》が影を落としている路上を再び歩き始めた。

夕飯の買い出しをするために商店街まで足を運ぶ。通い慣れたスーパーに入り、商品の陳列棚の前まで来た途端、心の中で小さく声を零《こぼ》した。

（また……値段が上がってる）

生鮮食品も加工食品も、先日に比べて軒並み値上がりしている。食品をはじめ、最近世の中にあるすべてのものが、ことごとく物価上昇の煽《あお》りを受けている。

魂魄剝離現象により深刻な事態に陥っているのは教育の現場だけではない。数千万にも及ぶ規模で人が突然命を落とす。そんな悪夢が頻発しているこの現状、商業や工業、農林漁業など、ありとあらゆる産業に影響が出てしまっている。欠けた歯車は全体の機能を損ねる。物流、商流、金流、情報流――『流通』という流れ自体が止まりかけていた。

すでに多数の企業で仕事が回らなくなり始めている。どの業種においても、その役割を担っていた人が急にいなくなれば当然作業は遅滞するし、最悪会社そのものが立ち行かなくなる。株価の下落、倒産、失業、経済の悪化。そういった負の連鎖、悪循環が発生しているのだ。国の財政破綻という恐ろしい未来を口にする者が現れたとしても、きっともう誰も否定できない。世間を取り巻く危機感は、もはやその段階にまで達してしまっていた。

そして、悲劇はもっと身近な場所でも起きている。

それは家庭。父親、母親、兄弟姉妹。傍《そば》にいて当たり前だった存在が、突如いなくなる。その喪失感に耐えてすぐに立ち直れる人は、おそらくほとんどいないだろう。現に過去の私がそうだった。それにきっと、憂人君も。大切な家族の死は、人から笑顔と希望を奪い去る。世にいる多くの人たちが、今そんな絶望に直面していた。

家庭、企業、学校……魂魄剥離現象による被害は至る所で生じている。

一度に大量の死者を葬ることが実質不可能なため、役所や葬儀場を中心に手続きなども追いついておらず、今や全世界を通じて未曾有の社会問題になっていた。

ため息をつきそうになり、その直前で口を引き結んだ。必要な品を買い物カゴに入れ、レジで会計を済ませる。これ以上気持ちが暗く落ち込む前に、急ぎ商店街を後にした。

斜陽が少しずつ地平線に沈んでいく。私には今、家に帰る前に寄るべき所がある。閑静な住宅街に位置する二階建てのアパート。ここのところ、毎日欠かさず訪れている場所。

階段を上がり、二〇三号室のインターホンを押す。十数秒後、扉がおもむろに開かれた。

「……朔夜ちゃん。いらっしゃい」

「こんにちは。円香《まどか》さん」

挨拶と共に会釈すると、憂人君のお母さんは私を室内に招き入れてくれた。

差し入れです、とお店で買ってきた物のうちの一つを手渡す。今日はフルーツゼリーを選んだ。これなら食欲が湧かなくてもいくらか喉を通りやすいと思ったから。

「ありがとう朔夜ちゃん。いつもごめんね。気を遣わせちゃって」

「いいんです、気にしないでください。私がしたくてしていることなので」

申し訳なさそうに眉を下げる円香さんに、私はなるべく表情を柔らかくして返した。

リビングに行き座卓近くのクッションに座りつつ、彼女の顔をそっと窺《うかが》い見る。昨日に比べてまた少し痩せたように思えた。顔色もずっと優れない。近頃はまともに食事も摂《と》れていないようだし、このままでは倒れてしまうのではないかと心配になる。

夫を喪《うしな》い、周囲から白眼視され続けてきた七年間。それでも円香さんが前を向いて生きてこられたのは、きっと憂人君がいたからだろう。我が子の成長を見守るという幸福と使命感が、彼女の支えになっていたのだと思う。

しかし今、その支えが失われつつある。そのせいで心身のバランスが崩れ始めている。円香さんは一般的な魂魄剝離現象による被害者とは、抱えている事情が異なるかもしれない。だけど、この聖戦の犠牲者であることには変わりなかった。

「窓開けますね。少し空気を入れ替えましょう」

「そうね……。そういえば掃除機もここしばらくかけてなかったなぁ……」

彼女はそう苦笑してから、そこで初めて気付いたように洋服や書類など若干散らかっていた身の回りを整理し始めた。動くたびに小さなほこりが舞っているのが見える。たぶん憂人君のことを思い煩って、なかなか家事が手につかないのだろう。

「朔夜ちゃん、私のことを気にかけてくれてありがとね。でも、無理しないで。朔夜ちゃんがここに来ること、お家《うち》の人はあんまりいい顔をしていないと思うから」

「そんな……そんなことないですよ」

私は父を知らない。物心がつく前に両親が離婚して、それ以来一度も会っていないから。

七年前にお母さんが他界してからは、母方の祖父母に引き取られた。

確かに二人とも私がこの家に行くことに対し、あまり肯定的ではない。娘の命を奪った男の家族、内心複雑な思いがあるのは当然と言える。それでも、お祖父《じい》ちゃんもお祖母《ばあ》ちゃんも、『朔ちゃんの好きなようにしたらいい』と私の意思を尊重してくれていた。

「私は本当に大丈夫です。それに、憂人君が帰ってきた時にお母さんが暗い顔をしてたら心配しちゃいますよ。だから、こんな状況ですけど……元気出して頑張っていきましょう」

小さく握りこぶしを作って微笑《ほほえ》むと、円香さんもほのかに頰《ほお》を緩めてくれた。

その表情に少し安堵《あんど》しつつ、隣の部屋の窓も開けるべく扉の取っ手に指を伸ばした。

(元気出して、か……)

それは自分に対して向けた言葉でもあった。気丈に、強固に、心を強く保つことを意識していないと、巨大な不安に呑《の》み込まれてしまいそうだった。

皆、不安なのだ。何もかもが悪い方向に進んでいるように感じてしまう。心は荒《すさ》み、余裕がなくなっていく。それを裏付けるように、犯罪数も日に日に増加傾向にある。特に窃盗や強盗が増えているらしい。生活苦に堪え兼ねての犯行かもしれないし、乱れた秩序が人を悪へと走らせているのかもしれない。いずれ無法地帯になるのではないかと思うと怖くなる。

そのすべての元凶が、あの子……レーヴェちゃん。

少女の姿をした厄災。白をかたどった黒。無垢《むく》の形をした不条理。……《魔王》――。

(でも、私にはとても……悪い子には見えなかった)

分からない。前に憂人君とも電話で話したけど、自分たちが直接会って知ったあの子と、神様から告げられて人々が認知しているあの子とで、その性質に差異がありすぎて混乱してしまう。レーヴェちゃんが魔王であることは間違いない。けれど、憂人君から聞いた話では、彼女は自分の意思で人の魂を奪っているわけではないらしいし……。

(やだな、この気持ち……もやもやする)

リビングと隣室を隔てる扉を開ける。そこは憂人君の部屋だった。机と、畳まれた布団、壁に掛けられた制服が目に入る。彼らしい質素な一室。視覚から、嗅覚から、彼を感じる。

急に切なくなって、胸の辺りがぎゅっと締めつけられた。

ふと机の上に置いてある写真立てが目に留まる。写っていたのは、小学校低学年の頃の憂人君と、私と、辰貴君。――それから、もう一人。

「……真那《まな》さん」

三人の子供の後ろで柔らかく目を細める、黒髪の清楚《せいそ》な女性。

真那さんは憂人君の叔母にあたる人で、私も時々遊んでもらっていた。幼い頃から身体が弱く病も患っていたそうで、外で一緒に遊べた記憶はほとんどない。それでも、彼女はハンドメイドが得意で可愛い小物の作り方をたくさん教えてくれたし、読書家で博識だったから三人でよくクイズに挑んだりもしていた。

（図鑑とかでいっぱい調べて、結果的に私たちも随分と物知りになったっけ……）

特に憂人君はクラスで動物博士なんて呼ばれるほど知識を集めていた。思い出したら懐かしくなって、自然と口元が綻んでくる。あの頃は本当に毎日が楽しかった。

（……でも……）

真那さんはもういない。思えば彼女が夭逝《ようせい》してからだ。幸せだけで満たされていたはずの私たちの人生が、少しずつ狂い始めたのは。

ぞわっ――と、一瞬だけ緩んだ心の隙間に、再び不安の風が吹き込んでくる。

昨日報道された秋田の動物園での出来事。天使の一人が黒い影のようなものを操り、正体不明の人物と戦っている様子が世界に向けて発信された。朗報の文字はなく、魔王は今もまだ生存している。天使側は、魔王を取り逃がしたのは痛恨の極みだが、来園者の避難と救出を最優先にした結果だという声明を出しているようだった。

今回大きな波紋を呼んでいるのが、《魔王の協力者》の出現。その目的は何なのか、正体は誰なのか、すでに多くのメディアで取り上げられ、激しく物議を醸している。

特にSNSでは、その人物を叩く罵詈雑言《ばりぞうごん》が洪水のように氾濫していた。誰もが皆、事情を知らない。だから、噴き出る非難や憤りは致し方ないものなのかもしれない。

でも私は、それが憂人君に向けられたものなのだと思うと、胸が張り裂けそうに痛んだ。まるで自分が言われているみたいにつらい。涙が出そうになってくる。

(世の中の人たちからすれば、それは正当性のある攻撃なのかもしれない……けど——)

彼らがもしも憂人君と同じ立場だったら、果たしてどうするだろうか。

……きっと、どうにもできないはずだ。

見捨てることも、裏切ることもできない。詳細な情報を伝えることも、満足に状況を明かすこともままならない。そんな不可抗力の中で、一体誰に何ができるというのだろう。

(憂人君……)

昨日から電話が繋がらない。メッセージも既読すらつかない。

スマホを確認できないような状態。怪我《けが》をしたのか、あるいはそれ以外の理由があるのか。嫌な想像が間断なく浮かんでくる。天使の声明を聞いた限りでは憂人君は生きているはずだけど、まかり間違っても、『命が無事ならそれだけでいい』とは言えなかった。

ただただ心配でならない。憂人君の身と、心が。

優しく責任感の強い彼のことだ。本来抱える必要のない罪悪感に煩悶《はんもん》し、今もまた行き場のない感情に押し潰されそうになっている——そんな気がしてならなかった。

歯痒《はがゆ》い。何もしてあげられない自分が。

声を聴きたい。本心では今すぐにでも彼のもとへ行きたかった。捜し出して、触れて、傍に寄り添っていてあげたい。独りじゃないことを体温で伝えてあげたかった。

だけど、できない。今の円香さんを放っておくわけにはいかないから。それに、憂人君の最も大きな気掛かりが、家に一人残しているお母さんであることも理解しているから。

だから、私は待っていることしかできない。

窓枠により四角く切り取られていた陽光が、徐々にその光を失っていく。もうすぐ夜が訪れる。薄暗くなっていく彼の自室で、私は眺めていた写真立てにそっと手を伸ばした。

「……もう、この頃みたいには戻れないのかな……」

そこに写っている幸福な光景は、宵闇に紛れて見えなくなっていった。

＊＊＊

狭くて、硬くて、冷たくて、寒い。

百二十センチ四方の鈍色《にびいろ》の囲いの中が、わたしにとっての世界だった。

幼い頃のことはよく覚えていない。気付けばもうそこにいた。悲鳴とも嗚咽《おえつ》ともつかない声が外部から漂い流れてくる環境下で、日々じっと膝を抱えて過ごしていた。

鉄格子の外には複数の大人たちがいて、怒鳴り声と何か鈍い音がした後は、それまで響いていた泣き声は大抵止《や》んで、しん――と暗闇みたいな静寂が訪れた。

泣けば叩かれ、喚《わめ》けば殴られ、主張すれば蹴られ、抵抗すれば捻《ね》じ伏せられる。特に鞭《むち》による仕置きは凄惨だった。叩かれた箇所は赤黒く変色して腫れ上がる。そこが化膿《かのう》すると、もう痒《かゆ》くて仕方がなくなる。だけど、その後はさらに罰として、手足を縛られた状態でしばらく放置されるから、掻《か》きたくても満足に掻けない。痛みよりも痒みで頭がどうにかなってしまう。あれは一度味わうだけで、もう抗う意思を根こそぎ刈り取られる。折檻《せっかん》と称した容赦のない暴力は、それを振るわれる者の心へ確実に恐怖の種を植えつけた。

わたしも初めは同じだった。泣いて、泣いて、そのたびに拳と鞭が降ってきた。

そして、学んだ。刃向かわず、口答えせず、感情を殺して従順に、息を潜めるようにしてただ静かにそこに居る。そうすることが最も苦しみの少ない生き方なのだと。それが、わたしが生まれてから何より最初に学習したことだった。

『残飯でも構わねぇからよ、栄養失調にだけはならないよう注意しろよ』

『了解っす。廃棄予定のサプリが手に入ったんでそれも入れときましょうか』

檻の中に届けられるのは、粗末な食料と身体を拭く布くらい。たまに桶《おけ》に入ったぬるま湯を貰《もら》えたので、それで髪の毛を洗った。そうすれば頭が痒いのが少し治まった。

閉ざされた世界の向こう側に行けるのは排泄《はいせつ》の時のみ。足枷《あしかせ》をはめられた状態で、毎日決められた時間に外へと連れ出される。胃の中はいつもほとんど空っぽだったけど、粗相をすればまた鞭が飛んでくるから、催してなくても黙って従った。

『こいつ、まだ年端も行かないガキのくせに大人しすぎませんか？　何だか気味わりぃや』

『そうなるよう躾《しつ》けたからな。やっと奴隷としての分をわきまえたってことだ』

やせ細った小枝のような手足。浮き出た肋骨《ろっこつ》。指で梳《す》こうにも通らないほど傷んだ髪。自分の顔など見たことはなかったが、こいつは母親に似て器量が良いから高く売れる、という男の人たちの会話を聞いたことがあった。

『大人になるまで育てりゃあ、より高値で捌《さば》けるんじゃないですか？』

『馬鹿野郎。それまでいくら金がかかると思ってんだ。長く手元に置けばそれだけ餌代も増えるし、大人の女ってことになりゃあ教養も必要になってくる。何より病気にでもなっちまったら面倒だろ。こういうガキはな、さっさと売り払っちまうのがいいんだよ』

『はぁ……しかし、需要あるんですかね、こんなガキ。俺ならいらないっすけど』

『こんくらいの未成熟が欲しいって物好きは存外多い。まぁ、金持ちの道楽だな』

『うっわ、ゆくゆくは変態のオモチャにされるとか最悪ですね。……なぁ、お前も災難だなぁ。こんなんなるくらいなら生まれてこなきゃ良かったのになぁ……』

世界の外から注がれる視線の意味を、わたしは知らない。生まれた時から、この目しか向けられてこなかったから。

侮蔑されようが、同情されようが、惨めに思われようが、これがわたしにとっての普通。目を開けた時からただそこにある、わたしの人生だった。


頬でシーツを擦《こす》るようにして緩慢に身体を起こす。明け方近くになってようやく眠れたと思ったら、妙な夢を見たせいでまたすぐに目が覚めてしまった。

頭が重い。視界が霞《かす》んでいる。空気を吸ってもなかなか胸の奥まで入ってこない。まるで肺の底に鉛でも沈んでいるみたいな息苦しさを覚える。どうにも呼吸がしづらかった。

隣ではレーヴェが横になって目を瞑《つぶ》っている。眠りが浅いのか、それとも悪い夢でも見ているのか、その眉は小さく歪《ゆが》んで見えた。

その寝顔を見つめながら、冴《さ》えない意識の中で漠然と考える。

さっきまで俺が見ていた夢。あの真に迫った臨場感。生々しいほどの実感を伴った虚無感。目が覚めた今でも消えない閉塞感。短く、断片的な内容だったが……分かる。

ただの夢じゃない。あれは、記憶だ。

先日レーヴェが檻の中にいる動物を見て言った台詞《せりふ》と、神が語った彼女の生い立ち。

さすがに本人には聞けない。軽々と口にしていい言葉じゃない。

でも、たぶん間違いない。監獄を思わせるあの鉄格子に、蔑み嘲る大人たちの視線。一《ひと》欠片《かけら》の希望もない色褪《いろあ》せた情景と、己が事のように湧き上がってきた悲愴《ひそう》な心情……。

（レーヴェは……奴隷だったのかもしれない）

奴隷——人でありながら、人として扱われない存在。権利も自由も名誉もなく、他人の所有物として生きる運命を課せられた人間。

あまりにもかけ離れていると思った。俺と彼女とでは、住んでいた世界が違いすぎる。

ただ、おかげでようやく腑《ふ》に落ちたこともあった。

レーヴェのひたすら自分を殺したような態度。子供なのにわがままの一つも言わない不自然な謙虚さ。俺が手作りしたハンバーガーなんかで涙を流していたその理由……。

今一度、彼女に目を遣《や》る。顔にかかった白銀の髪。小さく揺れる睫毛《まつげ》。夢で見た光景が思い起こされ、不意に、苦しげに目を閉じるその表情を和らげてあげたい衝動に駆られた。

「…………」

だが、触れる直前になって伸ばしかけた手を引っ込めた。

ベッドから降り、洗面所に向かう。蛇口から流れ出る水を手の平で受け、鬱屈した気分を洗い落とすように顔面に浴びせた。

前髪からぽたぽたと垂れる雫《しずく》に小さな吐息を紛らせる。視線を上げ、どんな酷《ひど》い顔をしているのだろうかと鏡を見た俺は、そこで自分の身に起きた一つの異変に気付いた。

左目の虹彩《こうさい》が赤く変色している。その色は、レーヴェが魂魄剝離現象を引き起こしている時の――《魔王》の瞳の色と同じだった。

彼女の記憶を夢で見た。左目も真紅に染まった。もしかしたら俺とレーヴェは今、契約によって見えない何かで繋がっている状態なのかもしれない。

時間の経過によるものなのか、真実を知ったためなのか、レインを殺してその力を取り込んだからなのか、何がきっかけになって今変化が起きたのかは分からない。

確かなのはまた一歩、人間から遠ざかったということ。

帰りたい場所に、どんどん帰れなくなっていく。たとえこの聖戦が終わったとしても、もう自分は元いた所には戻れないのではないか。そんな気持ちに囚《とら》われる。

「……【スノウ】」

足元の影がぐにゃりと蠢《うごめ》く。焚《た》き火《び》の煙のように、中から純黒のユキヒョウが姿を現した。ユキヒョウはその場で行儀よく座し、俺に服従する姿勢を見せている。

レインを手に掛けた時、直感的に理解したことがある。それは、彼が持つ《再生》の権能を自分が奪取したという事実。直接やり合った相手だから身に染みて分かるが、レインの異能はとても強力であり、その上すごく有用だ。今後も戦いが続くなら活用しない手はないだろう。しかし、心境としては複雑この上なかった。

殺した相手の能力を奪う力。人を殺すことで強くなる力。俺のトラウマを否応なく抉ってくる。今まで必死に否定してきたのに、結局は俺も父と同じ道を辿ることとなった。

（本当に……最悪だ……）

黒い獣を影へと戻し、洗面所を後にする。

ベッドの近くに設置してあるソファに深く腰かけ、脱力して体重を沈ませた。ふとすぐ前のテーブルの上、剝《む》き出しのまま置かれている一つの林檎《りんご》が視界に入る。

昨日の夕方、宿泊場所を探している最中に、道端で買い物袋を落としてしまった老人を見かけた。彼は袋の中身が地面に散らばってしまい困っているようだった。

別に手を貸す必要はなかった。見て見ぬふりをすることもできた。むしろ自分たちの状況を考えれば関わらないのが正解だったに違いない。

でも、俺は拾うのを手伝った。その人は絵に描いたような好々爺《こうこうや》で、お礼にと自分が買った果物を一つ分けてくれた。この林檎はその時に貰った物だ。

合理的とは到底言えない行為。どうして俺は人助けなどしたのだろうか。

……愚問だ。本当は分かっている。改めて考えるまでもない。

きっと俺は、少しでも贖罪《しょくざい》がしたかったのだろう。罪から逃れたい一心での、気を紛らわすための善行。愚劣で、浅はかで、自分本位な行動だ。全く以《もっ》て偽善も甚だしい。

ソファの背もたれに後頭部を預け、手の甲を額に押しつけた。

「……皮肉なもんだな……」

年齢と経験を重ねて、子供の時よりもできることは増えたはずなのに。

思い返してみると、幼い頃の方がもっと純粋な気持ちで人に手を差し伸べられていた気がする。打算も下心もなく、ただ自分の良心に従って、目の前の人の苦しみや悲しみに寄り添えていた。損得も後先も考えず、ただ助けたいという思いだけで動けていた。

体力、知力、財力……。助けるための力は昔よりも格段に持っているはずなのに、見返りや周囲の目、世間的評価などといった余計な思考ばかりが絡みついてくる。要らないしがらみが、自由だった良心を雁字搦《がんじがら》めにしている。

そして、今回のことがあって、その『不要な意識の鎖』は一層強く俺に巻きついたように思う。これから先、人助けをするたびに頭の隅をかすめることになるのだろうか。

――『ああ、これは罪滅ぼしなのだ』と……。

部屋の薄暗さのせいか、林檎の色が普段よりも随分と赤黒く見える。血を連想させる深い紅。まるで俺が背負った罪の色のように思えた。

「俺はもう……偽善以外の人助けができないのかもしれないな……」

その時不意に、静寂を打ち破る音が鳴り響いた。スマホを見てみると、画面には親友と呼べる男の名前が表示されていた。束の間逡巡したが、いつまでも音信不通では心配させてしまう。いい加減出なくてはいけない。それに、伝えたいこともあったからちょうどいいかもしれない。俺は一度だけ深呼吸をしてから、一拍の後に緑のボタンをタップした。

「……辰貴か」

繋がったことに驚いたのか、スマホの向こうから息を呑むような呼吸音が聞こえた。

『憂人っ……、お前、今までっ……。いや、それより無事なのか……!?』

最後に電話で話してからまだ三日やそこらしか経《た》っていないというのに、彼の声が何だかとても懐かしく感じた。

「ああ……俺は平気だ」

『そんな声で何を言ってるんだお前は……。憂人、今どこにいる？　何があった？』

俺の身を案じてくれているのが分かる。だからこそ、余計につらい。どちらの質問にも、俺は答えられないから。前者は契約により語れず、後者は……単純に俺が話したくなかった。言葉にするのが苦しかった。

「辰貴……。今後、俺はスマホの電源を切って行動する」

だから、申し訳なくはあったが、伝えたいことだけを一方的に伝えることにした。

『何……？　どういうことだ？』

「お前ももう知っていると思うが、一昨日秋田の動物園で起きた一件、あの映像に映っているのは俺だ。加えて昨日、人相書きも公開されただろ。……万が一その人物が俺だと特定されたら、スマホのＧＰＳで居場所を割り出されるかもしれない」

たとえ位置情報関連の機能をすべてオフにしたとしても、ハッキングされて端末自体を乗っ取られる可能性もある。リスクの芽は極力摘んでおかなければならない。

『っ、そうか、ＧＰＳ……その手が……』

辰貴の反応にかすかな違和感を覚える。まるで盲点だったとでも言いたげな、気付かなかったことに悔しさを滲《にじ》ませているような口調だった。もしかして、ずっと俺を捜してくれていたのだろうか。そう考えたら、素直に嬉しかった。辰貴が傍にいてくれたならどれほど心強いことだろう。縋《すが》れるなら縋ってしまいたくなる。……だけど。

「辰貴、もしも俺を捜してくれているなら、それはもうしなくていい」

『何……？』

「代わりに頼みがある。……お前にしか任せられないことだ」

目には見えなくとも、怪訝《けげん》そうに眉根を寄せる辰貴の顔が浮かんできた。

短く息を吸い、ゆっくりと吐き出す。本当ならこんなことは言いたくなかった。けれど、自分が、世界が、こんな有様になってしまった以上、仕方がない。物事には優先順位がある。俺の感情なんて脇に置いてでも、守りたい大切なものがあった。

「朔夜を頼む。あいつの傍にいてやってくれ」

言葉数少なく、それだけを伝えた。俺にとっての気掛かりは、母と……彼女だった。

「そろそろ切るぞ。お前も元気でな」

『っ！　待て、憂──』

通話を終了する。部屋の中が再び闇に呑まれるように深閑となった。

気が滅入《めい》る。どろどろとした底なし沼に沈んでいくみたいな倦怠感《けんたいかん》。これは時間を置いては駄目だと思った。やるべきことは、今すぐに済ませておいた方がいい。

「……母さんと、朔夜にも……連絡を……」

でも、今電話で話すのはちょっと無理な気がした。俺が耐えられそうになかった。

送る文章は、辰貴に伝えた内容と同じ。自分は無事だということと、今後連絡が取りづらくなるかもしれないということ。本当は声を聞かせてあげるべきなのだろう。その方が二人も多少は安心するはずだから。それは分かっていた。

ただ、気力が湧かなかった。彼女たちの悲しげな声を……聞きたくなかった。

すると、その弱い心を見抜いたかのように、手の中にあるスマホが再度鳴動した。

発信者は朔夜だった。

出るか、否か。迷う余地などなかった。辰貴の電話には出ておきながら、朔夜の方は無視するなんて、そんな選択肢はありえない。依然として誰かと話をする心持ちではなかったが、向こうからかかってきたなら致し方ない。もう取り返しのつかないことをしてしまった俺だけど、せめて彼女たちに対してだけは誠実でありたかった。

『っ、憂人君……？』

またただ。その声を聞いただけで郷愁の念に襲われた。帰りたい、会いたい。そう強く叫ぶ情動が心臓を締めつけてくる。これは無理だ。耐えられない。

さっさと用件だけを伝えて手早く済ませてしまいたい、なんて……朔夜と電話をしていてこんなことを思う日が来ようとは想像すらしていなかった。

事務的に、淡々と、ただ報告する。一音口にするごとに胸が詰まるようだった。そうして必要最低限のことを話した俺は、辰貴の時と同様、早々に通話を終えようとした。

だけど、できなかった。

『――何があったの、憂人君』

切り出しかけた別れの言葉は、彼女のその問い掛けによって阻まれた。

特段大きな声量ではなかった。どちらかと言えば静かで語気も大人しい。ただ、凛然《りんぜん》と芯の通っている声だった。普段は押しに弱いのに、自分で一度こうと決めたことは絶対に曲げない。こういう時の朔夜は決して引き下がらないということを、俺はよく知っていた。

だがしかし、今回ばかりはこちらもそう易々《やすやす》とは引けなかった。

「……言えない。……分かるだろ。打ち明けることで余計に苦しむこともある。苦しませることだって……。逆の立場だったら、朔夜だってきっと俺には言わないはずだ」

こう言えば、彼女なら俺の意を汲《く》んで折れてくれる。そう思った。

『でも憂人君が私の立場だったら、絶対に私を独り苦しんだままにはしないでしょ……？』

「っ…………」

『きっと話を聞いて、知って、力になりたいって、そう思ったんじゃないかな。……今、私も同じ気持ちだよ。……憂人君を、独りにさせたくない』

言葉が出なかった。説得できると踏んだ論法をそのまま返されて、何も言えなくなった。

反論できなかったのは、彼女が本当に俺を想ってくれているのが伝わってきたからだ。

逆に、なぜ俺は話さないのか。どうして相談することを渋っているのか。頑《かたく》なに口を閉ざすその理由を、今一度、己に問いかけてみた。

昨日は確かこう思っていた——大切な人たちを、自分を慰めるために利用するような真《ま》似《ね》はしたくない、と。

それに、今はもう一つ……話せば失望されるのではないか、という恐怖もあった。

そこまで考えてハッとした。

巻き込みたくない。心配させたくない。落ち込ませたくない。

色々と御託を並べていたくせに、結局のところ、俺は朔夜たちに嫌われたくなかっただけなのか。それに気付いた途端、ものすごい自己嫌悪に見舞われた。

(……違うだろ)

俺が最も大事にすべきこととは何なのか。殺人の罪と聖戦の真実に押し潰されて、それを見失ってしまっていた。自分自身の体裁や印象よりも、大切なことがあったはずなのに。

あの七年前の事件の後から、俺は決めていた。続けてきたはずだ。

朔夜に嘘《うそ》はつかない。つきたくない。包み隠さず全部をさらけ出すことが誠実だ、とは言えないだろうけど、少なくとも我が身可愛さに言葉を仕舞《しま》うのは不誠実だと思った。

正直、まだ不安はある。自分の行いを口にすることで、彼女からの信頼、寄せてもらっていた親愛、今まで築いてきた時間と関係のすべてが失われるかもしれないと考えたら。

だけど、俺は……朔夜には……真正面から向き合える人間でありたい。

それでたとえ、嫌われることになったとしても……。

手が震える。俺は決意が鈍らないよう腹に力を入れ、ぐっと目を閉じながら告げた。

「人を殺した」

ひゅっ——と、驚きと絶句が混じったような呼吸音が耳に届いた。

「相手は天使の一人で、歳《とし》の近い青年だった。レーヴェを殺そうとしていたから、何とか守ろうとして……気付いたら殺してた」

不思議なもので、一度話し始めたら思っていたよりもずっと簡単に言葉が出てきた。

「その後また神が現れて、言ったんだ。……この聖戦が、本当はどういうものなのかを」

そうして俺は伝えた。神から聞いたことを、なるべくそのままに。

朔夜は終始、黙って耳を傾けてくれていた。無闇に口を挟むことはせず、俺が自分のペースで話せるよう、最初から最後まで配慮してくれた。そのうちに無音の時間が訪れる。

お互いに心と情報を整理するための時間。しんしんと沈黙が降り積もっていく。

十秒、二十秒と経ち、やがてそれを先に破ったのは朔夜の方だった。

『憂人君、このこと公表しないの……？　わざわざ神様が言うのを待たなくたって、憂人君がみんなに話せば、きっと……』

「それは俺も考えたが……たぶん、良い結果にはならない」

この話は神や天使が言ってこそ意味がある。魔王側の人間が何を主張しようがそこに説得力は生まれない。保身のために虚言を垂れているだけと捉えられるのが関の山だろう。

たとえ俺以外の人が言おうと同じことだ。そもそもこの話には証拠がないのだから。信じてもらえないだけならまだいい。怖いのは、それを口にすることで人々の忌諱《きき》に触れること。魂魄剝離現象の被害者からは特に目の敵にされるに違いない。最悪、人類の敵を擁護するのかと恨みを買って迫害される恐れもある。

第一、それを知らせてどうなる。このままでは人類が滅ぶから、あと六十三億人殺すのを見逃してくださいとでも頼むのか。論外だ。真実を口外すればレーヴェへのヘイトは多少抑えられるかもしれないが、大衆が直面する艱難辛苦《かんなんしんく》は間違いなく増すことになる。

『辰貴君や、憂人君のお母さんには、このこと……』

「言ってない。……二人には特に言えないよ」

こんな真実を伝えたら、辰貴はあの性格上、より一層思い悩むことになるのは目に見えている。母さんも今の精神状態ではどんな行動に出るか分からない。息子の潔白を訴えるために、世間の誤解を解こうと奔走する――というのは、充分に考えられることだった。もしかしたらその結果、先ほど危惧したような事態に陥る可能性だってある。遠く離れた場所にいる俺は、家族に危険が迫っても守ることができない。それだけは避けなければならなかった。

（いっそ全部を解決する方法があれば……）

いや、ないことはない。人類が滅亡する原因を突き止めて、適切な措置を講じればいい。それができさえすれば万事丸く収まる。

とはいえ、それが不可能だと判断したからこそ、神はこの馬鹿げた聖戦を始めたわけだから、やはりそこに希望を見出《みい》だすのは難しいかもしれない。せめて魂魄剥離現象を一時的にでも止められればまだ考える猶予を作れるのだが、今までのレーヴェの様子を見た感じ、あれは己の意思で制御できるものではないだろう。あの神がそんな抜け道を用意しているとも思えない。むしろ今の事態を引き起こした意義を考えるなら、魂魄剥離現象は絶対に止められないよう設定しているはずだ。この聖戦は、どうあっても進行するようにできている。

果てに待つ結末は、『人類が七億人まで減る』か『レーヴェの死』以外にありえない。

「……すまない、朔夜。……結局は、お前にも……」

誰にも打ち明けられない以上、この話はここで行き詰まる。隠し事はしないと決めたのはいいが、そのせいで朔夜にも俺と同じ苦悩を抱え込ませる羽目になってしまった。

やはり話さずにいた方が良かったのではないか。そんな考えが一瞬だけよぎった。

すると電話口から、深く息を吸い込むような気配が伝わってきた。場の空気に反した穏やかな息遣い。次に発せられた声も、驚くほど落ち着き払った語調だった。

『ねぇ、憂人君。私ね……今の話を聞いて、正直ちょっと安心したんだ』

思わず啞然《あぜん》としてしまう。『安心』なんてものは、今最も程遠い心境だと思ったから。

『だって、あの夜……憂人君がレーヴェちゃんを助けたのは、やっぱり間違いじゃなかったんだなって、そう思えたから』

「――――」

それは、自分でも気付いていなかった心の腫瘍を打ち抜くような、そんな衝撃。

この世にないと思っていた魔法の存在を信じたくなるほどの効力が、今の一言にはあった。陽だまりを思わせる温かい感情が、胸の内にじんわりと広がっていくようだった。

『……私もね、何が正解なのかは分からない。これからどうすべきなのかも……。だから、今はどうすべきかじゃなくて、どうしたいかで考えるのはどうかな。人類規模だとスケールが大きすぎてまた悩んじゃうと思うから、もっと身近な、目に見えるところでさ』

そこで一拍置いてから、朔夜は慈しむような声音で尋ねてきた。

『憂人君は、レーヴェちゃんをどうしたい？』

彼女から投げかけられたのは、ともすれば抽象的とも捉えられる質問だった。

だけど、さすがに今のこの状況でその意味が分からないほど、俺も愚鈍ではなかった。

未《いま》だベッドの上で眠る少女へと視線を向ける。あどけない顔つきに不釣り合いな暗然たる表情。儚いほど白い髪が、うなされて寝汗をかいた頬に張り付いている。

今朝方まで俺が見ていた夢の内容はまだほんの一部で、あの子は生まれてから今日までの間に、きっと俺の想像など遠く及ばないほどの凄絶な人生を送ってきたのだろう。

過去では奴隷。今では魔王。

独りの小さな女の子が背負うには、どうしようもないまでに重く残酷な運命だ。

閉目して、自問する。余計な思考をすべて取っ払い、まっさらな気持ちで心深く考える。

——最も生きていてほしいのは誰かと聞かれたら、母さんだと答える。

——一番幸せにしてあげたい人は誰かと問われたら、朔夜の名前を出す。

——かけがえのない無二の親友は誰かと言われたら、辰貴の顔が思い浮かぶ。

俺にとって大切な人はそう多くないけど、この三人だけは特別だ。何があっても守りたいし、死なせたくない。

そして同様に、レーヴェのことももう放っておけないと思い始めている。彼女の正体や悲境を知ってしまったからだ。契約とは関係なしに、俺はもうレーヴェを裏切れない。裏切りたくない。願わくは、どうにかして幸せに生きてほしいと、そう感じている。

「……死なせたくない」

その答えは意図せず口から零れていた。だからこそ、本心なのだと自分でも確信できた。

『……憂人君なら、そう言うって思ってた』

対する朔夜の声は柔らかく、どこか嬉しそうにも聞こえた。

『憂人君。私は……昔も、今も、この先も、ずっとずっと憂人君の味方だよ。何があってもそれだけは絶対に変わらないから。だから……忘れないでね』

――憂人君は、独りじゃない。

朔夜は静かにそう言ってくれた。その言葉は、清澄な波紋のように浸透していった。

別に何かが変化したわけではない。問題が解決したわけでも、好転したわけでもない。

相変わらず人類は滅亡に向かっているし、レーヴェは世界中から狙われている。俺と彼女を取り巻く状況は、依然として出口の見えない茨道に変わりなかった。

でも、今朝目覚めた時はあれほど呼吸をするのがしんどかったのに、何だか、今は……。

少しだけ、息がしやすくなった気がした。

「……すごいな、朔夜は」

言葉を交わしただけで、こんなにも心を軽くできるなんて。今は傍にいられなくても、その声が、共に過ごした記憶が、彼女という存在そのものが、俺の支えになってくれる。

「ありがとう。朔夜がいてくれて良かった」

感謝の気持ちを率直に伝えると、彼女はなぜか一瞬押し黙ったように口をつぐんだ。

『……私、少しくらいは憂人君の力になれたのかな』

「？　ああ。……というか、朔夜はいつも誰よりも俺の力になってくれてるだろ」

どうしてそんなことを聞くのか分からなかった。むしろ昔から助けられてばかりなのに。

『そっか……。うん、そうなれてたら嬉しいな』

安堵したようにそう話す彼女につられて、俺もわずかに口元を緩めた。

「それじゃあ……そろそろ切るな」

『うん。……またね、憂人君』

この聖戦が始まってから、俺はその言葉を別れの時に選んだことはなかった。守れる保証と自信がなかったから。だけど今、俺はあえてその言葉を口にすることにした。

「……またな」

再会を願うその言葉を、約束を、嚙《か》みしめるように自分の胸にも刻み込んだ。

テーブルの上にスマホを置き、少女が眠るベッドの方へ歩み寄っていく。

先ほどは触れずに引っ込めた手の平を、今度こそレーヴェの頭に添えた。暗い悪夢を拭い去るように、なるべく優しい手つきで髪を撫《な》でる。

ごめんな、と内心で謝る。

できることなら、人殺しなんかじゃない、もっと綺麗《きれい》な手で撫でてやりたかった。

人を殺《あや》めてしまった罪悪感は、たぶんこの先一生消えることはないだろう。

本人だけじゃない。俺はレインを大切に想っている人たちからも、彼という存在を永遠に奪ってしまった。命とはとても重いものだ。一度失ったらもう元には戻らない、尊くも脆《もろ》い不可逆的なもの。前にも増してそのことがよく分かる。だから俺はこの罪を生涯ずっと背負い続けなければならない。それが殺人を犯した者の必然の責任だと思うから。

「レーヴェ……俺はやっぱり、積極的に人を殺すことはできない」

たとえその行為が長い目で見れば人類のためになるとしても、俺にとってはもう決して越えたくない一線だった。

「ただ、それでも……これだけは誓うよ」

ふと少女の睫毛が揺れ、その瞼《まぶた》がゆっくりと開かれた。自身を撫でる俺の手を不思議そうに見つめている。焦点の合わないぼんやりとした瞳が、そっとこちらを見上げてきた。

「これから先、何があっても……必ずお前を守る」

俺にはまだ何が正しいのか分からない。もしも百年後の未来で人類が滅ぶことになったとしても、今ある命を尊重して大切に生かすべきだという考え方もあるだろう。俺だって当事者でなければそう考えていたかもしれない。

だけど、俺はもう関わってしまった。レーヴェという少女を知ってしまった。その半生を、人柄を、切願を知ってしまった。知ってしまったからには、もう我関せずの態度ではいられない。目を背けて見捨てることなんて、できない。

最善の道は未だ見えない。だが、何が正しいのかは分からなくても、彼女がこのまま殺されるのは間違っているということだけは分かる。

状況と心がようやく一致した。『守らざるを得ない』契約と、『守りたい』という俺の意志が今になって重なった。残りの天使との戦闘や世界の行く末など、不安や葛藤は尽きない。この先も悩み苦しむ未来が待っているであろうことは容易に想像できた。しかしそれでも、この子を守るというただその一点においてだけは、もう迷いはない。

朔夜のおかげで実感できた。独りじゃないと思えることがどんなに心を救うのかを。

孤独に喘《あえ》ぐこの少女に寄り添える人間が今誰もいないのなら、その役割は、俺が担うべきだろう。

だから、たとえ人類のすべてが敵に回ったとしても、せめて俺は、俺くらいは……。

レーヴェの味方でいてあげたいと、そう思った。

＊＊＊

手庇《てびさし》をして頭上の青色を仰ぐ。精神の状態と天候との間に相関関係などあるわけもないが、今日の空は昨日とは打って変わって雲の少ない秋晴れだった。

バスや鉄道を乗り継ぎ、やってきたのは長野県のほぼ中央部、安曇野《あづみの》市。北アルプスの豊富な雪解け水が伏流水となり、あちこちで湧き水が見られるのどかな土地。

黄金色に実った稲穂が風でその首を揺らしている。収穫時期のため、すでに刈り取って稲架《はさ》に掛けている所も見られる。その上をトンボが飛んでいく様は何とも牧歌的だ。

広大な田園風景を横目にレーヴェと二人歩いていく。万水川《よろずいがわ》に並行して延びる『せせらぎの小道』は、清流の音と左右に立ち並ぶ木々の葉擦れの音が心地よく、森林浴でもしているような解放感を得られた。もう少し進めば名水百選にも選ばれた湧水群に辿《たど》り着くみたいだったが、早めに確認しておきたいことがあったため残念ながら今回は素通りした。

スマホの地図アプリで道を再確認する。ついでにニュースにも目を通す。

昨日、平常心を取り戻した頭で改めて考えてみたが、やはりスマホを使わないというのはメリットよりもデメリットの方が大きいように思えた。インターネットの有用性は計り知れない。今の状況で情報収集を怠ることは命取りになる。それに、俺はハッキングの技術に詳しいわけではないが、不用意に怪しいメールを開いたり、意味不明なファイルをダウンロードしたりしなければ、そう易々と端末を乗っ取られることはないはずだ。

詰まるところ、俺が気をつけていれば問題ないという結論に至った。リスクを天秤《てんびん》にかけることにはなるが、世間の動向を摑《つか》めないことの方がより危険だと判断した。

（……そうだ、メールと言えば……）

俺に何度も危険を知らせてくれていた、差出人不明のメッセージ。

レインとの一件以降、あの警告文がピタリと途絶えている。危険が迫っていないから送られてこないだけなのか、それとも送り主に何か問題が発生して送信できずにいるのか。そもそもどういう意図で送られていたのかも未だ不明だ。どうにも判然とせず少し悶々《もんもん》とする。いっそこちらから『お前は誰だ』と送るのも一つの手かと思えてくるが、下手に突っついたせいで状況が悪化しないとも限らない。触らぬ神に祟《たた》りなしということわざもある。気にはなるが、現状は放置するのが最善だろう。なるべく無難に、安全に。この逃避行は、慎重すぎるくらいでちょうどいいのだから。

人相書きの件もある。先日色々なメディアを通して広く公開された、俺とレーヴェの手配書。電車を降りた際、駅前の掲示板にも貼られているのを見つけた。幸いにもあまり似ているとは思えない出来で安心はしたのだが、それでもやはりいい気はしない。まるで指名手配犯にでもなった気分だ。

（いや……実質的には似たような扱いなんだよな）

これからは一層周囲に気を配らなければならない。一方で、過剰に警戒したせいで不審に思われたら元も子もない。あくまでも自然な感じで大衆の中に溶け込む必要がある。その塩梅《あんばい》が難しいところではあるが、やるしかない。大丈夫だ、今打てる手は打っている。

「レーヴェ、新しい服はどうだ。窮屈だったりしないか」

「…………（こくり）」

彼女には水色のパーカーを新調してあげた。動物園で身につけていた衣服は、もう着ない方がいいと考えたからだ。

俺も今は避難用具としてあらかじめボストンバッグの中に入れていた白のTシャツと黒パーカー、それと細身のカーゴパンツを着用している。今まで愛用していたトレーニングウェアは、デザイン的にも機能的にもお気に入りではあった。だが、動物園での映像がテレビで流れてしまった以上は仕方がない。もう人前で着るのは控えることに決めた。

フードも今後は被るのをやめ、代わりにポリエステル製の黒いマスクをつけて容貌を隠すことにした。これも前以《まえもつ》て備えていた物だ。できるだけ不要な出費は避けたい。逃走資金にも限りがある。削れるところは削っていかないといけない。それに俺は、少しでも金に余裕ができたなら、その浮いた分を自分ではなくレーヴェのために使ってあげたかった。

隣を見る。と、彼女の足が少し遅れていることに気付く。交通費を節約するために安い手段で長く移動してきた分、身体に疲れが出てきたのかもしれない。

小休止すべきかと一考する。しかし、こんな道端の地面に座り込むよりもさっさと目的地まで行ってしまった方が、人目を気にせずゆっくり休息できると思った。

「……おいで、レーヴェ」

そう一声かけてから身を屈《かが》める。いきなり目線を合わせてきたことに対し、彼女はきょとんとしている様子だった。俺の行動の意図が分からず反応に困っているらしい。内心で苦笑しつつ、彼女の腋《わき》の下《した》に優しく手を差し入れた。そのままやおら持ち上げる。

「っ……？　あ、あの、憂人さん……？」

「歩くのしんどいんだろ。ちょっと休んでろ」

おんぶの場合、背後から突然襲われた時に対処が遅れる。その点、前方に抱きかかえれば死角もかなり消せるだろう。敵の奇襲も視野に入れた合理的な体勢と言えた。

「すみ、ません。……おもく、ないですか……？」

重くなど全くなかった。むしろ軽すぎて心配になった。同年代の子の平均体重は分からないが、レーヴェはそれよりもずっと軽いのではないだろうか。今までまともに食事を与えられてこなかったその過去に、居た堪《たま》れない気持ちが湧き上がってくる。

力を譲渡したといっても、『それでも彼女は魔王だから平気だろう』という思いが、これまでは心のどこかにあった。だが、それは虚構だったことが判明した。傷の治りは常人よりも少し早いようだが、今の彼女の体力や肉体の強度は一般人のそれと大差ない。

軽くて、細くて、小さい。人の心を持った、か弱い健気《けなげ》な女の子。

神が言うには、これまで過酷な環境下で他者からの愛を知らずに育ってきたのだという。一体今日まで何を思って生きてきたのだろうか。願いを叶える代償として全世界の人々から疎まれて、どのような感情を抱えて過ごしているのだろうか。たとえ憎悪でも無関心よりはマシなのか。『愛される』という目的のためなら、今憎まれていようとも耐えられるものなのか。平和な国に生まれ、親の愛情を受けて育った俺には、彼女の心情を推し量ることなど土台無理な話だと言えた。

こんな子の肩に人類存亡の責任がのしかかっているのかと、今更ながらに実感させられる。その重圧がいかほどのものかは想像するに余りある。

「レーヴェ、疲れたら言ってくれていい」

「え……?」

少女の心情は推し量れない。それでも、寄り添う努力をやめたくはなかった。

「痛いのも苦しいのも、もう我慢する必要はないから」

抱っこの体勢のせいでレーヴェの顔は見えない。そのため彼女の心中は読み取れない。

ただ、暫《しば》し無言の時間が流れた後、俺の首に回されているほっそりとした腕に、ぎゅっと小さな力が込められた。柔らかいその感触と温《ぬく》もりに、また胸が締めつけられる思いがした。

それからしばらく歩き続け、大きな旅館の裏手にある山麓の入り口に足を踏み入れ数十分。精霊でも棲《す》んでいそうな林道を進み、初見では見逃す人がほとんどであろう細長い分岐道を前進していくと、間もなくパッと視界が開けた。

そこは学校の校庭くらいの広さがある楕円形《だえんけい》の草原だった。四方を森林の壁に守られているその原っぱは、子供にとっては天然の秘密基地にもなり得るだろう。大小様々な大きさの岩が点在しており、中央には巨大な一本杉が生えている。見方によっては聖域とも呼べそうな空間かもしれない。予想していた通り、周囲に人の気配は一切ない。この草原こそが俺の目指していた場所だった。

レーヴェを下ろし、適当なサイズの岩の上に座らせる。その隣に荷物を置き、目の前に展開する広大なスペースへと向き直った。早速始めるとしよう。

「【出てこい】」

地面に伸びる影が拡大し、中から数多《あまた》の影兵が現れる。レインが死体から蘇らせた自我のない魂たち。その数、およそ五百。犬や猫、鳥、馬、熊など多様な動物が混在しているが、そのうちの半数ほどは人間のようだった。今は魂魄剝離現象の被害者が世界中に溢《あふ》れているから、言い方は悪いが、戦力の『素材』には事欠かなかったのだろう。

これから行うのは、手に入れた力の試運転。車と同じだ。親の運転を見て、アクセルを踏めば動くことは知っているが、実際に自分でやってみないと分からないことも多い。ブレーキを踏めば本当にちゃんと止まるのか不安にもなる。要は、自らの身で試す以外に真の理解は得られないという話。知識を経験に変える。それが今回の目的だった。

「お前、上空を飛んで辺りを俯瞰《ふかん》しろ。万が一誰か来るようならすぐに知らせてくれ」

頭上で羽ばたいていた大きな黒鳥にそう命じる。犬鷲《いぬわし》という種類のその鳥は、俺の命令に従い、青い炎にも似た瞳を光らせながら空高くまで飛翔していった。

犬鷲の視細胞は約百五十万個。人間のおよそ七・五倍だ。その視力は一キロ離れた獲物の姿をも捉え、前を見て飛びながらも、地上の小動物を見ることができると言われている。

索敵において、これほど優秀な存在もそういない。

そこで、そういえば、と思い出す。黒い獣の何体かには名前が付けられていた。

あの犬鷲然り、使えそうな個体には呼び名を与えておいた方が後々都合がいいかもしれない。咄嗟《とっさ》に指示を出す際には、やはり名前があった方が便利だろう。とはいえすぐには思いつかないし、凝った名前を付けるのも少々恥ずかしい。かといって適当に付けて、いざという時に忘れてしまっても意味がない。簡単で覚えやすいものとなると何があるだろう。ゲームに出てくる類似したモンスターの名前から引用するというのはどうだろうか。

（まぁ、それは追々考えるとして……今は――）

この権能には、俺が知る限り五つの能力がある。亡骸《なきがら》に残る魂の残滓《ざんし》を呼び起こして復活させる【再生】。それらを影から顕現させる【召喚】。影兵と視覚などを繋げる【感覚共有】。損壊した影兵の体を元に戻す【復元】。そして、兵の力を底上げする【強化】。

このうち、最も試したいのは【強化】だった。

眼前に立ち並ぶ異形たちの中でもとりわけ目立つ存在に視線を向ける。獅子《しし》と牝山羊《めやぎ》、二つの頭を持つ怪物。おそらくあれも【強化】の応用で生まれたものだろう。あんなおぞましい化け物を量産する気は更々ないが、もしも影の兵一体一体を強くできればかなりの兵力増強になる。うまくいけば、俺自身が戦う必要もなくなるかもしれない。

どいつにしようかと見繕う中で、最も意識を引かれたのがアナコンダと思《おぼ》しき長大な蛇だった。全長が七メートルくらいある。とりあえず、この大蛇で実験してみることにした。

「――【強化】」

そうして、《再生》の権能を使いこなすための確認作業は始まった。

市街地の方に戻ってくる頃には、もう日が傾きかけていた。

買い物帰りの主婦、外回り中のサラリーマン、放課後の時間を謳歌《おうか》する学生たちの間を、レーヴェと共に縫っていく。本人がもう大丈夫だと言うので今はもう抱っこはしていない。代わりにはぐれないよう服の裾を摘《つま》ませている。

結論から言うと、【強化】はそこまで使い勝手のいいものではなかった。権能の検証自体は大変有意義なものだったと思う。叶うなら二度と戦いたくなどないが、きっとそういうわけにもいかない。だから、再び戦闘になる前に色々と確かめられたのは良かった。

ただ、レインの権能は思った以上に負担が大きい。虫の死骸で試した【再生】や、わざと破壊した影兵を【復元】してみて分かったが、この力は体力と気力の消耗が激しい。殊《こと》更《さら》【強化】に至っては、命そのものを削っているような感覚に襲われた。自分の生命力を直接分け与えたかの如き疲弊感がある。あれは無闇に多用するのはまずい気がした。

「あの、憂人さん……きいてもいいですか？」

突然レーヴェが話しかけてきた。何だろうと思いながら続きを促す。

「憂人さんは、このまちに来たことがあるのでしょうか……？」

「えっ――……よく分かったな」

寡黙な人ほど観察力に優れているという話を聞いたことがあるが、本当にそうなのかもしれない。レーヴェは口数こそ少ないものの、人のことをよく見ている。

彼女の出自や素性が分かり、特に北上する理由もなくなったことで、俺は次に向かう先を決めるために新たな行動指針を定める必要があった。

それを考える上で、浮上してきた条件は二つ。『スペース』と『土地鑑』だった。前者は《再生》の権能を試すために。後者は単純に、知らない土地よりも知っている土地の方が動きやすいと思ったからだ。……いや、違うか。これらは後付けの理由だろう。

「ここには小学生の頃に来たことがあるんだ」

朔夜や辰貴と家族ぐるみの旅行で訪れた街。いわゆる思い出の地というやつだった。

「もう十年くらい経ってるから、結構うろ覚えだけどな」

あの草原も、二人と遊びに出た時に偶然見つけた場所だった。当時はそれこそ別世界にでも迷い込んだのかと思い、三人揃《そろ》って大はしゃぎしたものだ。

無邪気だった在りし日を懐古しながら、改めて周囲の景色を見渡す。

家屋と田畑、人と自然とが共存し、調和している街。一度しか来たことがないけど、俺はここが好きだった。今でも大切な記憶として残っているくらいに。さすがに何もかもが昔と同じということはないが、根っこの部分は変わっていないように感じる。

耳を澄ませば、サイクリングを楽しむ人たちの声が聞こえてくる。都会とは違い田園の近くには建物や電線などの障害物がないため、見上げた空は果てしなく広い。太陽が沈みゆく方向に目を向ければ、雄大な飛驒《ひだ》山脈の稜線《りようせん》が橙色に輝いて見えた。近辺には日本一大きなわさび農園もある。気のせいかもしれないが、その新緑を思わせる爽やかな甘い香りが漂ってくるようだった。

（あの日は確か、あっちの方にある旅館に泊まったんだよな……）

そうして視線を巡らせていた最中、穏やかな風景の中にふと不穏な影を認める。

少し先にある畑の脇で、一人の女性がうずくまっていた。明らかに苦しんでいるのが見て取れる。周りに人の姿はなく、自ら助けを求められるような状態にも見えなかった。

一瞬だけ迷った。でも、それはすぐに打ち消した。贖罪《しよくざい》という単語が脳裏にちらついた。だけど、頭を振って追い出した。レーヴェに手を差し伸べた時と同じだ。余計なことは考えなくていい。助ける理由は、ただ『助けたいから』というその一心だけあればいい。

「――大丈夫ですか？」

女性に駆け寄り声をかける。反応はあるし、意識も失っていない。幸い命にかかわるような切迫した状況ではないみたいだった。肩を貸して木陰のベンチに移動し、自販機で購入した水を手渡す。女性はそれを口にした後、程なくして徐々に回復の兆しを見せた。

「いやぁ、ごめんなさいね。おかげで助かりました」

「いえ、大事なくて良かったです」

「あはは、ありがとね。どうも農作業してたら立ちくらみ起こしちゃったみたいでさ。やだなぁ、歳かなぁ。……あ、申し遅れました。私、神倉朝緋《かみくらあさひ》っていいます」

「あ、はい……高坂《こうさか》です」

わずかばかりの躊躇《ためら》いはあったが、名乗られたなら名乗り返さねば失礼にあたるだろう。彼女は敵ではないのだから。丁寧に頭を下げられたので、こちらも同様にお辞儀を返した。

女性が顔を上げると同時、三つ編みに結われた髪がふわりと舞う。彼女はそれを払い、右肩から身体の前に垂らした。土にまみれた姿ながらも、その所作はとても優雅だった。

「何かお礼しないとね。二人は兄妹？　家はこの近くなのかな？」

「あ、いえ……俺たちは旅行中で、今全国を適当にぶらついている最中というか」

「え！　何それ素敵。いいなぁ。……あれ、でも君たち学生さんじゃない？　学校は？」

「俺はもう卒業しているので。妹の方は今ちょっと学校に行けてないんですけど、少しでも気晴らしになればいいかなと思って、こうして色々な所を観光して回ってるんです」

という設定。いつか素性を突っ込まれた時のために、回答のテンプレとして用意しておいた文章。しかし、前以て決めておいた台詞とはいえ、こうも流暢《りゅうちょう》に嘘の言葉を吐けるとは、自分で自分がちょっと恐ろしい。加えて、騙《だま》すのはやっぱり心苦しい。

「え～、めっちゃいい子ぉ……。うちにも君みたいなお兄ちゃんがいてくれたらなぁ」

彼女は俺の虚言にとても感極まっているようだった。追い打ちをかけて心が痛い。

「うちの娘もさぁ、今学校に通えてなくてぇ。いわゆる引きこもりっていうの？　五月の半ばくらいから急に不登校になっちゃったのよね。それだけならまだしも、私に対しても何かよそよそしくなっちゃったし、もうどうしていいか分からなくて」

「そ、そうなんですか……大変ですね……」

「そうなのよっ。しかもある日突然よ？　反抗期ってそんないきなり訪れるものなの!?」

「いや……どうなんでしょうね」

元気になってくれたのは嬉《うれ》しいのだが、勢いがすごくてちょっと気圧《けお》されてしまう。おしとやかな見た目に反して、活力みなぎるエネルギーの塊みたいな人だ。

でもこの感じ、何となくこの人……母さんに似ている気がする。

「あ、そうだ。閃《ひらめ》いた。ね、高坂君さ、今日泊まる場所ってもう決まってるの？」

「いえ、まだですけど」

「良かった。それならうちに来ない？　私この近くで民宿やってるのよ」

「そうなんですか？」

「うん。助けてくれたお礼にサービスしちゃうよ。何なら無料《タダ》でもいいから」

「え？　無料《タダ》ですか？」

手持ちに余裕がない現状、宿泊費が浮くことは願ったり叶ったりだった。本来ならありがたく彼女のご厚意に甘える場面だろう。だけど、何かが引っ掛かる。古来より、只《ただ》より高いものはないという。果たして純粋な謝意と受け取っていいものだろうか。それに民宿という点に懸念も覚える。他の客がいる環境はそれだけ危険も増えるから。

「えっと……民宿ということは、お風呂は共同なんでしょうか。妹はかなり人見知りなので、他のお客さんと一緒に入浴するとかはちょっと……」

「あ、それは大丈夫。うちは家庭用の浴室が一つあるだけだから、一組ずつご利用いただけます。というか、こんなご時世だからね。近頃は客足もぱったりと遠のいちゃって。今や廃業待ったなし。だからお客はほぼ皆無。実質貸切り状態だから安心して！」

「え、それならお金取らないとまずくないですか。経営的に」

「平気平気、問題ないって。むしろ我が宿最後のお客様と思って盛大にもてなしちゃうよ。二人はうちのことなんて気にせず、ゆったりくつろいでくれればいいからさ！」

そうは言われても、それで『はい分かりました気にしません』と言えるほど図太くはない。あまつさえ民宿の経営難の原因は魂魄剝離——つまり俺たちにあるのだから。

「……生活とかは大丈夫なんですか？」

だからついそう尋ねてしまった。一方、神倉さんの表情は明るかった。

「そのための畑よ、農作業よ！　私ね、今後は自給自足が一段と物を言う時代だと思うの。実った作物を売っても良し。最悪、収入がなくなっても畑のものを食べてれば飢えることはないでしょ！　周りには山も川もあるし、わりとどうにかなると思うんだよね！」

強い。そして、**たくましい**。このポジティブ精神は素直に見習いたかった。

俺は自分の性格があまり好きじゃない。ぐるぐると考え込む質《たち》は自分でも面倒くさいと感じる。他人から受けた親切の裏を探ろうとしてしまったり、失敗をいつまでも引きずってしまったりと、たまに自分で自分が嫌になる時もある。過去の出来事に起因しているとはいえ、もっと前向きになりたいと思ったことも一度や二度ではない。もう少し楽観的になれたなら、この聖戦でも『なるようにしかならないだろ』と思えていたかもしれない。そんなふうにいっそ開き直れれば楽だったのだが。

「――でさ、それはそうと一つお願いがあるんだけど。もしうちに泊まりに来てくれるなら、ちょっとでいいから私の娘と会ってみてくれないかなぁ」

「え？」

「妹想いの高坂君と話したら、あの子にとってきっと良い刺激になる気がするのよね」

嫌な予感の正体はこれか、と思った。お礼の気持ちが建前ということはないだろうが、宿泊費を無料にしてまでも俺を宿に呼びたかった理由を悟り、少々焦りが募り出す。

「ちなみに娘は十四歳ね。中学二年生です」

とてつもなく多感な時期じゃないか。はっきり言って荷が重い。

「俺はカウンセラーではないので、おそらくご期待には応えられないかと……」

力になれないのは申し訳ないが、無理なものは無理だと断らなければ互いのためにならない。たぶん『ダメ元でいいから』ということなのだろうけど、感受性の強い女子中学生相手に自分が良い影響を及ぼせるとは思えない。むしろ逆効果になることだってあり得る。

「俺よりも、もっとちゃんとした専門家に頼んだ方がいいのでは」

「ところがどっこいね、もう何人か試した後なのよ。あの子鋭い上に気難しくて。仕事で来ている人は感覚的に分かっちゃうんでしょうね。昔からアンニュイで面倒くさがりな子ではあったんだけど、最近は……厭世的《えんせいてき》？　みたいな感じにもなっちゃって……」

しょぼんと肩を落とす神倉さん。かと思えば、突如ガシッと肩を掴んできた。

「お願いよぉ！　もう思春期の娘の心が分からないのよぉ！」

「いや、それは俺にも分からないですけど……っ」

良心に従い行動した。だから、人助けをしたことに後悔はない。でも、これはまあまあ大変な厄介事に首を突っ込んでしまったかもしれない。そんな気がした。

ぐいぐい詰め寄ってくる神倉さんに、俺はただひたすらたじろぐことしかできなかった。

＊＊＊

結局、断りきれずに根負けしてしまった。

車に揺られること五分弱。招かれたのは予想以上に洗練されたデザインの民宿だった。一階部分の木材の色と二階部分の白い外壁が絶妙なコントラストを演出している。屋内には薪《まき》ストーブがあり、その煙を排出する煙突が屋根からちょこんと伸びていた。

部屋は洋室が二つと和室が一つ。俺たちは十畳ほどの和室に案内された。窓から後立山《うしろたてやま》連峰を一望できる景観に優れた一室だ。

午後七時。事前に言われていた時刻になったので、レーヴェを連れて一階に下りていく。

木の温もり溢れるリビングダイニング。掃き出し窓の向こうにはウッドデッキがあり、そこで珈琲《コーヒー》でも飲みながら夜空や北アルプスの山々を眺望するのがお勧めらしい。室内に目を戻すと、六人掛けのダイニングテーブルの他、薪ストーブの前にはリクライニングチェアとフットレストが二つずつ設置されていた。天井が吹き抜けになっているため窮屈な感じは全くしない。非常に落ち着いた、居心地のいい空間だという印象を受けた。

そして、そこに足を運んだ直後、俺は、卓上に並ぶ数々の料理を前に圧倒された。

（す、すげぇ……）

レーヴェと出会ったあの夜から今日までの間、食べ物のことなど二の次で、正直食事にはほとんど気を遣ってこなかった。最低限の栄養さえ摂れていれば問題ない。そう考えていたのだ。それだけに、これは俺に効いた。

ぷるりと潤うように身の引き締まった信州サーモンと大王イワナの刺身。それらに特産のわさびを付けて口に入れた瞬間の多幸感たるや、筆舌に尽くしがたいものがあった。好物のえびの天ぷらもサクサクとした歯応えがたまらない。

（素泊まりのつもりだったのに、まさか夕飯まで用意してもらえるなんて……）

しかもこんなご馳走《ちそう》。盛大なもてなしをすると言っていたが、それは決して誇張表現ではなかったようだ。何だか着々と外堀を埋めていかれている気がする。

高野豆腐もよく味が染みており、評するならば絶品の一言。舌鼓を打つ、という言葉の意味をひしひしと理解させられた。だけど、意外にも一番美味《おい》しいと感じたのは味噌汁《みそしる》だった。えのきに油揚げにほうれん草。何か特別な具材を使っているわけではない。それなのに、なぜだかすごく、心に沁《し》みた。

早く食べ終えてまた容貌を隠さなければならないのに、いつまでも味わっていたい気分にさせられる。その感情を自制するのがなかなか一苦労だった。最後に水を飲んで口内を洗浄する。名残惜しい気持ちを抑えつつ、再びマスクを取り出して顔に装着した。

と、そこで、隣に座るレーヴェの箸が全然進んでいないことに気付く。

「どうした。苦手なものでもあったか？」

声をかけてみたが、彼女は押し黙ったまま動かない。見れば、何一つ食べていないどころか、そもそも箸すら持っていない。その様子から一つの可能性に思い至った。

「ひょっとして、箸の使い方が分からないのか？」

華奢《きやしや》な肩がぴくりと跳ねる。やや長めの沈黙の後、レーヴェはうつむきながらこくりと首肯した。そして、申し訳なさを滲ませたか細い声で、ごめんなさい、と言ってきた。

「いや、謝る必要は……むしろ俺の方こそ気が回らなくてすまなかった」

思えば今まで彼女に与えていたのは、ハンバーガーやサンドイッチといった手で持って食べるものばかりだった。だからこそ見落としていた。この子はたぶん食具の類を使ったことがないのだろう。考えてみれば当然だ。そんな環境で育てられてこなかったのだから。

「箸はこうやって、親指と人差し指と中指の三本で支えて使うんだ」

実演しながら使用方法を教える。レーヴェは見様見真似で箸を持ってみたが、『挟む』という動作が難しいようで、食べ物を口に運ぼうとするとその前にぽろりと落としてしまっていた。テーブルの上に落下したお新香を気落ちした表情で見つめている。

「……ほら」

彼女の悲しそうな顔を見ていたら、自然とその行動を取っていた。レーヴェは俺が箸で摘《つま》んで差し出した天ぷらを前に、ぱちぱちと目を瞬かせている。不思議そうに俺と天ぷらを交互に眺めていたが、やがて意図を察したのかその桜色の唇をゆっくりと開いた。

「うまいか？」

「……（こくり）」

小さな口で一生懸命に咀嚼《そしゃく》している姿は何とも愛らしかった。

「いやぁ、仲睦まじくて微笑ましい光景だねぇ」

厨房《ちゅうぼう》と思われる部屋の奥から、ワイシャツに前掛け姿の神倉さんがやってきた。

「すみません、こんな豪華な夕食まで頂いてしまって」

「いえいえ。こちらこそお食事中にごめんね。早めに伝えておきたいことがあって」

朗らかな笑みを湛《たた》えながら、しかし彼女はそこでふと眉を下げた。

「さっきした話なんだけど……あれさ、やっぱり聞かなかったことにしてもらえるかな」

「それは……娘さんの件ですか」

「そ。私たまにがーっと視野が狭くなっちゃうんだよね。いやはや面目ない。冷静に考えてみたら、高坂君に頼むのは『んー、やっぱないよなー』って思って」

「まぁ、そうですよね。不安を感じて当然だと思います。大事な娘さんをよく分からない相手に任せるのは、やっぱりやめておいた方がいいですよ」

「へ？　あっ、いやいや違くて！　観光目的で来てくれた人たちをこんな身内の面倒事に巻き込んじゃうのは、さすがに非常識だよなーって話よ！」

両手をぶんぶんと振りながら、彼女は焦ったようにそう補足してきた。

「こっちの都合を押しつけちゃ悪いなって意味での撤回だから、誤解しないでね。高坂君とはまだ出会ったばかりだけど、君が良い人だっていうのはもう分かってるから」

「良い人、ですか……？」

どうしてそこまで信用してくれているのか解せず疑問符を浮かべる。神倉さんはそんな俺を見て目を細めると、明るい色の髪を揺らしながら柔和な眼差しで破顔した。

「確かに私はまだ高坂君のことを深くは知らない。ついさっきまで赤の他人だったわけだしね。……でも、そんな見ず知らずの私を、君は助けてくれたじゃない」

そう言って微笑みかけてくる彼女の表情がやけに印象的だった。「それじゃあごゆっくり」と残し、また厨房へ戻っていく背中を、俺はどこか呆然《ぼうぜん》とした心持ちで見送った。

食後、二階の洗面所で歯を磨きながら考えを巡らせる。

今はもう大丈夫そうだが、神倉さんの身体が少し心配だった。立ちくらみと言っていたけど、もしかしたら心労が祟ったのではないだろうか。自分の子供が理由も分からないまま心を閉ざしてしまっているのだから、かなりの精神的負荷がかかっているはずだ。目の下にはうっすらと疲れの跡も見えた。最近あまり眠れていないのかもしれない。

聞かなかったことにしてほしいとは言われたが、自分が役に立てるのなら力になりたかった。俺が親子の仲をどうこうするのはきっと難しいだろうけど、それでも、停滞している今の状況を少しでも改善できないものかとつい考えてしまう。

(……お節介かな)

自分の立場は理解している。余計なことはするべきじゃない。それは重々承知していた。

ただ、母と雰囲気の似たあの人が、困り悲しんでいる顔を見たくなかった。

口に含んだ水を吐き出す。歯磨きを終え、やりきれない思いを抱えつつ和室に戻った。

部屋の中ではレーヴェが畳の表面をじっと観察していた。茣蓙《ござ》の感触が新鮮なのかもしれない。彼女の瞳にはほとんどすべてのものが目新しく映るのだろう。

「レーヴェはもう歯磨いたか？」

声をかけると、こちらを向いた無垢な顔が小首を傾《かし》げてきた。どういう反応なんだ。

「……？　いや、だから歯を磨いたかどうかを――」

怪訝に思いつつ再度同じ質問を投げかけようとして、その途中でハッとした。

もしかするとレーヴェは、歯磨きという行為も知らないのではないだろうか。思い返してみれば、今まで彼女が歯を磨いている姿を見たことがない。

「レーヴェ、これが何か分かるか？」

持っていた歯ブラシを見せてみる。案の定、再び小首を傾げられた。

マジか……と、思わず項垂《うなだ》れる。勝手に一人で磨いているものと思っていた。これまで俺がいかに自分のことに手一杯だったのかを痛感させられる。彼女が何を知っていて何を知らないのか、ちょっと考えれば簡単に想像できただろうに。

だが、反省ばかりしていても始まらない。大事なのはその反省をどう活《い》かすかだろう。

「これはな、歯を磨くための道具だ」

「はを……みがく？」

「ああ。何かを食べた後は口の中を綺麗にしないと歯や歯茎が病気になる可能性があるんだ。それを未然に防ぐために、食後はこれを使って口内をケアするんだよ」

レーヴェ用に新しい歯ブラシを下ろして手渡す。すると、彼女はそれを持ったまま黙然と眺め出した。莫蓙に向けていた視線と似ているが、それとは微妙に違う。観察に加え、困惑の色も混ざっているようだった。『まぁ、そうだよな』と思った。

箸と一緒だ。使用目的が分かっても、それですぐ使えるわけじゃない。手本を見て、覚えて、何度か経験して、それでようやく独力でこなせるようになっていくものだ。

なら、俺の役目は分かりきっていた。レーヴェを広縁の椅子に座らせて、その正面に膝立ちする。俺にとっても初めての体験ではあるが、ひとまず誠心誠意取り組むしかない。

「それじゃあ、口開けて」

「…………（あー）」

なるべく痛くしないよう、優しく丁寧に動かすことを心掛ける。歯の表面、上部、裏側、奥歯や前歯を、磨き残しがないよう気をつけながら磨いていく。

とりあえず虫歯とかはなさそうだった。歯並びもすごく整っている。そういえば髪も艶《つや》やかだし、肌にも傷一つ見られない。幼少期の酷い環境を思うと少し不自然な気もした。

これも魔王の自然治癒力によるものなのだろうか。しかし、仮にそうだとしても、その力はもう俺に移されている。今後は俺がしっかりと彼女の健康を管理していかなければならない。

一通りの工程を終えたので、口をすすがせるために洗面台の前まで連れていった。

「明日は自分で磨いてみるか」

「……はい」

就学前を思い出す。あの頃は自分で磨いた後に、親に仕上げ磨きをしてもらっていたはずだ。レーヴェにもしばらくは同じようにしてあげるのがいいだろう。これからはもっと彼女の心身に気を配り、必要なものを過不足なく与えられるよう配慮しなくては。

これは、本格的に育児の知識を深めるべきかもしれない、と人知れず思った。

午後八時過ぎ、レーヴェと共に一階の風呂場に向かう。着替えやタオルだけを引っ張り出すのが億劫《おっくう》だったので、ボストンバッグごと持って階段を下りていく。

そうして浴場を目指してリビングダイニングを横切ろうとした時、ふと視界の端に人の姿を認めた。栗色のショートカットが似合う小柄な女の子だ。薪ストーブの前のリクライニングチェアに両膝を立てて座り、太ももの上にタブレットを置いて音楽ゲームをしているようだった。斜め後ろからプレイ中の画面をちらりと見てみる。ディスプレイの奥から手前側に流れてくるノーツをタイミングよく指先で叩《たた》いていた。その指の動きがえぐい。

不規則に表示されるノーツを次々とタップしているわけだが、反応スピードが尋常じゃない。今はともかく、ただの人間だった頃の俺に同じ動きは絶対にできないと思った。

しばらく眺めているうちに曲が終わったのか、画面上に『ALL　PERFECT』の文字が現れる。少女はヘッドホンを外すと、天井を仰ぎながら深いため息を零した。

「はぁ……**地球滅びないかなぁ**……」

何だかとても物騒な言葉が飛び出してきたので内心ぎょっとする。面食らって立ち尽くしていると、俺とレーヴェに気付いた少女がその視線をこちらに向けてきた。

「……お兄さん達、だれ？　お客さん？」

興味の薄そうな単調な声だった。この民宿にいる時点でほぼ間違いないだろうが、一応確認はしておいた方がいいだろう。頷《うなず》きを返しつつ、こちらからも問いかける。

「君は、この宿の子？」

「……まぁ、一応」

どうにも歯切れの悪い答えが返ってきた。瞳にも語勢にもおよそ覇気というものが感じられない。神倉さんがアンニュイで厭世的と言っていた、その説明通りの性格が窺える。

服装はオーバーサイズのトレーナーに短パンという組み合わせ。何とも楽そうな格好ではあるが、上の丈が長いために下に何も穿《は》いていないように見えてしまって心臓に悪い。

束《つか》の間《ま》の思考。躊躇《ちゅうちょ》。しかし、それは本当に一瞬だった。神倉さんからはああ言われたけど、こうして接触する機会に恵まれたのだからやれるだけやってみようと決心した。

「ゲームうまいんだな。俺もその音ゲーやったことあるけど、難易度『MASTER』をノーミスでクリアできた人を初めて見たよ」

会話の取っ掛かりとして、自分が最も話を広げやすそうな話題を選び、切り出してみる。

彼女は温度の低い瞳でまじまじとこちらを凝視していた。そのまま数秒が経過する。

これは駄目か、不発か、と思い始めたところで、少女が背もたれからゆっくりと身体を起こした。

「ふぅん……お兄さんもゲーム好きなんですね。他にはどんなのやってます？」

食いついた！　と心の中で密《ひそ》かに歓喜した。

「そうだな……最近だと《ゼロスマ》とか」

「っ、お兄さんも《ゼロスマ》やってるんだ」

ゼロスマ——《ゼロサイド・スマッシュ》。スマホアプリに端を発する人気のオンラインゲーム。アバターを操って世界を冒険していき、素材の収集や敵の討伐を行う。壮大な世界観や美麗なグラフィックが数多くのユーザーの心を摑んでいる。現在は他の筐体《きょうたい》にも移植しており、同時接続ユーザー数は二千万人を超えるとも言われている。

「ランクはいくつですか？」

「確か七十くらいだったような」

そう答えると、彼女は少し考え込むように視線を伏せた。そうして、やや間を空けてから、再び長い前髪の向こうにある双眸《そうぼう》を持ち上げた。

「この後って時間ありますか？　もし暇なら一緒にプレイしません？　わたし今《空の国》にいるんですけど、モンスターと戦うのもちょっと飽きてきちゃったんで」

どことなく陰のある微笑だったが、初めて表情を変えてくれた。取っ付きにくい感じはあるものの、これは思ったよりも好感触かもしれない。この機を逃してはいけない、と俺の勘が告げている。ここで断ったらもうそこで関係が終了してしまう気がした。

「（……すまんレーヴェ、風呂はもう少し後でもいいか？）」

小声で相談すると、彼女はいつも通りの仕草でこくりと頷いてくれた。

「それじゃあログインするけど、どこで落ち合う？」

「雲海エリアの入り口にしましょう」

タブレットから携帯ゲーム機に持ち替えた少女が、もう一つのリクライニングチェアに座るよう促してくる。それに従い腰を下ろした。

（……と、このままじゃレーヴェが退屈しちゃうよな）

わずかに思案してから、こっちに来るよう手招きして膝の上に座らせた。これなら彼女にもゲーム画面が見えるので、めちゃくちゃ暇を持て余す、という事態にはならないはず。

「お二人って兄妹ですか？　仲いいですね」

「別に普通だろ」

「それにしては距離が近い気がしますけど。歳が離れてるからですかね？」

「まぁ、そうかもな」

「シスコンですか？」

「**ちがう**」

「ふふ……冗談です。でも、仲がいいなと思ったのは本当ですよ」

何か知らんがからかわれた。声もさっきまではつまらなそうで張りもなかったのに、今は少しだけ活力や人間味を感じる。本来はこういう悪戯《いたずら》っぽい性格なのかもしれない。

「それじゃ、対戦よろしくお願いします」

「ああ、こちらこそ」

「コテンパンナちゃんにしてあげますね」

「望むところだ」

ゲーマーは得てして負けず嫌いが多い。そして、それは俺も例外ではなかった。

先ほどの音ゲーではすっかり感嘆の意を表してしまったが、格闘ゲームにおいて言えば俺にも多少の自信がある。小学生の頃から最もやり込んでいるジャンルだ。ゼロスマの対人戦闘は若干ブランクがあるものの、そこいらの女子供には負ける気がしなかった。

——などと思ったせいでフラグが立ってしまったのだろうか。

マジでコテンパンにされた。惜しい場面はちょこちょこあったが、結局一度も勝てなかった。十二戦十二敗。ぐうの音も出ないほど全敗で完敗だった。

（え、何この子。本気で強い……）

動体視力と操作能力が凄《すさ》まじい。全然歯が立たなかった。

「対戦ありがとうございました」

「あ、ああ……こちらこそ」

何というか、軽くへこむ。ここまで一方的にボコボコにされるとは思っていなかった。

「もうこんな時間ですか。何だかんだ一時間半くらいやっちゃいましたね」

言われて気付く。長くても三十分程度で済ませようと思っていたのに。負けて再挑戦を繰り返しているうちに随分と時間が経ってしまっていた。悔しくて挑み続けるとかガキか俺は。ゲームに熱中してしまうとは我ながら大人げない。

「そろそろ部屋に戻ります。……お兄さん達って、明日は早くに出るんですか？」

「え？　いや、特に急ぎの用はないけど」

「それなら明日もうちょっと遊びません？　……もし良ければですけど」

気だるそうに立ち上がりながら、視線も合わさずにそう言われた。まさかそんなお誘いが来るとは思っていなかったので、少々驚き目を丸くしてしまった。

「分かった。それじゃあ出発前にもう少し遊ぼうか」

「なら朝ご飯食べた後にでもわたしの部屋に来てください。ゲーム機とかあるので」

「えっ……わ、分かった」

一瞬動揺しそうになったが、レーヴェも一緒なのだから何も問題などなかった。

「……今、何か変なこと考えました？」

「いや、何も」

「いいですよ、別に。変なことしても。妹さんの前で女の子に手を出す**変態鬼畜野郎**になる度胸が、お兄さんにあるのなら……ですが」

「だから何も考えてないって」

またからかわれた。くすくすと笑う少女にバツの悪さを覚え、嘆息しつつ頭を掻く。

「いい性格してる娘さんだな……」

ぼやくようにそう呟《つぶや》くと、その直後、彼女の纏う空気が刹那的にピリついた。

「翡翠《ひすい》」

端正なその顔に冷たい微笑を貼りつけて、彼女は短くそう告げた。

「娘さんって呼ばれるのは好きじゃないんで、呼ぶなら『翡翠』でお願いします」

顔は笑っているけど、目は笑っていなかった。

「あ、ああ……分かった。今後はそう呼ぶ……」

「どうも」

突如彼女から放たれた異質な圧力。しかし、それはほんの瞬《まばた》きの間に鳴りを潜め、次の瞬間にはもう元の物憂げな表情に戻っていた。

「ふぁあああ……ねむ……。じゃ、また明日。おやすみなさい」

踵《きびす》を返し、ふらふらと歩き始めるその後ろ姿を目で追う。

今の凍《い》てつくような雰囲気の変化は一体何だったのか。確証はないが、俺が数秒前にした言動のどこかに、彼女にとっての地雷があったのだろう。そしておそらくはそれこそが、彼女が心を閉ざした要因だと思った。だとすれば、このまま別れるのはあまりよろしくない。この喉に引っ掛かった魚の骨のようなわだかまりを明日まで引きずらないためにも、何か一言でいいから伝えなくては。先ほどゲームで対戦していた時の空気感に戻せるような、そんな秀逸な一言を。俺は必死に頭を捻《ひね》った。

「明日は、今日のリベンジをさせてもらうからな」

咄嗟に出た台詞だった。だが、翡翠は足を止めてくれた。そうして肩越しに振り返る。

「……返り討ちです」

ふっと吐息を漏らすような、今までで一番柔らかい声音だった。階段の方へと消えていく背中を見送りつつ、ふうっと目を閉じながら長く深い息を吐いた。

「とりあえずは収穫があったと思っていいかな……」

「そうだね！　ありがとう！」

独り言に返事があったので大層驚いた。いつの間に背後にいたのか、神倉さんが感激したように目を輝かせて椅子の背もたれを摑んでいた。その手が俺の肩に移る。

「あの子があんなに楽しそうにしてるのを見るの、本当に久しぶりだったよ……っ」

「あ、はい、それは何より……。隠れて見てたんですね？」

「うん！　隠れて見てた！」

全然悪びれない。いっそ清々しい。

「聞かなかったことにしていいって言ったのに、もう高坂君ってばぁー。イケメン！」

「い、いえ、あの、特別なことは何も。一緒にゲームしただけですし……。というか、明日もやる約束しちゃったんですけど、チェックアウトって確か十時ですよね？」

「そんなの全然気にしなくていいって。何ならもう何泊かしていってても大丈夫だから。連泊大歓迎よ。あ、夕飯は今日よりしょぼくなっちゃうけどね！」

神倉さんのテンションが異常に高い。興奮冷めやらぬ、といった感じだ。

「すごく嬉しそうですね」

「そりゃあね。あの子が幸せに生きてくれるなら、私は何でもやるもの」

堂々と言い切るその姿に尊敬の念を抱いた。今の言葉に嘘はないと感じる。口調こそさほど変わらなかったが、彼女の母親としての強い想いが垣間見えた気がした。

「さ、高坂君たちはお風呂に行っておいで。今もう一回追《お》い焚《だ》きしてるからさ」

神倉さんの気遣いに頭を下げ、言われた通り今度こそ浴場へと向かった。

脱衣所には洗面台や洗濯機が設置されており、一般家庭よりもやや広いスペースがあった。浴室はさらに奥にある。

まずはレーヴェを先に入れ、その間は俺がここで見張りをしようと思う。その後、俺が入り、迅速に身体を洗ってちゃちゃっと出てくるという算段だ。ゆっくりと湯船に浸《つ》かれないのは残念だが、極力レーヴェを一人にさせたくない。

俺の考えを伝えると、レーヴェは首を小さく縦に振った。初めに黒髪のウィッグを外し、それからもそもそとパーカーを脱ぎ始めたので、彼女に背を向けて会話を続ける。

「何かあったら呼んでくれ」

「……はい」

気のせいかと思っていたが、どうも普段よりもレーヴェの口数が少ない感じがする。

元々あまり喋らない子ではあるけど、何か考え事でもしているのだろうか。自分からはなかなか主張できない子だ。こちらから聞いてあげた方がいいかもしれない。

「どうした？　気になることでもあるのか？」

衣擦れの音が一度止む。俺たちの間に数秒の静寂が降りた。

「……憂人、さんは……」

何かを言いかけて、しかし、レーヴェはそこで言葉を止めた。再度問いかけようかとも考えたが、それで逆に追い詰めてしまうかもと思《おも》い留《とど》まる。たとえ言いたくないことだったとしても、俺が話せと言えば従順な彼女はその心の内を晒《さら》すだろう。だが、無理強いするのは本意じゃない。とりあえず今は静観して待つことにした。

そのうちに服を脱ぎ終えたようで、後方で浴室のドアを開閉する気配がした。さらに少しして、中からシャワーを流す水音が聞こえ始める。

一人になり、その場に座り込みながら壁に背を預ける。耳に届くのは、細かい水の粒が床に落ちて弾ける音だけ。それは次第に反響し、俺の意識を内省へと誘《いざな》った。

なし崩し的に民宿に泊まることになってしまったが、美味しいものを食べて、楽しくゲームに興じて、何とも穏やかな時間を過ごしている。数日前、動物園での一件があった直後からは想像もできないほどの心境の変化だ。どちらがいいかと問われれば、断然今の方がいい。こんな逃亡生活の中、凪《な》いだ心でいられるなら、それ以上の幸せは望むべくもないだろう。

だけど……同時に少し後ろめたくもあった。

人を殺しておきながら、果たして自分にそんな心の安寧が許されるのだろうかと。

命の重さは身に染みて理解したつもりだった。それでも、本当にいついかなる時でもついて回ってくることを折に触れて突きつけられる。

（いや……いい。これで……）

固く目を瞑りながら、自分にそう言い聞かせる。最も恐れるべきことは、この苦悩を忘れること。殺人という罪を背負っていることを、どうとも思わなくなることだ。

死者は蘇《よみがえ》らない。奪ってしまった命を返すことなどできない。それなら、せめて生涯をかけて向き合い続けなければならない。きっとそれが俺にできる最低限の償いであり、そして、課せられた罰でもあるだろうから。

（それに、神倉さんや翡翠のことも……勘違いしちゃいけない）

彼女たちから寄せられている信頼や友愛は、あの親子が俺たちを普通の客だと思っているがゆえの情だ。もしも二人がレーヴェの正体を知ってしまったら、その態度も表情も、今とは全く違ったものになるだろう。想像するだけで苦しくなる。酷く怖がられるかもしれない。詰《なじ》られて軽蔑されるかも。それどころか、すぐに通報されても何らおかしくない。

仮の話ではあるものの、そうした苦境に陥った時のことを考えておかないのは、ある種の思考放棄に他ならないから。それが思い浮かべることすらきつい未来だとしても、俺は常に不測の事態に備えてあらゆる対処法を講じておかなければいけない。

するとその時、ガタン──と、浴室内から硬質な物音が聞こえてきた。

思惟《しい》の海に沈んでいた俺は、それで意識を引き上げられる。シャワーヘッドのような硬い物体が床に落ちたみたいな音だったが、中で何かあったのだろうか。

レーヴェの名を呼び、どうかしたのかと声をかける。が、返事はない。続けてドアを軽く叩きながら再び呼びかけてみたが、やはり反応は返ってこなかった。

嫌な予感がした。変わらず響き続けているシャワー音が、不安と焦燥を一層煽ってきた。

「レーヴェ、入るぞ！」

勢いよくドアを開け放つ。こもっていた湯気と熱気が脇を抜けていく中、俺の目に映ったのは、白銀に輝く髪を揺らめかせて宙に浮かぶ少女の姿だった。

虚《うつ》ろを覗く真紅の瞳。あらゆる遮蔽物を透過して集まってきた光の粒子が、陶器の如く白い彼女の身体に絶え間なく吸い込まれていく。

魂魄剥離——人類の生を強制的に終わらせるその現象は、何度見ても目を奪われるほどに壮麗で、幻想的で、残酷なまでに美しかった。

白光の吸収が終わり、緩やかに降下してくる。その足が床に着くや否や、彼女の細い身《しん》軀《く》がふらつき傾いた。咄嗟に腕を伸ばし、抱き留める。

「おい、大丈夫か⁉」

瞳の色が深い紅から澄んだ水色へと戻っていく。意識ははっきりしているようだが、現象の直後に自力で立っていられないケースは今回が初めてだった。もしかしたら普段とは異なる負荷がかかったのかもしれない。しっとりと濡《ぬ》れた肌。触れている部分がやけに熱く感じた。

未だに出続けていたシャワーを止める。まずはタオルで身体を拭いて、服を着せ、それから部屋で早めに休ませる——落ち着いて、次に取るべき行動を頭の中で整理した。奥歯を強く噛みしめる。逸《はや》る気持ちを抑えながら、折れそうなほど華奢なその肩に手を添えた。

「——……憂人、さんは……」

不意にレーヴェが呟いた。立ち上がりかけた脚を曲げ、腕の中の少女に目を落とす。

「どうして、わたしに……やさしくして、くれるんですか……？」

向けられた弱々しい視線と声音は、俺の胸を切ないまでに締めつけた。きっとこの問い掛けは、先ほど彼女が言おうとして呑み込んだ言葉なのだろう。

俺がレーヴェに優しくする理由。悪人じゃないと分かったから——は、少し違う感じがする。間違ってはいないが、芯がズレている。的確に表現できていない。

同情。憐憫《れんびん》。きっとそれらの感情もある。不幸なこの子を、俺は放っておけないのだ。だけど、それだけじゃない。そう断言できるほどの強い感情が、すでに俺の中には生まれていた。うまく言語化するのは難しいけど、でも、今、伝えないといけない気がした。

「……そうするのが正しいと思ってるからだ」

俺は不条理が嫌いだ。悪くない人間が虐げられて悲しみの淵《ふち》に立たされるのは、納得できない。周りにどう思われようと、俺は……俺の良心に従って行動する。

壊れ物のように繊細なその身体を、静かにそっと抱き寄せた。

レーヴェのことを大切にしてあげたい。今までよりも、もっと、ずっと。

不安に惑うこの子が、自分は優しくされてもいいのだと、そう思えるように。

第四章　誰もが嘘をついている

IANKIND IS MY ENEMY ALL MANKIND IS MY ENEMY ALL MANKIND IS MY EN

日に日に『死』に近づいているのが分かる。これはきっと、もうすぐ命が尽きるという事実を知っている者のみが味わう感覚なのだろう。

夜眠るのが怖かった。次はもう目覚めないかもしれないから。自分がこの世から消えていく絶望感は、刻一刻と肉体と精神を蝕《むしば》んでいった。

先のない僕に尽くしてくれる侍女たちには感謝している。肩と背中を支えられながら、何とかベッドに横になった。それだけで、こんなにも体力を持っていかれる。

腕に繋《つな》げられた管が鬱陶しい。段々と痩せ衰えていく頬《ほお》と四肢は、緩やかに朽ちていく命を否《いや》が応《おう》でも実感させる。深く息を吸おうとすると咳《せ》き込まずにはいられない。もう上体を起こすことすらままならない体たらく。自分の身体なのに、何もかもが思い通りにならない。

――僕の人生に、何か価値はあったのだろうか。

財閥の跡取りとして、親の期待に応えようと有らん限りの努力をしてきた。勉学も稽古事も決して手を抜かず、施された英才教育に対して一切妥協せずに取り組んできたつもりだ。

でも、今ここに家族はいない。もしかしたら、最期くらいは家のことに縛られずに生きられるようにという配慮なのかもしれない。穏やかな余生を送れるようにという、あの人たちなりの愛情なのかもしれない。

――だけど、お父さん、お母さん……僕は……僕は、ただ……傍《そば》に……。

窓から吹き込んできた風が、アイボリーのカーテンをふわりと舞わせる。外は快晴のようで、薄いカーテンを通して射《さ》し込んだ陽光が柔らかく室内を満たしていた。

『――レイン・L《ロード》・グリーンフィールドさんですね？』

そこに、彼女は現れた。

『突然の訪問をお許しください。わたくしはエレオノーラ・スペルティと申します。あなたにお願いしたいことがあって参りました』

ベッドの横に凛然《りんぜん》と立つその女性は、淡い燐光《りんこう》を纏《まと》っているかのようにきらきらと輝いて見えた。かつて聖画で見た天使の姿を彷彿《ほうふつ》とさせる、厳かで神々しい雰囲気。いよいよ自分にもお迎えが来たのだと、薄目を開けながら覚悟した。

現に彼女は自らを天使だと言った。ただ、それは僕が予想した存在とは違っていた。魂魄剥離《こんぱくはくり》、神、天使、そして魔王――。

彼女の口から語られた話は、にわかには信じがたい内容だった。けれど、疑うことはしなかった。眼前の女性から伝わってくる真摯さと神聖さが、僕に疑念を抱くことを許さなかった。拠点確保と資金援助。彼女が当家を訪ねてきた理由も察することはできた。

それでも、どうしても一つだけ分からないことがあった。

『レインさん。天使となり、共に戦ってはいただけませんか？』

ほとんど寝たきりの、余命幾ばくもない男。そんな風前の灯火《ともしび》のような人間に、貴重な戦力の枠をあてがうメリットが見えなかった。わざわざ僕なんかを天使にしなくても、事情を話せばグリーンフィールド家は聖戦の後方支援を引き受けるはずだ。そのことを伝えた上で、なぜ僕に白羽の矢を立てたのかを問うてみた。

『死に瀕《ひん》した者だからこそ、生に執着して戦い抜けると考えたからです。あなたはまだ生きることを諦めていない。そういう人間は強いと、わたくしは思っています』

月の光を思わせる金色の瞳が、逸《そ》らすことなくまっすぐに注がれる。

『それと魔王を倒した者は、神様により己が願いを成就していただけます。治療不可能と診断されたあなたの病も、神様なら癒やすことができるでしょう』

その言葉は、死を拒絶したくても抗《あらが》い方が分からなかった僕に、光の方角を指し示した。存在意義、人生の目的、救いの道……彼女は一度にあまりにも多くのものを与えてくれたのだった。恩という一言では済ませられないほどの感謝の念が、病魔に侵されきっていた胸の内に広がっていく。そして、忠義にも似た情が湧く中、あることが無性に気になり始めた。彼女自身はどのような願いを秘めているのか、僕は尋ねずにはいられなかった。

『そうですね……もしも叶《かな》うならば、わたくしは――』

どこか物悲しい語調で紡がれたのは、自己の利益を排除した、崇高で尊い願望だった。

この日、この時、この瞬間、僕は自分の命の使い道を悟った。

残り少ない僕の人生は、ただこの方のためだけに捧《ささ》げると、そう誓った。


弾かれたように目が覚めるが早いか、掛け布団をはねのけながら勢いよく起き上がった。

心臓が静かに強く脈打っている。呼吸が荒い。周りを見て、自分が今どこにいるのかを思い出した。努めてゆっくりと息を吐いてから、左目に手を当てつつ視線を伏せる。

「今の、夢は……」

もう鮮明には覚えていない。朧《おぼろ》げな情景が霞《かすみ》のようにぼんやりと残っているのみだ。

それでも確信できた。あれは……俺が殺した青年の記憶だ。

殺《あや》めた者の能力を奪取する力。俺が奪い取ったのは天使の権能だけではなかったのか。

「………………」

その人生すべてではないし、意図して想起できるものでもない。あの青年にとって特別な意味を持つ出来事に限られているのかもしれない。ただ、仮にそうだとしても、今俺の中には確かに彼の、レイン・L・グリーンフィールドという人間の記憶が存在している。

そしてきっと俺は、今後もそれを持ち続けることになる。

命を奪った相手の、大切な思い出を。

シーツを握る手に、無意識のうちにぐっと力が入っていく。

「……憂人《ゆうと》さん……？」

「っ、レーヴェ。起きたのか。……おはよう」

瞬時に気持ちを切り替えたつもりだった。しかし、レーヴェは何かを感じ取ったらしい。目を擦《こす》りながら上体を起こした彼女は、俺を見て不安げに眉を下げた。

「だいじょうぶ、ですか……？」

綺麗《きれい》な水色の瞳が俺を心配そうに見つめている。本当に聡《さと》い子だと思う。賢明で、思いやりのある女の子だ。レインのことで割り切れない感情はたぶんこれから先も続くだろうけど、この優しい少女の表情を曇らせることは、もう出来得る限りしたくなかった。

「大丈夫だ。ありがとな。それよりレーヴェ、また髪がはねてるぞ」

「…………？」

手でペタペタと頭を触っている。が、絶妙に寝癖の位置とズレている。その様子を可笑《おか》しく思いながら、俺はバッグの中に入れてある櫛《くし》を取りに行った。

「よし……それじゃあ今日もいっちょやるか」

長い髪は一気に解かそうとすると途中で引っ掛かることがあるため、まずは毛先の方から丁寧に梳《す》いていく。続いて三つ編みにし、ねじり上げてヘアピンで留めてからウィッグ用ネットで頭全体を包み込んだ。下地が安定した後、そこに黒髪のウィッグを被《かぶ》せる。

最初はただ服の中に髪を入れて隠していたのだが、それだと何かの拍子にバレるかもしれないと考え、少し前にオールウィッグの着け方を動画で見て勉強した。

散髪や染髪をすればもう少し楽にはなるし、きっとレーヴェもいいと言ってくれるだろうけど、俺自身が彼女にそれを強要したくなかった。レーヴェの方から希望が出たならまだしも、状況に左右されて我慢を強いるような真似《まね》はしたくない。早くこの子が素の髪色で太陽の下を歩ける日が来てほしい。そう祈りながらヘアセットの仕上げをした。

一階に下りると、テーブルの上にはすでに朝食が用意されていた。昨日のレーヴェの様子を見て神倉《かみくら》さんが気を遣ってくれたのか、今朝の献立は箸を使わずに済むものだった。

フォークで刺せるサラダ。スプーンですくえるスープ。手で持てるロールパン。柔らかなパンにイチゴジャムを塗って食べるレーヴェを、珈琲《コーヒー》を飲みながら何とはなしに眺める。素直でひたむきな彼女なら、箸での食事も歯磨きも、いずれは髪のセットだって自力でできるようになるだろう。他のことも着実に習得していけるはずだ。もし叶うなら、聖戦後も彼女の成長を見守っていきたい。そんなことを、空中でたゆたう湯気越しに思った。

「はよざいまぁす……」

感慨に耽《ふけ》りつつ食後の一服をしていると、上階から翡翠《ひすい》が下りてきた。

「おはよう。眠そうだな」

「朝弱いんですよね……。ちょっとシャワー浴びて目ぇ覚ましてきます……」

頭をゆらゆらと揺らしながら、風呂場の方へと覚束《おぼつか》ない足取りで歩いていく。すると、その進行方向から神倉さんがやってきた。

「あ、ひーちゃん。おはよう。朝ご飯もう食べる?」

「……いらない。後で勝手に食べる」

朗らかに声をかけた母親に対し、娘の方は対照的な声音で通り過ぎていく。そうして脱衣所の扉を開けて中に入るまで、翡翠は一度たりとも母親と目を合わせることはしなかった。

神倉さんは閉じられた扉を無言で見つめている。左胸の辺りが、鈍く痛んだ。

朝食を終えて小休止した後、前日の約束を守るべく翡翠の自室を訪れた。

室内の広さや内装は洋風の客室とほぼ同じ。目に触れる家財道具は勉強机、タンス、本棚にベッド、あとはカーペットとテレビくらいだろうか。思ったよりも片付けや掃除がきちんと行き届いている。引きこもっていると聞いていたから、汚部屋とまではいかないまでももう少し物が散乱している部屋を予想していた。

「じゃ、まずは何やりましょうか。定番ですけどマリカーでもします？」

「マリモカートか。いいんじゃないか」

あれならレーヴェも一緒にできるだろう。翡翠に頼み、先にコントローラーを一つ貸してもらう。それを用いてゲームの概要と操作方法をレーヴェに教え込んだ。

「えっと……他のコントローラーどこにしまったっけな……」

その間、翡翠はベッド下の収納スペースをごそごそと漁《あさ》っていた。彼女の着ている服は首回りが緩いからキャミソールの紐《ひも》が見えてしまっている。と、下を向いたちょうどその時、重力に負けて首元から何かが垂れてきた。ペンダントのようだ。細い銀色のチェーンで繋がれており、ピンク色の清楚《せいそ》な花が楕円形《だえんけい》の透明なガラスの中で咲き誇っている。

「その花、バーベナか？　綺麗だな」

「……へぇ、これそんな名前なんですね。知りませんでした」

そう言うと、彼女はそれをまたすぐに服の中に仕舞《しま》ってしまった。オシャレには無頓着そうに見えたが、翡翠もやはり女の子ということか。しかし、せっかくのアクセサリーを隠してしまう心理が俺にはよく分からなかった。お守りとして身につけているのだろうか。

「あ、コントローラーありました」

「それじゃあやるか。宣言通り、今日は勝たせてもらうからな」

「ふ……鉛筆よりもゲーム機を持っていた時間の方が長い、このわたしに勝てますかね」

俺と翡翠の間に謎の火花が散った。

最近ゲームをするのはスマホ主体に移っていたから、テレビゲームで遊ぶのは数年ぶりだった。大きな画面とコントローラーの感覚が懐かしい。何より、誰かと一緒にゲームを楽しむという時間が、こんなにも熱く胸躍るものだということを長らく忘れていた。

最初は気難しい年頃の不登校少女と仲良くなれるのか不安に思っていたが、共通の趣味があったのはラッキーだった。同じ『楽しい』を自然と共有できるのがゲームのすごいところだ。知り合ったばかりの相手とも、気付けば夢中になってのめり込んでいるのだから。

「テッテテテレッテッテテテッテー、テッテテテレッテッテテテッテー」

「ちょ、ま……スター音怖すぎ——っていうか、おま、やめっ、こっち来んな！」

「すみませんね、お兄さん。これも勝負なので」

光り輝くキノコに俺のマリモが轢《ひ》き飛ばされていった。そのままあえなくコース外に落ちていき、逆転の芽を完全に摘まれる。諦めてレーヴェの操作画面に目を移すと、彼女が操作するキャラクターは壁に衝突したまま動けなくなっていた。前のレースでは逆走もしていたし、初心者がやる『マリカーあるある』を順調にコンプしているようだった。

「曲がる時はコントローラーごと動かさなくても大丈夫だぞ」

「………？」

レーヴェにとっては未知の文明と対峙《たいじ》しているようなものなのだろう。手元の機器を操作すると画面内にいるキャラクターが動く、というのがそもそも不思議で仕方ないようだ。それでも何となく楽しそうな雰囲気は醸しているので今は良しとしよう。

「しかし翡翠は本当に強いな。結局一回も勝ててないんだが」

「まぁ、わたしゲームで負けたことないんで」

「マジかよ……」

「それで次は何します？　あ、ゼロスマやりません？　この間から新ガチャ始まりましたし、運試しにお互い引いてみましょうよ」

その提案に頷《うなず》き、俺はスマホを、彼女は携帯ゲーム機を手に取った。

「オンラインゲームは今後廃れていきそうですから今のうちにやっておかないと。ゼロスマもいつ運営会社が潰れてサ終するか分かりませんしね」

「確かに……。これからはネットに繋げないでも遊べるゲームが主流になるかもな」

話しつつアプリを起動する。ホーム画面が表示された後、ガチャ画面に移動した。

ゼロスマが愛される最大の理由は、ガチャで引いたキャラを己のアバターにコンバートできる機能にあった。ビジュアルはもちろん、スキルやアビリティや武器なども反映される。そのまま召喚して使役することもできるし、自身に換装して戦うこともできる。このシステムが、ゼロスマを世界レベルの大人気ゲームにまで押し上げたと言っても過言ではないだろう。

レーヴェが画面を横から控えめに覗《のぞ》き込んできた。せっかくだから彼女に引かせてあげるのもいいかもしれない。ここ押してみて、と伝えると、彼女は素直にそれに従った。

結果、ＳＳＲの激レアキャラ【風精《ふうせい》シルフィード】を引き当てたのだった。

「このクラスのレアは久しく引けてなかったのに……」

「妹さんガチャるの初めてなんでしたっけ。ビギナーズラックってやつですかね」

ＳＳＲの排出率は２％。その中から狙ったキャラを出そうとするとかなり低くなる。

風精シルフィードは今回のピックアップキャラだから、当たる確率は他のＳＳＲよりも高く設定されてはいる。だが、それでも０・67％だ。一回で引き当てられるなんて強運すぎる。当の本人はよく分かっていないようだが、俺と翡翠は少なからず興奮していた。

「わたしのも引いてもらって妹さんの運が本物かどうか検証してみましょう」

「さすがに二回連続は無理だと思うけどな」

おそらく翡翠もそれは承知の上だろうが、そうした方が面白そうと思ったのかゲーム機をひょいっと手渡した。これまたよく分かっていない顔で、再びガチャを引くレーヴェ。

と、表示画面が見たことのない演出を起こして輝き出した。

数瞬後、ＳＳＲのさらに上、ＵＲの超激レアキャラ【天神《てんじん》アマテル】がご降臨なされた。

「ウソだろ……」

「いやはや信じられませんね……。とんでもない豪運の持ち主じゃないですか」

「ＵＲって二ヶ月前に新エリアが開放されたタイミングで実装されたやつだよな。能力値が高い分、排出率が低すぎるってネットで話題になってたけど、どれくらいだっけ？」

「アマテルも今回のピックアップに含まれているので提供割合は高めですけど、だとしても０・27％です。二回連続でレアを引き当てるとなると天文学的確率じゃないですか」

二人して驚愕《きょうがく》の面持ちでレーヴェを見遣る。

「…………？？？」

やっぱりよく分からないといった表情で首を傾《かし》げていた。

「まさに無欲の勝利。**ガチャの申し子**ですね。……――お兄さん」

翡翠が俺に向き直ってきた。長い前髪の奥から、黒曜石のような瞳が正視してくる。

「妹さんをわたしにください」

「やるか」

即刻断ると、ですよねー、と気の抜けた声を返された。しかし今の俺、そこはかとなく娘の結婚を拒む父親みたいな感じじゃなかったか。何の暗示なんだこれは。

「というかお兄さん、昨日から気になってたんですけど片目だけ赤いんですね」

唐突に突っ込まれて思わずぎくりとした。

「オッドアイってやつですか？　アニメとかでよく見る……って、あれ、ちょっと待ってください。いや、でもまさか、そんな……。もしかして、お兄さんって――」

次に来るであろうその台詞《せりふ》を前に緊張が走る。強張《こわば》りそうになる身体で小さく身構えた。

「中二病の人？」

「**ちがう**」

警戒していた言葉では全くなかったものの、即座に全力で否定した。

「妹さんも水色のカラコン入れてますし、兄妹揃《そろ》って結構イタい……いえ、素敵なセンスをお持ちですね。そのマスクもオシャレポイントなんですか？」

ゲームを共にしたことでだいぶ打ち解けたためか、かなり砕けた発言をするようになってきた。こちらの素性について何か勘付かれたかと憂慮したが、どうやら思い過ごしだったみたいだし、これならもうちょっと踏み込んでみても大丈夫かもしれない。

「そっちこそ、本物の中二だろ。今日は平日なのに学校行かなくていいのか」

「だってわざわざ学校行って勉強する意味が分からないですし。古文とか連立方程式とか将来百パー役に立たないこと学んで何になるんですか。人間関係もめんどいですし」

「そうは言っても、友達とかは心配してるんじゃないのか？」

「いませんよそんなの。というか、いりません。人付き合い苦手なんですよ、わたし」

「でも俺たちとはうまくコミュニケーション取れてるじゃないか」

「それはお兄さん達との接点がゲームだけだからですよ。他に余計なしがらみが何もないからです。……友達関係が純粋にゲームで遊ぶだけの繋がりなら楽だったんですけどね」

その声と表情に、一滴《ひとしずく》ほどの愁いが混じったような気がした。

「ま、どの道もうすぐ世界が滅ぶんですし、学校行く意味なんてなおさら皆無でしょう」

「いや……まだ滅ぶと決まったわけじゃないだろ」

「滅びますよ。魔王パないですもん。知ってますか？　昨日の夜また魂魄剝離が起こったみたいなんですけど、今回は初めて被害者数が億を超えたらしいですよ」

もちろん知っている。ネットニュースにはすでに目を通した。

起こるタイミングが読めない魂魄剝離。昨夜はたまたま周りに人がいなかったから事なきを得たが、あれは単に運が良かっただけだ。一歩間違えれば目撃されて即アウトだった。本当に、どうにかして予兆を察知できないものだろうか。実は周期があるとか、レーヴェの感情で作用しているとか。色々と仮説は立てられるものの、どれも憶測の域を出ない。

「そういえば魔王が七歳くらいの女の子で、それに同行しているのが十代後半の青年って情報が出てましたけど、この特徴だけで言ったらお二人も当てはまっちゃいますね」

不意の一言に、またもや心がざわっと波打ち立つ。

「お兄さんの妹、実は魔王だったりして」

核心を突く指摘だった。鼓動の音が外まで漏れそうになる。なるべく感情を表に出さないように、それでいて重々しくならないように、意識して声の抑揚を調整する。

「そんなわけないだろ」

「……まぁ、そうですよね。すみません、冗談が過ぎました」

にこりと微笑《ほほえ》むその顔は少し神倉さんに似ていたが、翡翠の笑みにはどうにも悲哀の影を感じてならない。その瞳の奥に、光よりも闇が色濃く潜んでいるように思えてしまう。

「魂魄剝離で死んだ人たち、羨ましいですよね」

「………………え？」

「だって、眠るように死ねるとか最高じゃないですか。この先どんな酷い最期を迎えるか分からない人生の恐怖から解放されて、何の苦痛もなく、一瞬のうちにこの世を去れるんですよ。わたしみたいな考え方の人、どの時代にも一定数いると思いますけど」

俺は彼女のそんな言葉を、半ば呆然《ぼうぜん》としながら聞いていた。

一概に同意はできない。だけど、翡翠が今言っていたように、見方を変えれば魂魄剝離はある種の救いと捉えることもできるのだろうか。他でもない神が仕組んだ方法なだけに、それは違うと否定できない部分もあった。

「はぁ……――こんなことなら天使になんてなるんじゃなかった」

俺がつい考え込んでしまっていたその最中、出し抜けに、翡翠がぽつりとそう零《こぼ》した。

一瞬聞き間違いかと思った。ものすごく淡々と、あまりにも事も無げに呟《つぶや》いたものだから。

「なんか神様の加護とかで、天使は魂魄剝離の影響を受けないそうなんですよ」

彼女の視線が俺へと流れてくる。ぞわりと、背筋に悪寒が走った。

「その子、本当は魔王なんでしょ」

それは問い掛けではなく、すでに断定しているような口調だった。致命的なボロは出していないはずなのになぜ——と、動揺が顔に出そうになる。だが、もしかしたらレインの時と同様にまた鎌を掛けられているだけかもしれない。だったら、ここで取り乱してはいけない。

努めて語気を落ち着けて、表情は変えず、平静を装って言葉を返す。

「違うとさっきも言ったはずだが」

「ああ、とぼけなくてもいいですよ。どうも天使になってから真贋《しんがん》に敏感になったみたいで。人が嘘《うそ》をつくと分かるんです。わたしが《虚実》を司《つかさど》る天使だからなのかもしれません」

人の嘘が分かる。その言葉は嘘ではないと感じた。

この広い世界の中、たまたま泊まることになった民宿の娘が実は天使だったなんて、そんな偶然があり得るのだろうか。これには作為的な何かを感じずにはいられなかった。

言い訳も、否認も、もはや通りそうにない。いきなりの窮地に喉と肌がひりついた。

「そう怖い顔しないでくださいよ。戦う気なんてありませんから」

レーヴェを背に隠して立つ俺に、翡翠は苦笑交じりの声で言った。

「わたし、聖戦とかどうでもいいんですよね。天使も魔王も人類も、わたしの知らないところで勝手になるようになってくださいって感じです」

「どうでもいい……？　なら、何で天使になったんだ？」

「神様から話を持ちかけられた時は面白そうって思ったんですよ。でも、後になって考えてみたら、やっぱないなって。わたし気分屋なので。というか、命懸けで戦うとか普通にしんどいですし。そこまでして叶えたい願いもないですしね」

「願い……？」

「ええ。魔王を仕留めた天使には特権が与えられるんです。神様に願いを叶えてもらえる権利……まぁ、簡単に言えばご褒美みたいなものです」

少なからず衝撃を受けた。俺たち魔王側だけじゃなかったのか。この聖戦の果てに願いを叶えてもらえる——その甘く危うい魅惑的な権利をちらつかせられているのは。

翡翠の話をどこまで信じていいのかまだ判断がつかない。ただ、本当に戦意はなさそうだった。もしも彼女がその気だったのなら、馬鹿正直に天使だなんて名乗ってはいないだろう。隙を突き、油断しているところを襲った方が確実なのだから。

「……どうして正体を明かしたんだ？」

「お兄さんにわたしの権能を見せてあげようと思いまして」

ようやく本題に移れた、と言わんばかりに翡翠が頬を綻ばせる。数分前まで遊んでいた携帯ゲーム機を顔の横まで上げ、俺たちによく見えるように強調した。

「これ、わたしの神器《じんぎ》です」

神器――その単語は耳にしたことがある。確かレインも同じ言葉を口にしていた。しかし、彼が持っていたのは懐中時計だったはず。翡翠のそれとは物がまるで違う。

「何なんだ、その神器ってのは」

「天使の力の源的なやつです。これに神様のパワーが込められているんですよ。権能もこれがないと使えません。神力が宿った依《よ》り代みたいなイメージですかね」

驚きのあまり目を見張った。つまりはあれを壊せば、天使はただの人間に戻るということだ。殺さなくても、天使を完全に無力化できる。それは次に会敵した天使への対処法を考えあぐねていた俺にとって、この上なく有益な情報だった。

「わたしの神器はゲームに出てくるキャラクターを現実に具現化できるんです。すごくないですか？　ゲーマー垂涎《すいぜん》の能力だと思いません？」

そう言って微笑む翡翠の瞳から仄暗《ほのぐら》さが消える。先ほどとは別の意味でまた驚いた。

無邪気であどけない、空想を楽しむ子供の表情。過去に何があったのかは分からないが、今までずっと世の中に嫌気が差したような、湿っぽい梅雨みたいな雰囲気を醸していたのに。それが今この瞬間だけは、年相応の少女に戻ったような気がした。

そんな折、ドアをノックする音が耳朶《じだ》を打つ。

「失礼しまーす。どう、楽しんでる？　おやつ持ってきたよー」

カヌレと紅茶を木製のトレイに載せて、神倉さんがいそいそと入ってきた。

これは……ちょうどいいタイミングなのではないだろうか。今の翡翠の表情を見れば、神倉さんもきっと少しくらいは安心できるに違いない。そんな確度高めの期待を抱いた。

翡翠の口が動く。その唇の隙間から、短く言葉が紡がれる。

「出てって」

氷のような声で、目も合わせずに。

「今すごく大事な話をしてるから。……邪魔しないで」

明確な拒絶を以《もっ》て、彼女は母親を突き放した。

一秒、二秒、三秒——と、無音の時間が流れていく。わずか数秒に過ぎなかったが、その沈黙は呼吸も忘れるほど重く、痛く、苦しいものだった。レーヴェが身を縮こまらせて服の裾を握ってくる。神倉さんの瞳が、思い出したように一つ瞬《まばた》きをした。

「ご、ごめんね。お母さんちょっと空気読めてなかったかな。……あ、お菓子はここに置いておくから、良かったら食べてね」

　トレイをドアの脇に置いてから、彼女はおもむろに部屋を後にする。その顔に笑みを浮かべてはいたものの、無理して作った笑顔であることは誰の目にも明らかだった。気落ちした様子で出ていく彼女を見て、無意識のうちに拳が固くなっていく。

「どうしてそんなに冷たく接するんだ」

　気付けば俺はその質問を投げかけていた。自制心が待ったをかけるが、止まらない。

「あの人がお前に何かしたのか？」

「……意外ですね。お兄さんはそういう余計な干渉はしてこない人だと思ってました」

　同感だ。俺も自分はもっとわきまえている人間だと思っていた。

　よそにはよその事情がある。家族間の問題だ。本来なら他人が立ち入るべき領域じゃない。事実、深入りするつもりはなかった。過度に関わる気も。

　でも、悲しみの色を滲《にじ》ませていた神倉さんの背中が、なぜだか母の姿と重なって見えた。今は傍にいてあげられない、俺の唯一の家族と。その瞬間、言葉が勝手に出ていた。

「お節介だって自覚はある……。だけど、今のままじゃきっといつか後悔するぞ」

　老婆心、とは少し違う。この件に深く踏み込んだのは、半分以上エゴだった。

　悔しさ。羨ましさ。遣《や》る瀬無さ。募る苛立《いらだ》ちに、嫉妬にも似たこの感情。全部お門違いだとは思う。けれど、『平穏な家庭』という現状俺が手放さざるを得ない幸せを、翡翠は自ら放棄している。それがどうにも鼻持ちならなかったのだ。

翡翠は佇立《ちょりつ》したまま動かない。目を伏せて、何かに耐えるようにじっと佇《たたず》んでいる。

「……あの人は、わたしに大きな嘘をついた」

うつむく彼女の表情は見えない。落ちる声は小さく、新月の夜のように暗かった。

「友達だろうと家族だろうと所詮は他人。誰もが嘘をついている……。みんなみんな嘘つきだ……。こんな世界、何も信じられない。……現実とかマジでクソゲー……」

うわ言のように呟きながら、その視線がゆっくりと持ち上げられていく。

再び捉えた彼女の瞳は、先ほどまでと同じく——いや、それよりもずっと暗く黒く淀《よど》んでいた。

「はぁ……何かもういいや。全部めんどくさい」

ゆらりと彼女の右腕が動く。その手に握られていた携帯ゲーム機の画面を、突きつけるようにしてこちらに向けてきた。

「【開花する虚構《シツクソビア》】」

直後、ディスプレイがまばゆく発光したと思うが早いか、その液晶パネルの向こうから巨大な何かがとてつもない速度で飛び出してきた。

「——!?」

咄嗟《とっさ》に左腕でレーヴェを抱きかかえる。まるで雪崩《なだれ》に巻き込まれたかのような衝撃。正体不明の攻撃に見舞われ、そのまま背中から窓を突き破った。

ガラスが割れる派手な音が鼓膜を劈《つんざ》く。鋭利な細かい破片を纏いながら、民宿の二階から外へ、そして天高くへと押し上げられていく。そのすべてが刹那の出来事だった。

（なん、だっ……どうなってる⁉）

視界が悪くて状況を把握できない。分かるのは、恐ろしいほどの力で上下から圧迫されているということ。右腕と両足で支えることでかろうじて堪えられてはいるものの、この謎の飛行物体が高速で動き回っているのと足場がいやに滑るせいで踏ん張りが利かない。

獣のようだが聞いたことのない類の唸《うな》り声。手と足裏に触れている尖《とが》った感触と、奥から吹いてくる生温《なまぬる》い湿った空気。これは……牙と吐息だろうか。

（何かの口の中なのか……⁉）

だとしたらまずい。このまま呑《の》み込まれでもしたら、俺はともかくレーヴェが耐えられないかもしれない。何とかして抜け出さなければ――。

「っ……来い【ゴリアテ】‼」

前方に屈強なゴリラを出現させる。黒い狒々《ひひ》はそのたくましい両腕を上げ、俺たちを圧殺せんと迫りくる上顎と下顎をわずかに押し返した。

身体にかかっている圧力が少しだけ緩む。この一瞬を逃すわけにはいかない。俺はゴリアテの背中を蹴り、その反動で暗闇の外へと脱出した。

一転、浮遊感が全身を包む。目に映っているのは広大な空。加えて眼下にはミニチュア模型のような安曇野《あづみの》の街と、緑と紅の混じった山岳の風景が広がっていた。

地上から遥《はる》か上空の中天に投げ出されている——そのことを理解した途端、まだ危機を脱したわけではないと脳が警鐘を鳴らした。重力に従い、落下が始まる。いや、もう始まっている。何も触れることのできない空間に身一つ。あまつさえ遮二無二何かの口内から飛び出したものだから体勢が安定しない。天地の向きすら覚束なくなってくる。

「【カイザー】……っ！」

ぶわっと全身を影が覆う。現れた犬鷲《いぬわし》に右腕を摑《つか》ませ、強引に姿勢を制御した。

しかし、いくら大型の鳥といえども、一羽の力では人間二人を支えて飛ぶことはできない。変わらず落ちていく中、視線を巡らせて最適な着地ポイントを探した。

（っ、あそこは——）

目に留まったのは、森林地帯にぽっかりと空いた草の大地と、その中心に立つシンボルの一本杉。あそこなら人気《ひとけ》もないし、周囲へ及ぼす被害も他よりは気にせずに済む。

真上の影兵に命じ、降下の方向を微調整する。と、ここで一つの疑念が生じた。

カイザーのおかげで落下速度は若干低下しているものの、果たしてこの勢いのまま着地しても大丈夫だろうか。俺はきっと問題ない。だが、レーヴェはどうだ。彼女の身体の強度は普通の女の子と大差ない。俺が抱きかかえているとはいえ、着地の際に生じる負荷は計り知れないものがある。鞭打《むちう》ち、下手したら骨折する恐れもあった。

段々と地表が近づいてくる。残りは約五十メートル。もう時間がない。

「カイザー、放せ！　代わりにレーヴェを乗せろ！」

黒鳥の足が俺の腕から離れるのと同時に【強化】をかける。犬鷲は自分と同程度の重さの獲物を運べると言われている。一度の【強化】で俺たち二人を乗せて飛行するのは厳しいだろうが、レーヴェ一人くらいならたぶん何とかいけるはずだ。

カイザーにレーヴェを託し、俺は自分のことに集中した。高所からの落下は前に一度経験している。足が接地する瞬間に膝を曲げて墜落の衝撃を分散した。ビリビリとした振動が骨を伝っていく。着地自体は無事に成功したと言っていいだろう。とはいえ今回は靴を履いていない。その上、前回よりも高い位置からの落下だ。土の地面だからまだ良かったが、感じた痛みは前回の比ではなかった。

一方、頭上からは少女を背に乗せた犬鷲が緩やかに下降してくるのが見えた。

ひとまず胸を撫《な》で下ろす。しかし、のんきに安心してもいられない。

彼女たちの親子関係がデリケートな問題を孕《はら》んでいることは予想していたが、よもや翡翠があれほどまでに豹変《ひょうへん》するとは思わなかった。完全なる敵対行動。説得すれば矛を収めてくれるだろうか。それともこのまま逃走すべきか。だが、荷物を宿に置いたままだ。バッグの中には身元が分かる物も入っている。あれを放置するのはさすがに悪手に思える。

（くそっ、どうする……！）

急転する展開に頭が追いつかない。早く次の行動を決めなくてはいけないのに。

「――あれで生きてるなんて、ひょっとしてお兄さんも普通の人間じゃないんですか？」

悠長に考える時間など与えてはくれないようだった。

ふと日の光が陰る。太陽が雲に隠れたのかと思ったが、違う。頭の上から降ってきた声に反応して顔を上げた瞬間、息を呑んだ。

そこにいたのは想像上の動物だった。蛇のような長大な肉体。薄く透き通る銀色の鱗《うろこ》。鋭い爪の伸びた足が四本あり、口元には長い髭《ひげ》、頭部には二本の角が生えている。龍《りゅう》だ。とんでもない存在感。そして威圧感。獰猛《どうもう》でありながらも知性を感じさせる翠《すい》色《しょく》の目が、眼光炯々《けいけい》として俺を射ている。先ほど部屋で強襲してきたのもこの怪物だろう。

そんな飛龍の頭部に立っている少女が、無機質な瞳でこちらを見下ろしていた。

「戦う気はないんじゃなかったのか」

「ええ、そのつもりでしたよ。こんな嘘にまみれた世界、いつ滅んでもいいと思っていましたから。……でも、気が変わりました」

山頂の方から吹き下ろしてきた風が、木の葉を、草原を、彼女の髪をさらった。

「この世界は今日、わたしが滅ぼします」

翡翠が白龍から飛び降りる。それを合図にしたように、銀色の巨体が再度こちらに突進してきた。横っ飛びで躱《かわ》してから地に手をついて一回転し、すぐさま体勢を立て直す。

直線的な動きだから備えていれば回避はさほど難しくないが、いかんせん速い。しかもあの大きさだ。ただの体当たりが必殺の一撃になりかねない。一度の移動で暴風が巻き起こり、周辺の木々は薙《な》ぎ倒《たお》されんばかりに仰《の》け反《ぞ》っている。まるで天災。どうにかして止めないと地形が変わってしまいそうだった。

ゼロスマの登場キャラクター、【龍王《りゅうおう》ハクア】。《水の国》の守護聖獣として出てきたモンスターだ。本当に二次元の架空生物を具現化できるとは恐れ入る。こんな状況でもなければ童心に返ってテンションを上げ、和気藹々《わきあいあい》と鑑賞していただろうに。

「やめろ翡翠！　俺はお前と争うつもりはない！」

何とか静まってもらおうと叫んでみるが、彼女は全く聞く耳持たない様子だった。

歯嚙《はが》みしながら必死に脳を働かせる。世界を滅ぼすと翡翠は明言した。まさかレーヴェを殺した後、先ほど言っていた《願い事の権利》を行使するつもりなのだろうか。

ありえない、とは言い切れない。それは今の翡翠を見れば分かる。すべてにおいて投げやりになったような、完全に自分の殻に閉じこもった者の目をしている。

（神に願う内容が世界滅亡とか、あいつの方がよっぽど魔王じみてるじゃねぇか……っ）

何が彼女を絶望させたのか。気にはなるが、とりあえず今は白龍の対処が先だ。

あんなのが暴れ回っていたら、どんどん人目を引いてしまう。すでに目撃されている可能性も踏まえると、これ以上時間をかけていられない。即刻打倒する必要がある。

「カイザー……俺に何かあったらレーヴェを連れてすぐに離脱しろ」

最優先はレーヴェを守ること。それを考慮した上で、できることをやる。

空気を切り裂き猛進してくる龍王ハクアを見据え、今度は逃げずに腰を落とした。

「【ガネーシャ】」

波立つ自身の影から五メートルを超える巨象が姿を現す。ただし、配置したのは俺の前ではなく後ろ。そこにただ伏しているよう命じる。

龍の図体《ずうたい》は四十メートルにも及ぶ。どんな影兵でも単体では止めきれない。複数出しても一掃されて終わりだろう。体力と気力を無駄にするだけだ。

地面すれすれを滑り込むように突撃してくる白龍の牙を、両手で摑んで受け止める。

「――ぐっ……!!」

腕の筋肉が軋《きし》む。足が地面を抉《えぐ》る。衝突の余波で、俺を中心に辺りの草が放射状に倒れていった。だが、ぎりぎりのところで踏み止《とど》まれている。

背後にガネーシャを召喚しておいて正解だった。真正面からぶつかったら、当然体重差で吹き飛ばされてしまう。狙い通り、彼はストッパーとしての役割を果たしてくれた。

「【ナーガ】、やれ！」

俺の声に呼応して足元から黒い大蛇が這《は》いずり出てくる。昨日この場で【強化】したことにより、その全長は元の五倍近くにまで巨大化していた。俺が押さえている龍王ハクアの体にぐるぐると巻きつき、締め上げていく。

大蛇よりも白龍の方が大きかったが、それでも動きを封じるには充分。龍の頭を飛び越え、背中を蹴り、道さながらに伸びている身軀《しんく》を伝って尾の方まで走る。目的はその向こう、この創作物《キャラクター》を操っている天使《プレイヤー》だ。戦いを終わらせるには、彼女を直接叩《たた》くしかない。

無力化する手段はもう分かっている。命を奪わずとも、神器を破壊すればいい。

目標まであと十メートル。一足飛びで詰められる距離。必勝の間合いに入り、目前に迫った勝利を見据えた時だった。視線の先、翡翠の持つゲーム機が再び光を放った。

「【剣聖《けんせい》アーサー】」

その名を紡ぐと共に、彼女を守るようにして一人の騎士が立ちはだかる。

長身の優れた体軀。顔を含め全身を純白の鎧《よろい》で固めているその存在を、俺は知っていた。

あれもまたゼロスマの登場キャラクター。《鉄の国》の王城で出てきた騎士団長だ。

身の丈ほどもある大剣が鞘《さや》から抜き放たれる。鋭く光る刃《やいば》を目にした俺は急停止し、即座に距離を取った。迂闊《うかつ》に飛び込むのは危ない。本能がそう告げていた。

騎士は中段に剣を構えたまま巌《いわお》の如く動かない。一見して隙がなかった。背景が歪《ゆが》んで見えるほどの闘気が総身から立ち昇っている。銀色に輝く鋭利な切っ先に、自分の生命が今まさに脅かされているような、そんな心理的な恐怖を感じずにはいられなかった。

「正直、お兄さんの命には興味がありません。痛い思いをしたくなければどいてください」

「……断る。レーヴェを傷つけようとするなら引くわけにはいかない」

「そうですか。別にいいですけど、知りませんよ。……わたし、言いましたよね」

感情の欠落した顔で、斜め下から睨《ね》め上げるような視線が向けられた。

「ゲームで負けたことないって」

重厚感のある一歩と共に騎士が動く。鎧が擦れる音を鳴らしながら、一気に目の前まで踏み込んできた。振り下ろされる大剣。それを躱した直後、思わず顔をしかめるほどの風圧が通り過ぎていった。ただの人間なら今の一振りで真っ二つにされていたに違いない。

しかし悲しいかな、所詮はプログラムだ。既知の動作や同じ攻撃パターンで攻めてくるため太刀筋が読める。これならどうにか凌《しの》げないことはない。

回避が難しい時は、剣身を横から弾いて軌道を逸らした。レーヴェから譲渡された反射神経と身体操作能力が、この常人離れした芸当を可能にしている。次に相手が打つであろう一手を先読みして適切に捌《さば》く。一瞬の迷いが生死を分ける攻防が続いた。

見ればいつの間にか龍王ハクアが消えている。対象を操作するという神器の特性上、おそらく二体同時には召喚できないのだろう。とすれば、取るべき戦法も見えてくる。

「【出てこい】！」

影の兵を二十体ほど呼び出す。それを周囲に展開させた。騎士を操っている間、翡翠は無防備になる。二人を多方面から一斉に襲撃すれば対処するのは困難だろうと踏んだ。

（アーサーは一対一で挑むには分が悪いが、複数人で一気に叩いてしまえば――）

と、そこまで考えたところで嫌な予感が頭をよぎった。

多勢に無勢というこの局面、周りを敵に取り囲まれたこの状況、俺が実際にゼロスマをプレイしていた時にも似たような光景を見た覚えがあった。

もしも翡翠の神器が、忠実にゲームの世界を現実化しているなら――。

俺の不安を裏打ちするように、剣聖アーサーが構えを変える。

身体の中心線に沿って剣を胸の前に持ち、切っ先はまっすぐ空へ。十字架を逆さにしたような、およそ戦闘には適していないその構えを見て、俺は――寒慄《かんりつ》した。

「【千刃波濤《せんじんはとう》】」

くぐもった低い声が兜《かぶと》の奥から発せられた。

風が凪《な》ぐ。いや、消える。空気すらも断ち切る不可視の斬撃が、騎士を包囲していた影兵たちを霧散させるかの如く細切れにした。物理法則を完全に無視した攻撃。ゲームの知識があるからまだ理解できたが、それでも信じられない現象を前に立ち尽くしてしまう。

「……スキルまで、実現できるのか……」

愕然《がくぜん》として呆《ほう》けそうになる俺の目に、低く身を沈ませる虚構の白騎士が映った。半身を引き、両手で握った大剣を身体の後方で地面と水平に構えている。

まずい――と思った。けれど、身構えようとした時にはもう遅かった。

「【神速鉄閃《しんそくてつせん》】」

一陣の風が吹き抜ける。瞬きの間に鎧の影を見失う。

背後に気配。剣聖アーサーはそこにいた。左側に構えていた剣が右側に移っている。振り抜いた後だと分かった。空を映した刃からは、赤い雫《しずく》がぽたぽたと滴り落ちていた。

翡翠の温度のない眼差しがこちらに注がれている。その唇が、ゆっくりと動いた。

「……だから言ったのに」

直後、俺の左脇腹から鮮血が噴き出した。

＊＊＊

——まずい、まずい……っ！

足に力が入らない。体重を支えられず、為《な》す術もなく地面に膝をついた。

斬られた。斬られた。意識が飛びそうになるほどの激痛。致命傷だ。何とかして血を止めなければ失血死は免れない。両手で傷口を押さえる。そうしなければ、そこから臓物がまろび出てきそうだった。

痛い。ただ痛い。真っ赤に熱せられた鉄を身体の内外から押しつけられているかのようだ。いつまで経《た》っても痛みが消えない。呼吸しているはずなのに全然空気を吸うことができない。見えている景色が明滅する。全身から汗が滝のように伝い流れていく。

「やっぱりゲームとリアルじゃ勝手が違いますね。胴体を切断したつもりだったんですが」

翡翠の足音が聞こえる。俺の二メートルくらい手前で、その歩みは止まった。

「苦しませてしまってすみません。……今、楽にしてあげますね」

心臓の鼓動が激化する。それにより、足元の血溜《ちだ》まりはその面積をさらに広げていった。

まだだ。落ち着け。こういう時こそ冷静になれ、と固く目を瞑《つぶ》る。

集中しろ。確認しろ。意識を、神経を、自分の体内に張り巡らせろ。身体の状態はどうなっている。どこを斬られた。何が損傷した。どこが生きていて、どこが死んでいる。

傷の深さは約十センチ。下行結腸と小腸……回腸の部分がやられている。腎臓は無事。肋骨《ろっこつ》と脊椎も問題ない。創面は驚くほど滑らかな一直線だ。

太陽を遮るように背後から一本の影が差す。騎士が大剣を振り上げているのだと悟った。

「っ…………」

焦るな。動じるな。慌てずに急げ。霞《かす》む目を細め、奥歯をぎりっと軋ませた。

血液、凝固。線維芽細胞を増殖させ、肉芽組織を形成。破れた内臓を修復し、千切れた血管を繋ぎ、断たれた皮膚を塞ぐ。細胞分裂を無理やり加速させて、損傷した部位を再生する。

筋肉、皮下脂肪、真皮、表皮——その様子がすべて手に取るように分かった。

不要な異物や壊死《えし》組織は廃棄。吐血と共に体外へ排出する。

エンドルフィン、ノルアドレナリン……任意の神経伝達物質を分泌し、鎮痛を促した。

俺にかかっている影が揺らぐ。前後から漂う殺気が一層増した。命を絶つ一振りが来る。

殺される。自身の終わりを、今まで生きてきた中のどんな時よりも強く感じさせられた。

頭の奥にたった一文字、『死』という言葉が浮かんだ。

しかし幕引きの直前で、翡翠の指の動きが鈍った。連動して騎士の挙動も止まる。

それに伴い、背後から別の影が差した。誰かの気配。でも、嫌な感じはしなかった。

振り返り、瞠目《どうもく》する。そこには小さな少女の姿があった。

恐怖に身を萎縮させ、それでも俺を庇《かば》い立っている。服が土で汚れていた。カイザーから飛び降りて、ここまで走ってきたようだった。

自ら判断して行動したのか。いつも受け身で消極的だった、あのレーヴェが。

「……まぁ、手間が省けましたね」

大剣が再び動き出す。騎士が硬直していたのは一瞬の間だけだった。凶刃は少女の左肩に向かっている。このままでは間違いなく斬られ、血の雨が降ることになる。

レーヴェが死ぬ。奴隷として育ち、孤独に生き、愛に飢え、それを求めた少女が。

何の慈悲もなく、祈りは届かず、願いも叶わず、少しの救いも得られないまま、死ぬ。

現実の不条理に押し潰され、血に染まり、涙に濡《ぬ》れて、一秒後にはこの世から消える。

瞬間、意識が爆《は》ぜた。

――そ　れ　は、だ　め　だ。

上段の構えから放たれた騎士の一閃《いっせん》が、止まる。

真後ろから、驚きに息を詰まらせたような翡翠の呼吸音が聞こえた。

振り下ろされた大剣を、俺は左手一本で受け止めていた。幅広な剣の側面を穿《うが》った指先の隙間から、パラパラと鉄の破片が落ちていく。指の力だけで完全に止めるのは難しく、手の平からは焼けるような痛みと溢《あふ》れ出る血のぬめりを感じたが、厭《いと》わない。

力任せに剣を引き、体勢を崩した騎士の顔面に全力の右正拳突きを打ち込んだ。空気の震えと共に鋼鉄の兜がひしゃげ、破裂する。頭部を失った剣聖アーサーはそのままよろよろと後ずさり、テレビの砂嵐のように像を乱した後、不明瞭なノイズを残して消滅した。

「……お兄さん、何でそんなに動けるんですか？　相当な深手を負ったはずなのに」

翡翠から怪訝《けげん》な視線を向けられる。俺の傷口を見て、その目が小さく見開かれた。

「まさか……もう治ったんですか？」

マスクをしたまま血を吐いたせいで息がしにくい。血まみれのマスクを外し、ポケットに捻《ね》じ込む。赤く汚れた口元を手の甲でぐいっと拭った。

レーヴェに《魔王》の力を譲渡された時から感じている全能感。それは、単に運動機能が向上したという理由からだけではなかった。身体の隅々まで、それこそ体内器官までをも完璧に制御できるという自負。自己のすべてを意のままに動かし、働かせられる。

――細胞レベルでの身体操作能力。

自然治癒のメカニズムを知っていれば、自分の意思で傷病を治すことも可能だということが今回初めて判明した。不可解なことは一つだけ。元々俺は、人体の構造にそれほど精通していたわけではない。にもかかわらず、先ほどはなぜか傷を癒やすことができた。

きっとこれも、元は彼のものなのだろう。

俺は《再生》の権能と共に、レインからその知識も奪ったのだ。

レーヴェの肩を軽く引いて下がらせる。頭を切り替え、眦《まなじり》を決して翡翠に向き直った。

「は……お兄さんも大概化け物ですね」

呆《あき》れたように嘆息しながら、彼女は俺の視線を受け流す。

「でも、やっぱり消耗はしているんでしょう？　……汗、すごいですよ」

その指摘通り、顎の先からぽたぽたと雫が垂れていく。失った血の量は少なくない。骨髄で急ぎ造血してはいるものの、気張っていないと足がふらついてしまいそうだった。

「理解できませんね……。その子、本当はお兄さんの妹じゃないんですよね。それなのに、どうしてそんなになってまで戦うんですか。所詮は他人でしょう？」

「……お前も誰かからそう言われたのか？」

ぴくりと彼女の眉が動く。感情のこもっていなかった瞳に、かすかな敵意がちらついた。

「それとも……そう思いたいのか?」

翡翠の視線が明らかに変わる。そのことに気付きつつも、構わず話を続けた。

「母親に嘘をつかれたと言っていたな。……どんな嘘だ」

これが彼女にとっての禁句《タブー》だということはもう分かっている。だが、ここまで関係がこじれてしまった以上、もうお節介だの何だのと気にする段階は過ぎている。心の中を土足で踏み荒らすつもりはないが、翡翠自身のためにも切り込んでいく覚悟だった。

「神倉さんはお前をとても大切に想《おも》っている。まだ知り合って間もない俺にも分かることだ。翡翠にだってその自覚はあるだろう。……それでも許せないほどの嘘なのか?」

娘の部屋を出ていく彼女の寂しげな後ろ姿。それが一瞬だけ脳裏に蘇った。

「お兄さんには関係ないでしょう。……正直うざいですよ、そういうの」

己の『敵』を射抜くような眼光。もう、一緒にゲームで遊んでいた時の彼女はいない。投げかけられた拒絶の言葉に、俺は何も返さなかった。ただ、その視線をまっすぐに受け止めた。目を逸らさず、一心にその瞳の奥を見つめ続けた。

さぁっと流れていく風が、彼女の栗色の髪をふわりと翻す。場違いなほど穏やかに揺れる草と枝葉。やがて根気負けしたように、翡翠は露骨にため息を零した。

「変わってますね、お兄さん。普通避けませんか、こんな他人事の……面倒そうな話」

睫毛《まつげ》を伏せ、一度だけ斜め下へと視線を逸らす。

そうして胸元まで手を持っていくと、服の中の何かをぎゅっと掴む素振りを見せた。

「……いいですよ。そんなに知りたいなら教えてあげます」

上空の澄んだ青空とは真逆の、曇天みたいな瞳が薄く細められる。

「あの人は……――」

そして、紡がれた。

「――わたしの本当の母親じゃありません」

その瞬間、風が少しだけ強くなり、俺たちの間を隔てるように吹き抜けた。

「それは……血が繋がってないってことか？」

「ええ。わたしがそれを知ったことに、あの人は気付いていませんけどね」

唾棄するように、彼女は言葉を吐いて捨てた。

「ねぇ、お兄さん。何で隠しているんだと思います？　嫌われると思ったから？　それともわたしが悲しむと思ったから？　でも、それって結局わたしのことを信用してないってことですよね。事実を知られたら最後、わたしの心が離れると思っているわけですから」

今の言い方にどこか引っ掛かりを覚えた。しかし、その正体にまでは行き着けない。

神倉さんと翡翠の間に血縁関係がない。その事実に俺も少なからずショックを受けていた。予想を超える『大きな嘘』に頭が混乱しかけている。

里親、養子縁組、捨て子、拉致――。色々な可能性が次々と浮上してくるが、神倉さんの人柄を考えれば、後ろ暗い理由は候補から外してもいいように思えた。

要は、信じるか疑うかという問題。俺は……彼女を信じたかった。

「お前のその気持ちを、母親に伝えようとは思わないのか」

「そんなことをしても無駄ですよ。事実は変わらないんですから。……第一、真っ当な理由があるなら言い渋ったりせずにもう話しているはずでしょう。……違いますか？」

「……確かに、家族といっても別の人間だ。……腹の底は分からない」

俺だって、父さんが殺人事件を起こすなんて思ってもみなかった。俺が知っていたあの人は、どこにでもいるような普通の父親で、人を殺すなんて真似、絶対にするわけがないと思っていた。どうしてあんな凶行に及んだのか、聞きたくてももう聞けない。死人に口はない。その気持ちを知りたいと願っても、それはもう絶対に、永遠に叶わない。

でも、翡翠は違う。彼女はまだ間に合う。彼女も母親も、まだ生きているのだから。

「他人の心の内を見通す術はない。……だけど、だからこそ対話が必要なんじゃないのか」

軋轢《あつれき》もすれ違いも、言葉を尽くさないがために生じてしまうことが多くある。

「俺は、一度ちゃんと話し合うべきだと思う」

彼女は天使で、俺たちの敵。本来はこんなふうに接するべきじゃないのかもしれない。優先すべきは神器の破壊。そして、この場からの離脱。逃走して身を隠すことだ。やるべきことを後回しにして、やる必要のないことをやっている。けれど、どうしても彼女を放っておけない。今伝えたことは、打算も何もない、偽らざる俺の本心だった。

「……あなたが嘘をついていないことは分かります。本当にわたしのためを想って言ってくれたということも。……お兄さんはお節介ですけど、きっと優しい人なんでしょう」

翡翠の声音が、ほんの少しだけ和らいだ気がした。

バチッと、彼女の持つゲーム機から閃光が迸《ほとばし》る。その皓々《こうこう》たる白光は天上に向かい上昇していくと、澄み渡っていた蒼穹《そうきゅう》に、分厚い灰色の雨雲を発生させた。

「でも、残念ですけど……この世界は、全部が美談では終わらないんですよ」

そう告げながら、悲しそうに、切なそうに、翡翠はその頬を緩めた。

もはや黒に近い暗鬱とした雲間から、一筋の光の柱が下りてくる。天地を垂直に突き抜ける、サンピラーのような現象。その光柱の中に、一つの影があった。

頭部に輝く豪奢《ごうしゃ》な飾り。白と緋《ひ》色の和服に身を包み、艶やかな黒髪を雪白の紐《せっぱく》で結った神秘的な女性が、羽衣を揺らしながら中天に浮かんでいる。背には日輪を思わせる金色の円環が付かず離れず漂っており、手には六本の枝刃を有する七支刀《しちしとう》が握られていた。

重力を感じさせない身ごなしで、静かに、厳かに、彼女は翡翠の隣へと降り立った。

――【天神アマテル】。

あれはただのゲームキャラクター。言ってみれば偽物の神だ。それなのに、思わず膝を折りたくなるこの神聖感。まるで本物の神を前にした時のような崇敬の念を抱かされる。

「……これで終わりにしましょう」

レインのものと同様、翡翠の権能もかなりの精神力を要するらしい。彼女の顔にも疲労が色濃く出始めていた。この召喚でけりを付けるつもりなのだろう。

翡翠がゲーム機を操作するのに合わせ、天空を統べる神が一気に肉薄してきた。突き出された七支刀を横に跳んで回避する。すると、草原に転々と散在している岩の一つに拳大ほどの穴が穿たれた。剣先の延長線上に位置していたその岩は三十センチ程度の幅があったが、生じた空洞は反対側まで貫通しており、穴の縁は焦げたように白い煙を立てていた。

スキルでもないただの刺突がこの威力。おそらくあの刀、触れたものを焼き切るレベルの超高温を放っている。さながら《太陽の剣》。貫かれた石巌《せきがん》を見るに、高確率で防御不可。斬られた箇所から身体が燃え始めるのだとすれば、かすっただけでも命にかかわる。

「【ヴォルフ】、【スノウ】、神器を壊せ！」

影から呼び出した大狼とユキヒョウを走らせ、左右から翡翠を挟撃する。

すかさず後退する翡翠。さすがは天使なだけあって、反応も移動速度も常人とは比較にならない。だが、もっと多くの影兵を当たらせれば勝機はある。俺が彼女に対し明確に勝っているのは、一度に複数の召喚が可能だという点だろう。――手数と物量で押し切る。

「っ……スキル――」

叫ぶ翡翠に呼応したように、天神が真上に切っ先を向ける。大空を覆っていた鈍色《にびいろ》の雲の中、ゴロゴロという不穏な音を伴いながら、青白く光る稲妻が烈々と線を引いた。

「【万哭雷架《ばんこくらいか》】」

天神アマテルがそう言い放った次の瞬間、その鈴の音のような声とは真逆の、空気を裂き破ったが如き激しい轟音《ごうおん》が、おびただしい数の雷光と共に地上へと降り注いだ。

神の鉄槌《てっつい》を思わせる無数の紫電は、ヴォルフやスノウをはじめ、召喚したばかりの影の兵たちをことごとく消し炭にした。その攻撃範囲が尋常じゃない。この草原はもちろん、周辺の森や、もしかしたら街の方にも落ちているかもしれない。鳴《な》り止まない雷鳴と、絶え間なく降り続ける雷の驟雨《しゅうう》。それはまさしく天変地異のような光景だった。

「くっ……頼む、カイザー！」

唯一の飛翔兵をすぐ頭上に呼び寄せて雷を防ぐ。犬鷲が被雷したら、また即座に【復元】して落雷に備える。それの繰り返し。酷《ひど》く非効率的な守り方ではあったが、現状これ以外に凌ぐ方法を思いつけなかった。

レーヴェと共に身を低くして耐え続ける。敵はおろか味方すらも壊滅させかねない広範囲の無差別攻撃。空襲の時に防空壕《ぼうくうごう》で待避している人はこんな心境なのかもしれない。

ただ、このような死地に追い込まれていてもまだ、俺は頭の片隅で翡翠と母親のことを考えてしまっていた。どうしてこれほどまでに気にかけてしまうのか。その答えに、あとほんの少しで辿《たど》り着けそうなところまで来ていた。

「……お前の言った通り、世の中のすべてが良い結果に終わるわけじゃない……」

現実はフィクションとは違う。児童向けの絵本のように、用意されたハッピーエンドなどありはしない。対話したところで何一つ解決しない場合だって往々にしてある。

「それでも……やっぱりお前は話し合うべきだ、あの人と」

息を切らせ始めた翡翠が、強く歯噛みしながら睥睨《へいげい》してくる。

「あなたはっ……何でそこまでわたし達に構うんですか……っ！」

刺々《とげとげ》しくぶつけられたその問い掛けに、俺も今一度、己《おの》が心中を見つめ直す。

彼女たちと接してどう思ったのか。聖戦とか、魔王とか、天使とか、他の余計なもの一切を取り払って、自分自身がただ何を感じたのかを問《と》い質《ただ》した。

「……神倉さんが娘を大事に想っているように」

そうして気付く。辿り着く。俺が彼女たちを放っておけなかった、その理由に。

「翡翠、お前も……本当は母親のことを大事に想ってるんだろ」

悔しさ。羨ましさ。遣る瀬無さ。色々な感情を持ってはいたが、最も強かったのは歯痒《はがゆ》さだった。互いに大切な人だと想い合っているはずなのに、その関係が歪んでしまっている。仲のいいはずの家族が、そういられていない。俺はそれがもどかしかったのだ。

「翡翠が母親のことを心底嫌っていたなら、俺もここまで口を出しはしなかった……。でも、お前は違うだろ。お前は……本当はあの人のことが大好きなんじゃないのか」

投げかけたその言葉に、彼女は小さく目を見張る。それからハッとしたように一度瞬きをし、また眼光を鋭く強めてきた。

「何を根拠にそんなことを……っ」

翡翠は否定の意思を見せて凄《すご》んできたが、この判断に至った理由はただの勘ではない。

一見すると壁を作り母親と距離を取ろうとしているように見えたが、振り返ってみれば翡翠の言行にはいくつかちぐはぐな部分があった。昨晩わざわざ薪ストーブの前でゲームをしていたのもそうだ。関わりたくないなら、自室に閉じこもっていればいい。それなのに、彼女はプライベート空間を出て共用のスペースに身を置いていた。避けているはずの母親に遭遇する可能性が高い場所に、あえて自分から。それが意識的か無意識的かは分からないが、そんな行動を起こした理由など、少し考えれば容易に推察できるだろう。

そして、もう一つ。俺は彼女の胸元を指差した。

「そのバーベナのペンダント……それ、母親から貰《もら》った物なんじゃないのか？」

「っ…………!!」

細い肩がかすかに跳ね上がる。反応からして図星のようだった。

「本当に母親が嫌いなら、何でそのプレゼントをずっと肌身離さず持ってるんだ」

翡翠は服で見えないその首飾りを、さらに隠すように手で握った。

頭の中を整理できたことで段々と思考が冴《さ》え渡《わた》っていく。そのおかげか、先ほど覚えた違和感の正体にもようやく行き着くことができた。

「さっき母親との関係について教えてくれた時も、お前は血が繋がっていなかったことよりも、それを隠されていたことの方に怒りを示していた。……母親のことを大切に想っているからこそ、今そういう気持ちになってるんじゃないのか」

「……やめて」

一歩足を引き、顔を伏せる翡翠。その表情は見えない。彼女の様子の変化には気付いていたが、ここで引き下がるわけにはいかなかった。俺は誰かに説教できるほど立派な人間ではないけど、それでも、後悔を残している俺だからこそ伝えられることもあるはずだ。

「人と向き合うのが怖いのは分かる。だけど、失ってからじゃ遅いんだ。……お前は本当に、このまま母親と別れることになっても後悔しないと言えるのか？」

「──やめてくださいっ！」

初めて聞く翡翠の怒声。彼女の神器が異様な気配を発し出す。

「【コンバート】‼」

天神アマテルの身体が宙に浮くや否や、まっすぐに主のもとへと引き寄せられていく。そして、ぶつかった。二人の姿が重なり、輪郭がぼやけ、完全に同化する。

刹那、淡い光と共にそこに現れたのは、天神の装束を身に纏った一人の少女──。

巫女《みこ》を連想させる服を翻し、腰まで届く栗色の長髪をなびかせ、神聖な七支刀をその手に携えた《虚実》の天使が、渦巻き吹きすさぶ嵐の中心地に立っていた。

前方から押し寄せてくる暴風を腕で防ぐ傍《かたわ》ら、驚きのあまり言葉を失ってしまう。キャラクターやスキルだけに飽き足らず、まさか『換装システム』まで現実化できるなんて。

痛感するのはこれで何度目だろうか。魔王の異能も、天使の権能も、やはり常識の埒外《らちがい》にある。

「……お願いします、お兄さん」

爪先が地面を離れる。光に透ける羽衣を揺らめかせ、迅雷轟《とどろ》く天上へと昇っていく。

ふとその顔が見えた。今にも泣きそうな、余裕など少しもない表情をしていた。

「それ以上はもう……何も言わないでください」

その哀切な面持ちを目にして、思う。――ああ、俺は見誤っていたのだ、と。

翡翠は俺よりもずっと長い時間を母親の傍で過ごしてきた。あの人がどんな人間かなんて、わざわざ誰かに言われなくても分かっていたに違いない。

それでも、信じて慕ってきた人との間に血縁関係がないと知り、嘘をつかれてきたのだと傷つき、絶望して、殻に閉じこもってしまった。そうすることでしか自分を守れなかったのだろう。ちょうど俺が、父親を恨むことでしか自分を正当化できなかったのと同じように。

頭では分かっていても行動に移せない場面などざらにある。一歩踏み出す勇気を持てない。進まなければ変わらないけど、進んでしまったらもう戻れない。真実を知ることは、時に無知を貫くのと同等以上の恐怖を伴う。望む未来を掴もうと手を伸ばしてみたはいいものの、摑んだ現実に打ちひしがれる結果に終わった人だって世の中にはごまんといる。

周りに裏切られ、何も信じられなくなってしまった少女。

それで世界を滅ぼそうとするのは身勝手な行為かもしれない。だけど、俺には彼女を責められなかった。それくらい、彼女が受けた心の痛みに共感してしまったから。

そうだ……雰囲気が大人びていたから忘れていたけど、翡翠はまだほんの十四歳なのだ。

もしも俺が母さんとの間に血の繋がりがないと知ったら、果たしてどうするだろうか。

彼女に言ったように、自分から積極的に話し合おうと思えただろうか。

「これで……本当に最後です」

中空で静止した翡翠が戦いの終局を宣言する。奥の手が来ると直感した。

虚構より生み出された【天神】の力と、本物の神から与えられた《天使》の力。その二つが折り重なった今、どれほどの脅威と化したのか想像もつかない。

雲の中を走っていた幾千の稲妻が、彼女の持つ七支刀へと収束していく。今まで地上に降り注いでいた数多《あまた》の雷が、たった一振りの刀に凝縮されていく様に戦慄を覚えた。激しく帯電している太陽の剣がここからでも見て取れる。周りの空気が焼けているのか、上空からはバチバチという電磁波音に加えて水分が蒸発するような音も聞こえてきた。

奥義。超必殺技。呼び方は何でもいい。重要なのは、天神アマテルが誇る最大最強の技がこれから繰り出されようとしているということだった。

七支刀の分岐した剣先が一様に光量を増す。万雷を宿した刀身と七つの先端が、寸分の狂いもなく俺とレーヴェに向けられた。

どうする。あれは犬鷲《カイザー》単体では防げない。一《いち》か八《ばち》か他の影も召喚して守りを固めるか。

しかし、影兵の下に潜り込み盾にしたところで高が知れている。まとめて感電して焼け死ぬか、肉片も残さず燃《も》え滓《かす》になるか、何にせよ助かる未来がまるで見えなかった。

使える物はないかと周囲に視線を巡らせる。生き残るための最善策を脳内で練り上げた。その過程で目を射たのは、原っぱの中央に屹立《きつりつ》している一本杉。高さは五十メートル近くあるだろうか。転瞬の後、荒唐無稽な考えが浮かぶ。実現可能性の乏しい突拍子もない発想ではあったが、他の妙案が閃《ひらめ》くのを悠長に待てるだけの時間もなかった。

——やるしかない……っ！

レーヴェを抱え、全速力で走り出す。二秒とかからず巨大な古木の根元へ。頭に思い浮かべるのは具体的な成功イメージ。すべての力を右脚に込める。筋線維を編み込み、硬化し、切れ味鋭い斧《おの》と化すよう自己暗示をかけた。

「————っっ!!」

水平に一閃。真一文字に振り抜いた右脚が、ドラム缶の倍ほどもある太さの幹を一蹴両断した。弾丸の如き速度で放った回し蹴りは、切り離した杉の上部をまるでだるま落としのように一弾指の間だけ宙に停留させる。すぐさまその隙間に足を差し入れた。

視線を中天へと向ける。翡翠の構える七支刀が、その雷光を極限まで膨らませた。

「【天ノ御雷《あまのみかずち》】」

これまでの比にならない轟音と光輝。天から降る神の一撃に恐懼《きょうく》してひるみそうになる。

だが、この腕の中にある小さな温《ぬく》もりが、屈しそうになった闘志を奮い立たせた。

——レーヴェは死なせない……!!

足の甲に乗せている針葉の大樹。その巨木を、渾身《こんしん》の力で天の頂へと蹴り上げた。

＊＊＊

お母さんのことが大好きだった。

空想好きでマイペース。おまけにあまり愛想も良くなかったわたしは、昔からよく変わった子だと言われてきた。小学生の時は特に周りから浮いていた気がする。人に合わせるのがとにかく苦手だったから、自分からも避けていたきらいがある。

誰かと遊ぶよりも、一人でゲームをしている方が好きだった。内向的で排他的。無気力で気まぐれ。自分でもこんな性格どうかと思う。

だけど、母がそんなわたしを否定したことは、ただの一度もなかった。『宿題はやってね』とか『目だけは大事にしてね』とか、言われたのは精々そのくらい。勉強を強要したら学ぶこと自体を嫌いになってしまうと、いつも自由に過ごさせてくれた。常にわたしの意思と個性を尊重し、『将来はeスポーツ選手になれるかもね！』と笑って、ゲームで遊ぶのをむしろ応援してくれたりもした。……わたしは、お母さんの傍にいると安心できた。

中学に上がると、初めて親友と呼べる友達ができた。四條《しじょう》結愛《ゆあ》という優等生だった。

結愛と友達になれた理由は、意外にも趣味が合ったから。

初めに声をかけてきたのは彼女の方からだった。何度か言葉を交わすうちに意気投合し、そのうち家にも招いて一緒にゲームで遊ぶ仲になった。それまでソロプレイばかりだったけど、思いの外マルチも悪くない。世界が少しずつ広がっていくような感じがした。

口には出さなかったものの、お母さんもわたしの交友関係を心配していたと思うから、これで少しは安心させてあげられるかな、なんて思ったりもした。

でも、入学して一年、そして進級してからひと月ほどが経った頃、悪い意味での転機が訪れた。梅雨入りが間近に迫ったその日を境に、わたし達の関係は破綻した。

——三年生の先輩に告白された。教室から呼び出されて、そのまま階段の踊り場で。

彼はサッカー部に所属している人で一応面識はあった。クラスの女の子たちがイケメンだのエースだのと騒いでいたのを覚えている。ただ、知り合ったきっかけは結愛だったし、正直『わたしよりもあの子の方が親しかったのにどうして？』というのが最初に抱いた率直な感想だった。あと『公然と告白に踏み切るなんてすごい自信家だな』と思った。

嫌いなわけではなかった。けれど、恋愛感情は持っていなかった。

だから、丁重にお断りした。彼がどうとかではなく、単純にわたしの生き方の問題で。

特定の誰かに行動を縛られ、時間を奪われ、感情を制限されるのが嫌だった。

——それが転機。

放課後、帰宅しようとしていたところを昇降口で先生に呼び止められた。曰《いわ》く、今日提出期限のプリントをわたしだけが出していないらしかった。心の底から億劫《おっくう》だったけど、ここで無視して帰れば後日もっと面倒なことになる。渋々教室へと引き返した。

『……ホント調子乗ってるよね、あの子』

ドアに手をかける寸前、中から女子数人の話し声が漏れ聞こえてきた。

『ねー。前から変わってると思ってたけど、神倉さん全然空気読まないし』

『いやアレは分かっててやってるよ。だからなおさらタチ悪い！』

明確な陰口だった。いい気はしなかったが、別段傷つくほどでもなかった。わたしの性格が万人受けするものじゃないことは知っている。合う人とだけ合わせればいいと改めてこなかったのも事実だ。敵を作っても致し方ない。そう思い、適当に聞き流していた。

『てか、光井《みつい》先輩フるとかマジ何様って感じ。結愛もそう思わない？』

いつまでも話が終わらないので今日はやっぱりもう帰ろうかと、そう考え始めた矢先のことだった。その名前が出てきたことに驚く。彼女も中にいるとは思っていなかった。

『うん……。ひーちゃん、私が先輩のこと好きなの気付いてたと思うのに……』

その声は震えていた。泣いているみたいだった。

『まったく、結愛は優しすぎんのよ。あいつが孤立すると思って無理して付き合ってあげてたんでしょ？　もう縁切りなって。じゃないと今後も傷つく羽目になるよ』

ドクン。

『そうだよ。あんなゲームばっかしてる子と遊んでてもつまんないでしょ。メイクの仕方とか教えてあげるからさ、もっと可愛《かわい》くなって先輩にアタックしよ！』

——ドクン。

『明日からうちらのグループ入んなよ。神倉さんなんかといるより、結愛もその方がいいでしょ？』

——ドクン。

『……うん』

結局わたしは教室には入らず、その場から静かに立ち去った。

帰り道、夕焼けの色がいつもよりくすんで見えた。心情を反映したように、世界がどこか薄暗い。頭の中では結愛の言葉がぐるぐると回り続けていた。

彼女が先輩に気があることは察していた。

だけど、わたしは何もしていない。徹底して不干渉を貫いてきた。特に応援もしなければ反対もしていない。もちろん先輩に色目を使ったこともない。自分が人の恋路に関わってもろくなことにはならないと分かっていたから。

じゃあ、仮にわたしが告白を受け入れていたらどうなっていただろう。現状は変わっていただろうか。……いや、やはりそこで結愛との関係は終わっていたに違いない。色恋が絡むと友情は途端に駄目になると耳にしたことがあるけど、まさか自分がその渦中に巻き込まれるとは露《つゆ》ほども思っていなかった。一体どうするのが正解だったのだろうか。

応えてもダメ。振ってもダメ。それならたとえどう頑張ろうとも、先輩がわたしを好きになった時点で、結愛と仲良くできる未来は閉ざされたということになる。

わたしは何もしていないのに。ただ一緒にゲームができればそれだけで満足だったのに。

——……人間関係って……めんどくさ……。

煩わしくて仕方がない。一人でいた時の方がよほど心穏やかだった。

『……もう学校行きたくないなぁ』

不登校になったらさすがにお母さんも何か言ってくるかもしれない。それでも、きちんと説明すれば分かってくれるような気もする。お母さんはいつだってわたしの味方でいてくれた。その辺にいる他人とは違う。血の繋がった、本物の家族なのだから。

住み慣れた我が家に帰ってきた。民宿を兼ねた大きな一軒家。建てたのは祖父母で、隠居するために引っ越した二人に代わり、今はお母さんが引き継ぎ経営している。

ただいま、と言って玄関ドアを開けたが、珍しく反応がなかった。いつもならわたしの三倍くらいの声量で、おかえり、という言葉が返ってくるのに。

その足でリビングダイニングまで行くが、客はおらず屋内はしんと静まり返っていた。

調理場の方にいるのかもしれないと歩を進める。すると、小さな話し声を耳が拾った。どうやら突き当たりの寝室から聞こえてきているようだった。扉が少しだけ開いている。

『――分かってるよ。……うん。……うん、そう』

相手の声は聞こえない。お母さんは部屋の中で電話をしているみたいだった。

『だから分かってるってば。……でも母さん、そうは言うけどさ……。いや、私だって本当はあの子が小学校を卒業したら伝えようと思ってたんだけど』

立ち聞きするのは気が咎《とが》めたのでそっと離れようとしたが、話の内容がわたしに関することだと分かり思わず足が止まってしまった。

『あの子を前にしたらなかなか言い出せなくて……。どう伝えればいいか分からないのよ』

だけど、今にして思えば離れておくべきだった。聞くべきではなかった。

知らないままでいられたなら、こんな思いはしなくても済んだはずなのに。

『だってそうでしょ？　――私がひーちゃんの本当の母親じゃないなんて』

予想も、覚悟も、心の準備も、何一つとしてできていない中で、わたしはその真実を知ることとなった。ぐにゃりと視界が歪む。目の前の風景が遠ざかっていく錯覚に襲われた。

――な、にを……。何を言ってるんだろう……。

頭がまともに働かない。嘘だと思った。悪い冗談だと思いたかった。でも、お母さんのあんな切羽詰まったような真剣な声は、これまで一度も聞いたことがなかった。

だから、嘘じゃないと分かった。嘘をつかれてきたのだと、分かった。

足元が崩れていく感覚に見舞われた。これまで信じてきたものの一切が、わたしを嘲笑《あざわら》いながら黒く変色していく。脳裏に浮かんだお母さんが、結愛が、他のすべての人たちが、知らない誰かに変貌する。顔がどろりと溶けて、目も鼻も口もない化け物へと成り果てた。

お母さんも、ただの他人だったの……？　ずっと騙《だま》していたの？　母親じゃないのに、母親のふりをしていたの？　一体今日まで、何を考えてわたしの傍《そば》にいたの……？

気持ち悪い。気持ち悪い。途端に今まで一緒に過ごしてきた楽しい時間が、綺麗なはずの思い出が、汚い嘘で塗り固められた紛《まが》い物《もの》のように感じられてしまった。

――もう、いい……。もう、何も……考えたくない。

そうしてわたしは、何もかもを諦めたのだった。

どうして今、人生の岐路となった日が頭をよぎったのかは分からない。世界の終焉がもうすぐそこまで来ていることをはっきりと意識したからだろうか。

「【天ノ御雷《あまのみかずち》】」

凄《すさ》まじい反動で五体が震える。天を揺るがす鳴動と共に放たれた極大の雷が、破滅を纏いながら地上へと落ちていく。これで終わったと、そう確信できる威力だった。

「…………っ⁉」

しかし、七支刀の切っ先の向こうから、信じがたい光景が迫ってきた。草原の真ん中に生えていた巨大な杉の木。それが一直線にこちらへと飛来してきたのだ。

何が起きたのかと目を凝らす。切り株となった一本杉の傍で、脚を振り上げているお兄さんの姿が映った。その様を見て理解する。同時に信じられない気持ちが湧き起こった。

（まさか、蹴り飛ばした……⁉　あんな大木を……⁉）

彼がいる場所を中心に、地面に亀裂が刻まれている。当たり前だ。あれを蹴り上げたのだとしたら、軸足の一点に相当な重量がかかったはずだから。柔らかい土の地盤ではその負荷に耐えられない。蜘蛛《くも》の巣のように割れた大地は、わたしの推測を裏付けていた。

　コンマ数秒の後、激突する万雷と巨樹。

　大気を震わす衝撃とけたたましい爆音が、天地のちょうど中程で轟いた。

　爆ぜた雷と木片が花火の如く四方八方に飛散する。生じた暴風の波動は分厚い暗雲をも散らすほどだった。

　腕で余波を防ぎながら、薄目を開けて眼下を見遣る。

　お兄さんもあの子も無事だ。まだ生きている。

　あの一本杉を当てられたせいで【天ノ御雷】をほぼ相殺された。これで決着をつけるつもりだったのに、また仕留め損ねた。

「もう……終わりにさせてよ……っ」

　そう呟いた時だった。炎に包まれ落ちていく巨大な杉の先、地上に誰かの影を見た。

　その人は森を抜けて草原に入ってくるところだった。今朝見た服装のまま、白いワイシャツに薄い色のデニムパンツ、濃紺色の前掛けエプロンを着ていた。三つ編みに結った髪を揺らして、とても必死な表情で走っていた。その人は、わたしがよく知る人だった。

　直後、その人の上へと、燃え盛る大樹が落下していった。

　一瞬の……本当に一瞬の出来事だった。自分の目を疑うほどに、あまりにも突然の……。

　思考が止まる。呼吸も忘れた。どこか上の空のまま、ゆるゆると降下していく。

足が地面に着くと同時、アマテルの換装が解ける。そのことにも気付かないまま、倒れ伏している巨木の前へと歩み寄った。雷に打たれて多くの枝葉が欠損したとはいえ、その重さは何百キロあるか分からない。もしもそんな物に押し潰されたとしたら、考えるまでもなく確実に絶命することだろう。

あの人が、これの下敷きになっている。

それを再認識した瞬間、胸が言いようのないほど強く締めつけられた。

「……おかあ、さん……？」

当然、返事はない。炎上した木は、すでに一部が炭化して白い煙を上げていた。

どうしてこんな気持ちになる。世界を滅ぼせば全員死ぬことになる。必然的に母も死ぬ。

それが少し早まっただけのことだと分かっているはずなのに。

もう全部どうでもいい。そう思ったのは紛れもないわたしの本心だ。それなのに、あの人がもうこの世にいない。今目の前で死んだ。そう考えただけで、こんなにも息苦しい。

かけがえのないものを無くしたという喪失感で心臓が張り裂けそうだった。

二度と戻らない過去を求めるように、ふらふらと焼け焦げた老樹へと手を伸ばした。

「——大丈夫だ」

そんなわたしの肩を、お兄さんが摑んで引き留めた。

見ろ、と言って視線で示した先にいたのは、全長が三十メートル以上はありそうな黒い大蛇だった。青白い双眸《そうぼう》が人魂《ひとだま》のように光っている。龍王ハクアを封殺されて以降、その存在を失念していた。長大な巨軀《きょく》を引きずり、ズルズルとすぐ眼前まで這いずってくる。

「【戻れ】」

霧が散るように、大蛇の体が消えていく。そして、その中から現れたのは――。

「……お母さん……」

大蛇の頭部があった辺りから落ちてきた母を、お兄さんが優しく受け止めた。

「俺も間に合いそうになかったから、咄嗟に近くにいたナーガを向かわせたんだ。とにかく余裕がなかったせいで口の中に入れる形になったけど、傷つけないようにさせたから心配はいらない。じきに目を覚ますはずだ」

その説明通り、母に怪我《けが》は見られなかった。気絶はしているものの、呼吸も穏やかで安定している。そっとその手に触れてみると、確かな体温と静かな脈動が伝わってきた。

……生きている。

途端に力が抜けた。膝からくずおれて、その場にへたり込んでしまう。

「っ、翡翠？」

お兄さんもしゃがみ込み、気遣うように寄り添ってきた。自分の方がボロボロなのに。

これが演技で、今まさに不意打ちされるかもしれないのに。敵であるはずのわたしの身を案じるなんてお人好《ひとよ》しもいいところだ。罠《わな》だって可能性を考えないのだろうか。

だけど、思えばずっとそうだった。わたしは終始命を狙っていたのに、この人はただの一度も殺意を向けてはこなかった。むしろ、わたしとお母さんの関係を気に病み最後まで言葉を投げかけてくれていた。今だって、彼がいなければお母さんは死んでいただろう。

——ああ、これはもう……ダメだな。

深く息を吐きながら空を仰ぐ。灰色の雲の隙間から、清澄な青が覗いていた。

「もう、やめましょうか。……疲れましたし」

そう伝えると、お兄さんは驚いたように少し目を見張ってから、怪訝そうに眉を寄せた。わたしの心境の変化を疑問に思っているのかもしれない。それを懇切丁寧に教えるつもりはなかったけど、幕引きの言葉くらいはこちらから言うのがせめてものけじめだと思った。

「……わたしの負けです」

シンボルだった古木は折れ、地面もひび割れ、すっかり荒廃してしまった原っぱに、天上の雲間から一条の光が射し込んでくる。その光明を傍目《はため》に、ぼんやりと思考を巡らせた。

こんな世界、さっさと滅んでしまえばいいと思っていたのに。

誰がいつどこでどうやって死のうが構わなかったはずなのに。

わたしは、気付いていなかっただけ。でも、気付いてしまった以上はもう無視できない。

嘘が嫌いだからこそ、自分自身に嘘はつけない。

眠る母の顔を再び見つめる。この人がなぜここに来たのか。考えられる理由は一つ。きっとわたしを捜していたのだろう。白龍を召喚した時に家の窓が割れたから、それで異常を察したに違いない。恐ろしい怪物の跡を追って、雷光が迸るような危険極まる嵐の中を、わたしを守るために駆けつけてくれたのだ。たとえ血の繋がっている家族であろうとも、自らの命も顧みずに子を助けに走れる親が、果たしてこの世にどれだけいるだろうか。

『お前は本当に、このまま母親と別れることになっても後悔しないと言えるのか？』

先ほどお兄さんから言われた言葉が蘇る。

お母さんが死んだかもしれないと思って、心がかつてないほど激しく痛んだ。

そして、生きていたと分かって、わたしは……ほっとしてしまった。

「…………」

たぶん、それが答えだった。

＊＊＊

同日、同時刻。楕円形の草原から南西方向に約二キロ。

高木のてっぺん付近に鳥のように止まり、くすくすと微笑を湛《たた》える影が一つ。

「――見ぃちゃった♪」

薄い紺色の中華服が風にはためく。顔にかかってきた髪を手で押さえ、耳にかける。組《く》紐《ひも》に付いている一対の鈴が、その綺麗な音色を晴れてきた秋空に響かせた。

数日前に行われた天使会議の折、エレオノーラが辰貴《たつき》や雪咲《ゆきさき》にしていた話を、彼女は扉の外で盗み聞きしていた。そこで知ったのは、『自分たちの中に裏切り者がいる』という事実。

手掛かりが不足している今、それは貴重な情報となり得る。もしも本当に裏切り者がいるのなら、そいつから魔王の所在を探り、辿っていけばいい。彼女はそう企てた。

最も怪しく疑わしい人物は誰か。己の好悪感情には蓋をして合理的に熟考した彼女は、ほとんど素性が分からないという理由から第六使徒に当たりを付けた。

住居の特定には多少骨が折れたが、ビデオ通話のログと画面に映り込んでいた背景から割り出すことは可能だった。ただ、それは高いハッキング技術と人並外れた洞察力を有していたからこそ為せた芸当。世界規模で見てもできる人間など片手の指ほどもいないだろう。そうして神倉翡翠の居場所を突き止めた彼女は、先日からその周辺を張っていたのだ。

この監視が長丁場になった時にどこで見切りをつけるべきか。それが最大の懸念事項だったのだが、今やそのことについて思い煩う必要もなくなった。

「あの様子だと六番ちゃんは裏切り者じゃなかったみたいねー。読みは外れちゃったわけだけど……ま、目的の魔王は無事見つかったんだし結果オーライでしょ」

介入せずにあえて泳がせることで観察もできた。手の内はだいぶ知れたし、向こうは戦闘直後でかなり疲弊もしている。殺《や》るなら今かもしれないと一瞬だけ考えた。

だが、やめた。魔王の従者の力は予想以上だった。それにまだ、肝心の魔王の力を見ていない。どうして魔王自身が戦わないのか。そこにはどのような意図があるのか。

急《せ》いては事を仕損じる。不安要素は出来得る限り潰した方がいい。敵を調べ、入念に準備をし、策を練って罠を仕掛け、万全の態勢で事に当たる。それが彼女の流儀だった。

「しっかし、あれが魔王かー。実物は映像よりも随分と可愛らしい印象ねぇ。男の子の方もなかなかカッコイイじゃん。あはっ、結構タイプかも★」

現場からはかなり遠く離れているが、彼女の目にはレーヴェたちの姿がはっきりと視認できていた。木の葉が乱れ舞うほどの強風に煽《あお》られても、そのバランスが崩れることはない。枝が折れないよう絶妙な重心移動で体勢を維持し、肌に触れる空気の具合から雷の落下位置をも予測し逃れていた。驚異的な平衡感覚と知覚精度。天使になった人間は皆、能力が一様に上昇しているが、それでも彼女の身体機能は群を抜いていた。それは彼女が持つ元々の素質や地力が、他とは一線を画していることを意味していた。

「ふふ、願いが叶う権利かぁ。何にしようかしら。うーん、迷っちゃう」

優雅に脚を組みながら棒付き飴《あめ》を袋から剝《は》がす。飴玉をぺろりと舐《な》めたその舌で紅《あか》い唇をなまめかしく濡らした。細められた両の瞳は、獲物を見定めた猛禽類《もうきんるい》のようだった。

「魔王の命……――この鈴麗《リンリー》ちゃんが貰っちゃうぞ♥」

妖艶《ようえん》に、悪辣《あくらつ》に、第二使徒は微笑んだ。

＊＊＊

神倉家が経営している民宿の中、火が点《とも》っていない薪ストーブの前で、俺は椅子に深く腰かけ脱力していた。もう一つのリクライニングチェアでは、レーヴェがこくりこくりと船を漕《こ》いでいる。眠くなるのも無理はない。かく言う俺もへとへとだった。

あの後、俺はその場で翡翠の神器を破壊した。もう戦意はないようだったが、今後の安全を考慮するならやむを得ない措置だったと思う。ただ、彼女は一貫して従順だった。ゲーム機を手渡す際も、壊すその瞬間も、抵抗する素振りは一切見せなかった。

翡翠は今、神倉さんに付き添って奥の部屋にいる。おそらく母親の目が覚めるまで傍にいるつもりなのだろう。邪魔するのも野暮《やぼ》かと思い、ひとまずそっとしておくことにした。

俺の方は、とりあえずやるべきことは終わった。

洗濯機を借りて汚れた服を洗い、乾燥機にもかけて着替えも済ませた。血まみれだったマスクも洗浄したし、さっとシャワーを浴びて清潔感も取り戻した。疲れは相当溜《た》まっているが移動できる程度には回復したので、いつでもここを発《た》てる状態だ。

ニュース記事が更新されているかを確かめるために、最新の情報をスマホでチェックする。この地域で起きた一連の騒動は、早くもネットニュースに取り上げられていた。

今はまだ『異常気象』として取り沙汰されているようだが、ＳＮＳに散見するワードには『白龍』や『空飛ぶ巫女』といったものも含まれ始めている。自説としてこれらを聖戦と関連づけ、不可解な現象と天使の権能とを結びつけた人間だってすでにいるかもしれない。落雷による停電や火災などの対応に追われているうちはまだいいが、心に余裕が戻れば捜査網が一気に敷かれ、俺たちは早々に身動きが取れなくなるだろう。そうなる前にこの土地から離れなければならない。つまり、本来ならばもう今すぐにでもここを発つべきだった。

ちらりと奥の部屋に通じる廊下を見遣る。

本音を言うと、あの親子の行く末を見届けたかった。もちろん、ここまで関わった責任という面もある。しかし、それ以上にただ確かめておきたかったのだ。俺が感じたあの二人の絆《きずな》が偽物だったのか、それとも本物だったのかを。

（……けど、そろそろ出発しないとな）

後ろ髪を引かれる思いはあったが、それでもレーヴェの安全には代えられない。先刻もかなり危ない目に遭わせてしまった。名誉挽回《めいよばんかい》する意味でも、今度は最適な判断を下す必要がある。

軽く肩を揺すると、彼女は目元をこしこしと擦りながらゆっくりと瞼《まぶた》を持ち上げた。

「起こしてごめんな。まだ眠いとは思うが、歩けそうか？」

「（こくり）」

「……本当か？」

「（こくり）」

頷《うなず》いてくれているのか、それとも半覚醒で頭が前後に揺れているだけなのか、今一つ判然としない反応だった。このままでは少し危なっかしい。

「……ほら」

彼女は差し出された手の平を寝ぼけ眼で見つめると、幼弱な手でやんわりと握ってきた。

ボストンバッグを肩にかけて、足先を玄関の方へと向ける。

別れの挨拶をするべきか否か。数秒迷ったが、一度は殺そうとした相手とまた顔を合わせるのは気まずいかもしれないと考え、このまま何も言わずに出ていくことにした。

だが、タイミングが良いのか悪いのか、背後からした物音が耳朶に響く。

寝室の扉が開き、暗がりの向こうから翡翠が歩いてきた。

「……行くんですか？」

発せられたその声は、思ったよりも柔らかな語勢だった。「ああ」と頷きを返すと、彼女は「そうですか」と相槌《あいづち》を打ってから少しだけ視線を伏せた。

奇妙な沈黙が降りる。何とも形容しがたい空気が漂っていた。どうかしたのかと問いたい気持ちに駆られたが、翡翠はどこか言葉を探しているようにも見えたので、俺は急かさずに無言のまま待つことにした。やがてその口がやおら開かれる。

「……お母さん、さっき目を覚ましました」

ふと胸の内に淡水のような緊張感が生まれる。この先の展開が予想できたからだ。

「それで、話をしました。お兄さんが言っていた通りに。……お母さんに『わたし達って実は本当の親子じゃないんでしょ』って、『もう知ってるよ』って、そう伝えました」

案の定だった。ぐっと眉根に力を入れて、二秒間だけ固く目を閉じる。

早く聞きたい、聞き出したいというその欲求と衝動を抑えて、ただ静かに、翡翠が自ら話してくれるのを待った。

「わたし……お母さんの親友の子だったそうです」

そうして彼女は語ってくれた。自分の感情を整理するように、訥々《とつとつ》と、ゆっくりと。


翡翠の母親は施設の出で、父親は名家の子息だったらしい。二人は学生時代に恋人関係になったが、結婚することを父方の親族に反対されてしまったのだという。どうにか説得を試みたものの受け入れてもらえず、結局駆け落ちして一緒になったとのことだった。

生活は豊かではなかったが、二人は幸せに暮らすことができていた。そのうちに子供も授かり、これからはより明るく賑《にぎ》やかな家庭になるだろうと期待に胸を膨らませていた。

ところが、翡翠が生まれて数ヶ月が経った頃に、悲劇が起きた。


「わたしの両親……殺されたんですって。連続殺人犯に」

思わず一瞬息が詰まった。隣にいたレーヴェが、俺の方に少し身を寄せてくる。

「施設育ちの母親に身内はいませんでしたし、父親の方も勘当同然の状態……。わたしは当初、乳児院に預けられることになっていたみたいです」

そんな彼女を引き取ったのが、母親と親しかった神倉さんだったわけか。亡き親友のためとはいえ、子供を一人育てるという選択が、覚悟が、どれほど重い決断を強いたかは察するに余りある。言わずもがなだが、誰にでもできることではないだろう。

「お母さんは言葉を濁していましたけど……わたしの両親、すごく惨《むご》い殺され方をしたみたいで……。お母さんが打ち明けるのを躊躇《ためら》っていた理由は……それでした」

そこで翡翠は顔を上げた。黒く輝く瞳と視線が交わる。

「お母さん……わたしを傷つけたくなかったって、そう言って泣いてました」

そう話す彼女の目尻からも、一筋の雫が伝い落ちていった。

傷つけたくない――……確かにそうだ。実の両親はすでに死んでいて、もう会うことはできない。それも無残にも惨殺されたのだと知れば、幼い心をどれだけ深く抉ることだろう。伝えるべき相手が大切であればあるほど、その口は重くなるに違いなかった。

「……今、神倉さんは」

「話し終えた後、また眠っちゃいました。……長年のしかかっていた肩の荷が下りて、気が緩んだのかもしれません」

翡翠の涙が流れ続けることはなかった。彼女が指先で一度頬を拭うと、次の瞬間にはもうその表情は穏やかなものになっていた。とても、とても気丈な姿に見えた。

「わたし、今まで嘘って他人を傷つけるもの……自分に不都合な事実を隠すためにつくものだと思ってました。……でも、誰かのためを想ってつく嘘もあるんですね」

「翡翠……」

「お兄さんの言った通りでした。……話してみて良かったです」

目を瞑り、そして薄く開いた彼女が、その口元に儚《はかな》げな笑みを浮かべる。

「打ち明けてくれないのは、お母さんがわたしのことを信じてくれてないからだと思ってたけど……信じられてなかったのは、わたしの方だったな……」

哀愁的とも自嘲的とも取れる声色《せいしょく》。囁《ささや》くように零れた小さな呟きは、母親に向けた懺《ざん》悔《げ》の言葉だったのかもしれない。

「翡翠は……これからどうするんだ？」

「そうですね……。正直、スタンスは変わらないと思います。聖戦には依然興味ありませんし、天使と魔王、どちらの味方をするつもりもありません。この世界のことも……別にいつ滅んでも構わないって、今でもそう感じてるので」

「そうか……」

「……ただ、滅ぶのはそんなにすぐじゃなくてもいいかなって、今はそう思ってます」

わずかに顎を引いて、翡翠はトレーナーの上に出したペンダントに手を添えた。

「わたしも最後に一つ聞いていいですか。お兄さんは、これがお母さんからの贈り物だって言い当ててましたけど、どうして分かったんですか？」

俺も今一度、透明なガラスの中で咲き誇っている花に目を向けた。

「翡翠はそういうアクセサリーに関心がなさそうだったからな。花の名前すら知らないみたいだったし。なら、誰かから貰った物だと考えるのが妥当だろう」

「なるほど……。でも、それだとまだ『お母さんから』っていう理由にはなりませんよね」

「まぁ……そうだな。その辺りは俺の願望もちょっと入ってたのかもしれない。それが母親からの贈り物だと考えれば、色々と腑《ふ》に落ちたというか……」

「……？　どういう意味です？」

ピンと来ていない様子の翡翠。俺は一瞬だけ寝室の方へと視線を投げた。

「神倉さんは血縁の話を打ち明けるためにそれを贈ったのかもしれないって、そう思ったんだ。自分の気持ちをメッセージとして翡翠に届けたかったんじゃないかって」

「だから、どういう意味ですか？」

「ピンク色のバーベナ……その花言葉を知ってるか？」

「……？　いえ……」

首を傾げる彼女に、俺はやや相好を崩してその言葉を伝えた。

「『家族愛』だ」

翡翠の目が見開かれる。その視線が、おもむろに掌中にある花弁へと落ちていった。

再び訪れる静寂。もうこれ以上の会話は無粋と思い、そっとその場を後にしようとした。

「――お兄さん」

向けた背中に、かすかに震えた声が投げかけられた。足を止めて振り返る。

「この度は、色々とご迷惑をおかけしてしまい……すみませんでした」

下げた頭から、赤みを帯びた褐色の髪がさらりと流れていった。

「それから、ありがとうございました。お兄さん達と出会えて良かったです。……こんなことを言えた義理ではないかもしれませんけど……――」

翡翠が顔を上げる。その瞬間、小さく微笑む彼女と目が合った。

「これから先、どうかお気をつけて」

どこか憑き物《つきもの》が落ちたような、そんな晴れやかな表情をしていた。

その微笑を見て、湧水《ゆうすい》のような実感が、静かに、ようやく、じんわりと湧いてくる。

誰の命も奪わず戦いを終えられたことに、俺自身も内心救われる思いを感じていた。

民宿を後にして暫《しば》し、日の傾き始めた山道を、レーヴェの手を引き歩いていく。

おそらく交通機関は使わない方がいい。こんな騒ぎがあった後にすぐさま市街地から離れ、遠くに身を移す二人連れがいればまず怪しまれる。監視カメラに姿が映るような真似は避けるべきだろう。そう判断しての徒歩移動だった。

正直、脚が鉛のようだ。今までにない疲労感と倦怠感《けんたいかん》に目が眩《くら》みそうになる。やはり無理やり傷を治したのがまずかったのだろうか。即時治癒などという規格外の能力、何の代償もないとは考えにくい。俺の体内で、意図しない何かが起きているのかもしれない。

改めて顧みると、今回はかなり迂闊だったように感じる。大きな失態だ。

確かに泊まった先に天使がいたことは、単なる偶然で片付けていいのか分からないほど特大級の不運ではあった。だが、そもそも俺が宿泊の誘いを強く断っていれば、あの戦闘は回避できたはずだ。レーヴェのことを思えば軽率な行動だったと言わざるを得ない。

しかしその一方で、俺たちが素通りしなかったからこそ救えた人たちもいる。もしもあの宿に泊まっていなければ、あの親子は今もすれ違ったままだっただろう。母親はこの先も娘を憂い、娘は嘘だらけの世界を憎み続けていたはずだ。それは……やはり悲しい。

翡翠は人付き合いが苦手だと話していたが、かといって孤独を望んでいるわけではなかった。それは俺をゲームに誘ってきたことからも分かる。自己矛盾なんて珍しい話でもない。きっと彼女も、この現状をどうにかしたいと悩みもがいていたのだろう。

俺は死にかけたし、レーヴェも殺される寸前だった。決して手放しで喜べるような結果ではないかもしれない。だけど、俺は……関わって良かったと思う。

（ただ、欲を言えば……翡翠に聖戦の真実を打ち明けたかった）

それで天使側を説得してもらえれば、四面楚歌《しめんそか》のこの苦境に一石を投じることができるのではないかと、危機的状況を打開する筋道を密《ひそ》かに立てていたのである。

あわよくば天使についての情報も収集したかった。また同じ轍《てつ》を踏まないように、相手の容姿や権能を翡翠から教えてもらえたなら、今後どれだけ役に立ったことだろう。

だが、結局頼むことはしなかった。時間がなかったというのもあるが、せっかく母親とのわだかまりが解けたのだ。これ以上あの子をこの聖戦に巻き込みたくなかった。

甘い考えかもしれないが、俺にとっては譲れない部分だった。人外の力を手にした上に人間性まで失ってしまったら、俺は本物の悪魔になってしまう。

「憂人さん……おなかのきず、いたむんですか？」

難しい顔で考え込んでいたためか、レーヴェが心配そうな顔で見上げてきた。

「いや、大丈夫だ。もう痛くないよ」

本当に平気だったのでそう答えたのだが、彼女はまだ不安そうに表情を曇らせている。

どうにかその暗雲を晴らしたかったので、少々露骨だが話題を変えることにした。

話の取っ掛かりを求めて周囲に視線を走らせる。と、道の端に咲いている釣鐘型の花が目に入った。先端の尖った五枚の花弁は、海底を思わせるような深い青色をしている。群生せずに一輪だけで自生している姿は、周りに頼らず凛と自立する生き様を感じさせた。

「レーヴェ、この花を知ってるか？」

「……（ふるふる）」

「これはリンドウって花だ。曇ってる時や夜なんかは花弁が閉じちゃうんだけど、今みたいに晴れている時は太陽に向かってまっすぐ開花するんだよ」

そう説明すると、レーヴェは物珍しそうにその青花を観察し始めた。うまく興味が移ってくれたようで安心する。どうせだからもう少し解説してあげることにした。

「花には花言葉というのがあってな、その花にふさわしい象徴的な意味を持たせてるんだが、リンドウには『勝利』や『正義』、あとは『誠実』って花言葉が与えられてる」

そういえば、ここ長野の県花にもなっていたはずだ。

自分の誕生花ということもあり、個人的に一番思い入れのある花だった。

「憂人さんは、どうぶつだけじゃなく、お花のことにもくわしいんですね……」

感嘆と尊敬の眼差しを向けられる。俺は過去に思いを馳《は》せるように数秒だけ瞑目《めいもく》した。

「俺の叔母がな……花が好きな人だったんだ」

高坂真那《こうさかまな》は父の妹で、叔母にあたる人ではあったが、俺にとっては姉のような存在だった。今でもはっきりと目に浮かぶ、あの人の優しげな顔。彼女とたくさん話がしたかったから、いっぱい調べて勉強した。聡明《そうめい》で、公平で、間違っていることは間違っていると、自分の言葉で主張できる人だった。俺の人格形成にも大きな影響を与えた女性。病死したのはもう何年も前のことだけど、あの人が死んだ時ほど泣いた日は、きっと他にない。

未《いま》だに街の方からはサイレンの音が響いてきている。ここから人目を憚《はばか》りながら県外へ出るとなると、山をいくつか越えないといけない。安全圏に着くまで休んでいる暇はない。とはいえ、間もなく日も暮れる。レーヴェがこの先の険しい道のりを歩き切ることはたぶん無理だろう。そう思い、一言断ってから彼女をそっと抱き上げた。

「あ、あの……ありがとう、ございます……」

「ああ。前にも言ったが遠慮はしなくていいからな。特に負担でもないから」

踏みしめる山道が徐々に傾斜を強めてきた。緑の匂いも段々と濃くなってきている。そのうちに道らしい道もなくなるかもしれない。もう少ししたらカイザーを空に上げよう。迷って遭難しないように、辺りを鳥瞰《ちょうかん》しながら進んだ方がいいだろう。

「体勢はきつくないか？　もしも抱っこが嫌だったりしたら言ってくれ」

「だい、じょうぶです。……いやじゃ、ありません」

「そうか？　ならいいが」

「はい……。憂人さんにだっこしてもらうの……すきです」

　耳のすぐ傍でレーヴェの声がする。距離も近いし、いつもは下の方から聞こえてくるから、何だかちょっと新鮮な感じがした。

（好き、か……）

　初めて会った時に比べれば、彼女も少しずつ自分の意思を見せてくれるようになってきた気がする。先の戦いでも自ら考えて行動していたし、おかげで俺も命拾いをした。

　ふと、そこで急に思い出す。レーヴェを守ることばかりに心を砕いてきたけれど、俺だって死ねないのだということを。必ず帰るという、母とした約束を果たすためにも。

「ありがとな。あの時助けてくれて」

「え……？」

「お前が来てくれなかったら、俺は騎士に斬られて死んでたかもしれない」

　そう伝えると、服の襟首辺りを摑んでいた彼女の手に、ほんの少しだけ力が込められた。

「……ごめん、なさい……」

　小さな身体が強張るのを感じる。声質も何だか硬かった。感謝の意を送ったはずなのに、どうして謝罪の言葉が返ってきたのか分からず困惑してしまう。

自責の念が滲む彼女の声に、秋宵《しゅうしょう》の闇が静かに降りてくる。その胸中を汲み取ることはできなかったが、何だか落ち込んでいるようだったので背中を軽くさすってあげた。

「……俺はお前に救われた。……だから、謝る必要なんてないよ」

レーヴェはまだ幼いが、とても賢い子だと思う。

生来的に知能が高いというのもあるのだろうが、抱えている苦悩がとてつもなく大きい分、同じ年頃の子よりもずっと精神が成熟している。反面、幼少期から奴隷として過ごしてきたために、教養や常識は著しく欠いている。感情が鈍化してしまっているのか表情の変化も乏しいし、そもそも気持ちの表現方法自体が分からないようにも見える。そのアンバランスな成長模様が、俺の心により深い哀感を漂わせた。

歩くのを再開したすぐ後で、再び青色の花が視界に入り込んでくる。さっき見たのとはまた別のものだ。今度の一輪は前のものよりもほのかに紫がかっているようだった。

レーヴェが覚えたばかりのその花の名を、風が吹くほどの声量で呟く。

リンドウ。あの青花にはもう一つ、忘れないよう心に留めている花言葉があった。

――『悲しんでいるあなたを愛する』。

俺は、泣いている人がいたら、その悲しみに寄り添える人間でありたい。

今まさにその思いが強くなっている。その理由は、わざわざ考えるまでもないだろう。

レーヴェを抱く両の腕に、自然と力がこもっていく。

庇われているようでは駄目だ。魔王の力を譲渡し、非力になってしまった彼女に代わって、俺が最後まで一人で戦いきれるようにならないと。

（……死なせない）

美味《おい》しいものを食べて、様々な景色を見て、親しい友達を作って、恋人と愛を育んで、そうしてたくさんの経験を得た先で、自分だけの幸せを手に入れて……。

ささやかでもいい。普通の子が当たり前にしていることを、彼女にもさせてあげたい。

実際の神様をもう知ってしまったから、祈る意味があるのかは定かではないけど、それでも今は、願わずにはいられなかった。

どうかこの子に明るい未来を授けてほしい。愛されたいというその切願を叶えてほしい。

生きていて良かったと、生まれてきて良かったのだと、そう思ってほしい。

ただ一心に、願う。

いつかレーヴェが、心から笑えるように。その笑顔を、俺が作ってあげられるように。

だから、どうか……どうか、俺に――……。

この子を守り抜けるだけの、強さを。

終　章　かくして舞台は整った

MANKIND IS MY ENEMY　ALL MANKIND IS MY ENEMY　ALL MANKIND IS MY E

頭上に限りなく続く空と、足元に果てなく広がる水面。

天地の境界が曖昧なその空間で、数多《あまた》の波紋が風もないのに生まれていく。幾重にも描かれる水紋の内側には、愛すべき地上の光景が映り込んでいる。その様子を視界いっぱいに収めながら、神は鷹揚《おうよう》に頷《うなず》いていた。

「いやー、うん、素晴らしいね。ここまではおおむね順調と言っていいんじゃないかな」

この数ヶ月、人類の滅亡を避けるためにと手間を惜しまず動き回った。

そうして《聖戦》という舞台を作り上げてみたわけだが、実際にこの目で見てみると、苦労してこしらえた甲斐《かい》があったと感動してしまう。眼下で繰り広げられている激情の坩堝《るつぼ》とも呼ぶべきその出来栄えに、柄にもなく自画自賛したい気分になった。

「とはいえ……これはもう僕だけのアイデアとは言えないね」

当初、神が考えていた《聖戦》はもう少しシンプルだった。《魔王》と《天使》が戦うというその構図は変わらない。だが、こんなにも複雑に色々な思いが入り組むことになったのは、間違いなく途中で加わった彼が要因だろう。

「……高坂憂人《こうさかゆうと》君、か」

程度の差こそあれ、これまでに起きた事象のほとんどは神が記した台本の範疇だった。

たとえば、レーヴェが第四使徒《オルファ》に見つかり追い詰められたこともそうだ。まだ世の中に《魔王》の存在を知らせる前の段階。《聖戦》としては明らかに時期尚早の危機と言えた。

しかし、仮にあそこで少女が殺される事態に陥っていたとしても、神は最後まで介入するつもりはなかった。これはあくまでも人類の問題。ステージだけ設けたらあとはノータッチ。そのスタンスを崩すつもりはなかったし、オルファも運と執念で少女を発見したのだ。

彼にも叶《かな》えたい願いがあるわけだから、その意志はむしろ尊重すべきものだった。

だから、唯一の誤算があったとすれば、あの契約――。あれにより少女の力がほぼ丸ごと青年に渡ってしまったこと。あれら一連の流れは、神にとっても想定外の出来事だった。

しかしながら、決して悪いことではなかった。その瞬間に神は閃《ひらめ》いたのだ。

まだ選んでいない残りの使徒は、彼と関係のある者の中から選出しよう、と。

互いに共通点のある人間だったり、深い因縁のある相手だったり、あるいは単純に知己の仲だったりと、その枠を埋める人材を考えるのは今まで以上に胸が躍った。

レーヴェを魔王役として起用したことに間違いはなかったと確信しているが、一方で、彼女はその生い立ちゆえに人間関係の構築が為《な》されていないという欠点もあった。端的に言えば知り合いがいないのだ。そのため、天使との間にドラマを作ることが難しかった。

その点、青年の方は実に味わい深い半生を送っていた。特に父親が人を殺し、殺され、それが理由で虐げられてきたという過去は、とても食指が動いたのを覚えている。

計画を変更しようと思い至ったのは、十中八九この時点だろう。本来なら、全人類への周知はもう少し後で行う予定だった。魔王は魂を吸収するほどにその強さを増す。好戦的とは到底言えないレーヴェが聖戦で生き抜くためには、相応の力をまず蓄える必要があると神は考えていた。また、世界で頻発し出した不審死について、人類に思議する猶予を与えるという狙いもあった。啓示のタイミングは、神なりにかなり気を遣っていたのだ。

ところが、青年の登場を受けて考えが変わった。もう時間をかけて徐々に進めるべきではない。この聖戦は、ここで一気に加速させた方が面白くなると直感した。

そう思ったからこそ、あの夜のうちに残る五名の天使を急ぎ選んだのである。その結果、必然的に日本人が多くなってしまったが、人種の偏りなど些細《ささい》な問題だ。そのことで生じる不利益もない。重要なのは、天使の力を与えるに足る傑物か否か、それだけだった。

そうして日が変わるのを見計らい、世界に向けて聖戦の開始を宣言したのだ。

「実際、僕の目利きは正しかったな」

捜索手段を持っていたレインは別として、彼らが翡翠《ひすい》と出くわすことになったのは偶然ではない。言ってみれば、あれは神が仕組んだ邂逅《かいこう》。物語を進めるための起爆剤だった。

精神的に追い詰められた者は、かつての幸せな記憶が眠る場所を訪れる。さらには苦悩や罪悪感を紛らわせようと、己《おの》が良心を慰めるべく人助けに走る。そんな人間の心理を量った神が、その土地に住まう適性・資質のある者を使徒へと勧誘した。出会うべくして出会うよう配置された天使――それが翡翠だった。

数十億人もの動向を読み、数十年後の人類滅亡を予見できる神にとって、人間一人の思考と行動を予測することなど容易も容易。憂人が何を考え、じきにどこへ向かうかを、生命の創造主は完璧に推察してみせたのだ。そう、すべてはその手の平の上だった。

「――なんて、そう思う子もいるんだろうねぇ」

しかし、違う。全部が全部、かの者の目論見《もくろみ》通りというわけではなかった。

事実、神は双方が接触し、そこから戦闘に発展するであろうところまでは読んでいた。だが、憂人が関わったことにより、翡翠と母親が和解することになろうとはちっとも予期していなかった。彼のおかげで、この戦いは一層見応えのある意義深いものになっている。

全知全能とも思われる創造主が、なぜ先見しきれないのか。

その理由は、現在地上に神自身の力が存在しているためだった。すなわち、魔王に付与した能力と、天使に与えた神器の権能。異次元の力が作用し合っている今、未来への筋道が歪《ゆが》められているのと同時に、その選択肢が膨大な数にまで分岐してしまっているのだ。この先の展開を寸分違わずに予見することは、たとえ神であっても不可能と言えた。

でも、それでいい。この世のすべてが思うがままなど、全く以《もっ》てつまらない。

「天使たちの方も、今後は目が離せないなぁ」

強すぎる願望や一つの生き方に魅入られた人間。それが使徒の選出基準。《秩序》を司《つかさど》る天使なら、世界の条理について常日頃から深く考察している者が選ばれる。

正義に囚《とら》われ、虚実に惑い、罪過に苛《さいな》まれ、犠牲を嗤《わら》う存在。それこそが天使の正体にして、本質だった。

「今の大注目はやっぱり鈴麗《リンリー》ちゃんかなー。あの子は言わば**人類最強**だからねぇ。然《さ》しもの憂人君も一筋縄では行かないぞー」

あと気になるのは、天使内部の『裏切り者』。あの子がこれからどう動くのかにも注視したいところだ。それにたとえ離反の意思がなくとも、元々一癖も二癖もある子たちが集まっている。足並みが揃《そろ》わないことは最初から分かっていた。彼らがこの先自分の願いを後回しにしてでも協力し合えるかどうか、その辺りも見守っていきたい。

――舞台は完全に整った。

もう何もしなくても、あとは役者が勝手に踊り、劇は少しずつ終幕へと向かっていく。

これ以降はあまり出しゃばりたくない。可能ならこのまま最後まで静観したかった。

しかし、自分が表に立たなくてはならない場面が少なくともあと一度だけある。

それは全世界に向けて、《聖戦》の真実と《魔王》の正体を明かす時だ。

少女を憐れんだ青年が先に公言してしまう可能性も考えた。それならそれで構わなかったが、おそらくそうはならない。あの青年は賢明だ。この真実が、少女の願いを叶えるための大掛かりな仕掛けであることを理解している。その過去のせいか年齢のわりに慎重で思慮深い彼の性格上、自らの安易な行動で少女の未来を台無しにするわけにはいかないと自制するに違いなかった。

無論、人類の認識を弄《いじ》れば、今すぐにでも少女の願いを叶えることはできる。されども、その愛は少女が欲しているものではないだろう。自分と関わり、互いに深く知り合った上で向けてもらえる優しさを、家族のような繋《つな》がりを、彼女は求めている。

「ふふ……レーヴェちゃんの心も随分と揺れ動いているみたいだねぇ」

少女は願いを叶えるためとはいえ、魂魄剥離《こんぱくはくり》の装置などという損な役回りを引き受けてくれた。ならば自分もその決意に報いるべく、最大限の敬意を持って尽力すべきだろう。

「その時が来るのが、本当に……心の底から楽しみだよ」

人間が手掛けた創作物には、ご都合主義というものがある。合理的な展開を捻《ね》じ曲《ま》げて、制作者に都合のいい筋道を作り、強引にハッピーエンドへと導く。空想の中ならそれもいいだろう。誰だって、望む結末に焦がれるのは当然のことだろうから。

けれど、この聖戦にご都合主義は持ち込めない。皆が幸せになっての大団円はありえない。一人の少女が死ぬか、六十億人を超える人類が死ぬか、用意された未来はそれだけだ。

「ただ、それでもきっと君は抗《あらが》うんだろうね」

神が仕立てた物語の主人公は、レーヴェという名の少女だった。愛を知らない孤独で不幸な女の子が、救いの見えない戦いの果てに求めたものを得られるのか。これはそういう物語だった。

そのはずだったのに、いつの間にかこの聖戦は、彼を中心にして回っている。

「僕が描いた物語の中で、君だけがイレギュラーだよ……憂人君」

これから訪れる未来はもう誰にも、神でさえも予知できない。する気もない。

予定調和の世界はもう存在しない――。

そう思った瞬間、意図せず小さな笑みが漏れていた。

あとがき

はじめまして、凪《なぎ》と申します。

あとがきを書いていくにあたり、とにもかくにもまずは謝辞を述べさせていただきます。

初めに家族へ。作家になるという私の夢を、ただの一度も否定せずにいてくれてありがとう。その支えがあったからこそ、迷わず折れず、今日まで突き進んでこられました。

次に出版社の方々へ。第28回スニーカー大賞に応募したこの作品に目を留め、書籍化まで導いてくださって誠にありがとうございます。担当編集の方には特にお世話になりました。各所への交渉や調整などといったサポートのおかげで、完成までの間、集中して執筆作業に取り組むことができました。

続いてイラストレーターのめふぃすと様へ。繊細でありながらも重厚感のあるイラストは、登場人物たちに命を吹き込み、作品の魅力と表現力を何倍にも押し上げてくれました。今後もその素晴らしい画力で、この作品をより深く彩っていただけたら嬉《うれ》しいです。

最後に、すべての読者の皆様へ。数えきれないほどの書物が溢《あふ》れる今の世で、この本を選び手に取っていただいたことに対し、最大限の感謝を。一巻を読み終えた今、皆様の心に少しでも何か残るものがありましたら、作者として感無量の思いです。

さて、まだもう少し書けるスペースがありますので、ここからは本編では触れなかった登場人物たちの裏事情などについて綴《つづ》らせていただきます。『もしかしたら読んでいてこのところが気になった人がいるかもしれない』という部分や、個人的に明かしておきたい内容を細々と取り上げていきます。独断による一問一答、セルフQ&Aです。

Q、レーヴェは聖戦開始からひと月の間、食事や入浴をどうしていたのか？
A、魂魄剝離《こんぱくはくり》現象は他者から魂を、言わば生命力を奪います。この時にエネルギー補給や肉体の清浄化も同時に行われます。魂魄剝離現象は数日おきに起こっていたので、それで何とか飢えを凌《しの》ぎ、清潔感を保っていました。ちなみに憂人《ゆうと》と出会った時点で着ていた服は、魔王になった際に神が用意したものです。髪紐《ひも》は一度ほどいたら自分では二度と元の状態に戻せないと思ったため、一ヶ月間ずっと結んだままでした（そもそもレーヴェには髪紐のほどき方が分からなかった模様です）。

Q、レインはなぜ『L』というイニシャルで名乗っていたのか？

A、彼のミドルネームである『L《ロード》』は、次の当主となることを見越して、先祖である財閥創業者の名前から取って付けられました。しかし、病により家を継げなくなったことに負い目を感じたレインは、『L《ロード》』と自ら名乗ることをやめてしまいます。それでも完全には省略せずに『L』と付け続けていたのは、家族に対する未練や寂しさが残っていたからなのかもしれません。レイン・L《ロード》・グリーンフィールドというそのフルネームを最後に口にしたのは、彼が敬愛するエレオノーラでした。

Q、人物像を作り上げるにあたって苦労したキャラクターは？

A、翡翠《ひすい》です。スニーカー大賞へ応募した当初、彼女はただゲームが好きなだけの、のほほんとしたお気楽キャラでした。書籍化に際して、その性格や背景を練り直した結果、今の彼女となりました。心が不安定で、誰も信じられないと思いつつも、自分から憂人に関わろうとするなど相反した行動を取ってしまう。今の状況をどうにかしたいと悩み、無意識のうちにきっかけを探してもがいていた彼女は、淡泊そうに見えて、実は作中で一番人間らしい少女なのかもしれません。何度も検討を重ねただけに、お気に入りのキャラでもあります。キャラデザインのラフを見た瞬間、あの気だるそうな表情と無気力な瞳に、不覚にも心を奪われてしまいました。

本作は、子供の頃から思い描いてきた空想の世界を小説として形にしたものです。これまで何作か書き上げてきましたが、その中で、他でもないこの作品が受賞して好評を受けたことに、言葉では言い表せないような幸福を感じています。同時に、自分の中にしかなかった物語が今は世に出ているのだと考えると、何とも不思議な気持ちになります。この度、このような機会を与えてくださった出版社や、ご協力いただいた方々、そして読者の皆様には、改めて御礼申し上げます。

純粋に読んで楽しむ、感情移入して楽しむ、色々と考察して楽しむなど、創作物の楽しみ方は人それぞれかと思いますが、良ければ皆様も一度想像してみてください。自分が憂人だったら、またはレーヴェだったら、あるいは天使のうちの誰かだったら、一体何を考え、どのようなことを感じ、この先どういった選択をするのか……。きっと百人百様の答えがあることでしょう。もしかしたらその中には、彼らと同じ道を選ぶ方もいらっしゃるかもしれません。

憂人とレーヴェの旅路がどうなるのか。逃避行の果てにどんな結末が訪れるのか。その不透明な未来を、行く末を、最後まで共に見守っていただけたら幸いです。

人類《じんるい》すべて俺《おれ》の敵《てき》

著　凪《なぎ》

角川スニーカー文庫　23919

2024年2月1日　初版発行

発行者　山下直久

発　行　株式会社KADOKAWA
〒102-8177 東京都千代田区富士見2-13-3
電話　0570-002-301（ナビダイヤル）

印刷所　株式会社暁印刷
製本所　本間製本株式会社

●お問い合わせ
https://www.kadokawa.co.jp/（「お問い合わせ」へお進みください）
※内容によっては、お答えできない場合があります。
※サポートは日本国内のみとさせていただきます。
※Japanese text only

Printed in Japan　ISBN 978-4-04-114466-4　C0193

★ご意見、ご感想をお送りください★

〒102-8177 東京都千代田区富士見 2-13-3
株式会社KADOKAWA　角川スニーカー文庫編集部気付
「凪」先生
「めふぃすと」先生

きみの紡ぐ物語で
世界を変えよう。
第30回
スニーカー大賞
作品募集中!
大賞 300万円
+コミカライズ確約
金賞 100万円
銀賞 50万円
特別賞 10万円
締切必達!
前期締切
2024年3月末日
後期締切
2024年9月末日
詳細は
ザスニWEBへ
https://kdq.jp/s-award
イラスト／カカオ・ランタン